Todeslächeln

Band 1 - Verschleppt

Dorothé Kanders

Todeslächeln

Band 1 - Verschleppt

Thriller

Der Tod lächelt uns alle an.
Das Einzige, was man machen kann,
ist zurückzulächeln.

Marcus Aurelius

Umschlagillustration: Dorothé Kanders

Verlag und Illustration
Richtstr. 13 a, 45359 Essen
ISBN-13: 978-1514610459
ISBN-10: 1514610450

Die Deutsche Nationalbibliothek verzeichnet diese Publikation in der Deutschen Nationalbibliografie; detaillierte Daten sind im Internet über http://dnb.dnb.de abrufbar.

DAS BUCH

Rasanter Thriller - *mitreißend, fesselnd, mörderisch*

Sie sind brutale Kidnapper.

Sie betrachten Menschen als Ware.

Sie morden ohne Skrupel.

Bisher lebte die junge Ärztin Rebecca glücklich in Köln und ahnte nichts davon. Doch der Mord an ihrem Mann zerstört alles.

Um ihre Kinder zu retten, kommt sie dem kriminellen Geheimnis ihres Mannes auf die Spur, wird in Rumänien zur Jägerin und Gejagten und muss schnell sein, schneller als die Mörder.

Und dann ist da noch dieser undurchschaubare Fremde, in den sie sich verliebt und der ihre einzige Chance zu sein scheint. Allerdings ahnt sie nicht, dass der Tod ihr und ihren Kindern längst ins Gesicht lächelt.

Denn das dunkle Geheimnis ihres Mannes wird zur tödlichen Falle.

HINWEISE

Namen, Personen und Handlung sind erfunden und beziehen sich nicht auf real existierende Personen, Ähnlichkeiten wären Zufall.

Auch die Lafayette Rheinland-Klinik nahe Köln ist fiktiv und mit keiner realen Klinik in Verbindung zu bringen.

Ihre Dorothé Kanders

PROLOG

Er fiel.

Er fiel in die Tiefe.

Wie ein Stein raste er von den Klippen auf die grauen Felsen zu.

10 Meter.

20 Meter.

30 Meter.

Licht und Schatten.

Das war es, was Peter Philipp Belmont noch wahrnahm.

Sonst war da nur Entsetzen.

Er würde sterben.

Wie Glas würden seine Knochen auf den Felsen unter ihm zersplittern und sich das spitze Gestein in sein Hirn bohren und seine Organe zerplatzen lassen.

Er begriff nicht, dass es sein eigener Schrei war, der im Rauschen des Windes nachhallte, als er die Erde rasend schnell auf sich zukommen sah.

Nein! Das konnte nicht wahr sein, das konnte es nicht.

Noch Sekunden zuvor hatte er im hellen Sonnenlicht mit seinen Töchtern oben auf den Klippen gestanden, während der Atlantik seine schäumenden Wellen gegen den Fuß der Klippen geworfen hatte.

Noch Sekunden zuvor hatte er das rote Haar seiner

Tochter Mila in dieser Kulisse aus Felsen, Bergen und Meer im Wind flattern sehen.

Doch das alles war vorbei.

Das schäumende Meer und die spitzen Felsen waren das Letzte, was er sah.

Im nächsten Moment schlug er auf.

Seine Knochen zersplitterten wie Glas.

1

Es war jener Traum, der bis vor Kurzem Rebeccas Leben gewesen war, der Wochen zuvor noch wahrhaftig und wunderbar gewesen war.

Doch heute quälte er sie, wiederholte sich Nacht für Nacht und machte ihre Seele kaputt. Dieser Traum war das Lächeln ihres Mannes und das Lächeln seiner Töchter.

Peter, Mila, Leonie. Ein Traum, der an den Felsenklippen der Insel Fernando de Noronha in Brasilien zerschellt war, seit ihr Mann Peter Philipp Belmont dort von den Klippen gestürzt war und die beiden Mädchen verschwunden waren.

Sie selbst war nicht dabei gewesen. Sie war hier in Köln geblieben, in gutem Glauben, alle würden gesund und munter zurückkehren.

Aber niemand war zurückgekehrt.

Tot. Alle drei!

Das kreiste in Rebeccas Kopf, hatte sich als quälender Knoten in ihrem Magen manifestiert.

Vier Wochen war das Unglück jetzt her.

Tot. Auch die Mädchen. Das jedenfalls entsprach der festen Überzeugung der brasilianischen Policia Civil, weil Milas Handy neben der Leiche ihres Vaters gefunden worden war. Nur von Leonie war nichts geblieben, so als hätte es sie nie gegeben. Ein Mord? Ein Unglück? Niemand wusste es. Niemand hatte es herausgefunden. Die Ermittlungen der Brasilianer hatten nichts ergeben.

Sie strich sich eine gelockte rotblonde Haarsträhne aus dem Gesicht und blieb fröstelnd stehen.

In der Finsternis dieses kalten Winterabends wirkten die Bäume des parkähnlichen Gartens wie lauernde Kreaturen, die jeden ihrer Schritte zu verfolgen schienen. Das warme Licht der Fenster der Villa vor ihr war dagegen wie eine Verheißung von Wärme und Sicherheit. Doch im Innern der modernen weißen Villa lauerten nur Leere und kalte Einsamkeit.

Hier im Herzen Kölns hatten Peter und sie mit den Kindern sein wollen, auch wenn sie die seelenlose Villa selbst immer gehasst und es ihrem Mann verschwiegen hatte. Hier hatten sie sich geliebt und gezankt. Hier hatten sie ihren Traum leben wollen, bis zu jenem Tag –

Sekundenlang schloss Rebecca die Augen und atmete tief die feuchtkalte Luft ein, bevor sie in den mondhellen Himmel blickte.

Die von einer Glasur aus Eis überzogenen Schneereste knirschten unter ihren Füßen, als sie zurück zur Villa ging. Trotz des beginnenden Monats März und trotz der bereits sprießenden Krokusse und der vereinzelten sonnigen Tage fuhr der Winter bisher noch jeden Abend seine eisigen Krallen aus.

Wo ist der verdammte Haustürschlüssel? Fahrig wühlte sie in ihrer Jackentasche.

Während sie die Haustür aufschloss, den breiten langen Flur betrat und die Jacke rechts an der Garderobe aufhängte, hörte, sah und spürte sie noch nichts von der Gefahr. Doch dann alarmierte ein leises, kaum wahrnehmbares Rascheln ihre Sinne.

»Leonie? Mila?«, flüsterte sie. Schwachsinn! Warum sagte sie das?

Die Lampe über der noch offenen Haustür erhellte den Spiegel und die Fotos rechts an der Wand. Ihr vor Kälte rosiges Gesicht mit den grünblauen Augen blickte ihr aus dem Spiegel entgegen.

Sie leben, dachte sie. *Die Kinder leben.*

Das war es, was die lächelnden Gesichter auf den Fotos neben dem Spiegel zu sagen schienen. Leonie, hübsch, blond und zehn Jahre alt, strahlte über das ganze Gesicht, während das Lächeln ihrer sechszehnjährigen rothaarigen Schwester Mila gezwungen und gelangweilt wirkte.

Erneut ein Rascheln.

Sie war nicht allein!

Ihre Hände wurden kalt. Jemand hatte Peter ermordet, zumindest bestand die Möglichkeit eines Mordes. Warum sollte dieser Jemand also nicht auch sie töten wollen?

Der Gedanke machte ihr eine Höllenangst.

Einfach davonlaufen?

Rechts aus Peters Büro fiel Licht in die Finsternis des Flurs. Hatte sie es angelassen? Hatte sie?

Totenstille.

Nichts als das Geräusch ihres eigenen Atems.

Aber dann knackte hinter ihr etwas, und der jähe Luftzug an ihrem Nacken ließ sie erschauern. Jemand atmete! Jemand atmete direkt hinter ihr!

Keine Zeit zu reagieren, zu fliehen oder sich wenigstens umzudrehen, bevor sich eine Hand auf ihr Gesicht presste und eine zweite sich um ihre Kehle legte.

»Keinen Laut oder du bist tot.« Der Mann hinter ihr, dessen kalte Finger sie an ihrer Kehle spürte, sprach mit amerikanischem Akzent.

Während sie unter seiner rauen Hand nach Atem rang, sah sie den Schatten, der aus Peters erleuchtetem Büro in den Flur fiel. Eine schwarz gekleidete Gestalt folgte dem Schatten in den Flur.

Einbrecher!

Die Alarmanlage. Wieso hatte sie die nicht eingeschaltet, als sie die Villa vorhin verlassen hatte, um der erdrückenden Einsamkeit der leeren Räume zu entkommen?

Mit katzenhaft schnellen Schritten kam die Gestalt durch den Flur auf sie zu. Die schwarze Strumpfmaske ließ nur die braunen Augen erkennen. Das Licht der Lampe über der Eingangstür spiegelte sich darin.

»Rebecca Belmont?«, fragte die Gestalt, und der dunkle Bass des Mannes ließ sie erschauern. Sein Akzent hatte im Gegensatz zu dem des anderen Mannes, der sie festhielt, etwas Hartes. *Ein Russe? Serbe? Kroate?*

Ihre Antwort war ein zögerliches Nicken.

Sie stöhnte auf, als er in ihr langes rotblondes Haar

griff und ihr brutal den Kopf nach hinten riss, während der andere von ihr abließ. Wenigstens konnte sie wieder atmen, als sich dessen Hand von ihrem Mund löste.

Die braunen Augen des Mannes vor ihr betrachteten sie abschätzend. »Was weißt du? Sag es mir. Was hat er dir erzählt?«

Sie schwieg.

»Tu nicht so, als wüsstest du nichts.« Ihre Knie drohten einzuknicken, als er sie nach links zum Fuß der Treppe drängte, die ins Obergeschoss führte. »Was hat dein Mann dir erzählt? Oder willst du sterben? Willst du das?«

Sie brauchte zwei Anläufe, bevor sie Worte fand. »Ich weiß nichts. Ich weiß nicht, wovon Sie reden.«

Ihre Stimme brach, als er sie auf die Stufen der Treppe stieß. Der Schmerz in ihrem Rücken ließ sie aufschreien.

»Äääääh. Ich weiß nichts«, äffte er sie nach. »Lüg nicht, Schlampe!«

Das Aufklappen des Springmessers in seiner Hand hallte wider, und trotz des schwachen Lichts war es, als verzöge sich sein Mund unter der Strumpfmaske zu einem Grinsen.

»Steh auf!«

Sie tat es.

Lieber gehorchen, lieber folgsam sein, notfalls bettelnd vor ihm auf dem Boden kriechen, als die Messerklinge in sich zu spüren.

Ihre Beine drohten sie im Stich zu lassen, während sie

aufstand, doch sie hielten stand.

»Wo ist der Keller?«, sagte der andere mit dem amerikanischen Akzent.

Sie schüttelte den Kopf. »Kein Keller.«

»Und wohin führt dann die Treppe da?« Er deutete auf die Stufen, die unterhalb der Treppe zum Obergeschoss in die Tiefe führten.

»Zum Swimmingpool«, antwortete sie leise.

Es dauerte nicht lange, bis sie sich in dem hallengroßen Raum hinter der Tür wiederfand.

Bleiches Mondlicht fiel durch die Glaswand am Ende des Raumes und spielte mit dem trüben, verschmutzten Wasser des Pools. Seit Wochen hatte sie sich um den Swimmingpool nicht gekümmert, seit ihre Familie ausgelöscht war.

Die würden sie töten.

Natürlich würden sie das.

Der Countdown lief.

Nur noch wenige Augenblicke zu leben.

Was konnte sie tun? Was?

Verdammt, Peter! Was hast du mir verschwiegen? Ihr Mann, den sie immer bewundert und auf ihre Art geliebt hatte, obwohl er erheblich älter gewesen war als sie. Der starke und scheinbar unerschütterliche Peter Philipp Belmont, Inhaber der Belmont Modekette mit Filialen in ganz Deutschland. Was hatte er mit diesen Männern zu tun gehabt?

Unmöglich, einen klaren Gedanken zu fassen.

»Wenn Sie mir erklären, was Sie wissen wollen, fällt es mir ja vielleicht ein«, sagte sie.

»Einfallen, ja? Du behauptest, es müsste dir erst einfallen?«

Und dann geschah es.

Der Stoß in den Swimmingpool kam so schlagartig, dass sie ihn nicht hatte erahnen können. Sofort nahmen die Kälte und das Gurgeln des Wassers sie gefangen. Einer der Männer war neben ihr, und seine starken Hände drückten sie in die Tiefe.

»Was hat dein Mann dir erzählt?«, schrie er mit seinem harten Akzent, als er sie endlich auftauchen ließ.

Die Antwort steckte wie Blei in ihrer Kehle. Unmöglich, etwas zu erwidern. Sie wusste nichts. Sie hatte keine Ahnung, wovon er sprach.

»Neeeiiin! Bitteeee!« Das Wasser schlug über ihr zusammen, blubberte, rauschte, als er sie erneut hineindrückte, dieses Mal länger als zuvor.

Wieder gelang es ihr aufzutauchen. Und wieder blieb sie ihm die Antwort schuldig.

»Ich weiß nichts! Ich weiß doch nichts!«

Sie schrie, als er sie zum dritten Mal in die Tiefe drückte. Über sich sah sie die mondhelle Wasseroberfläche und seinen Körper. Ihre Kräfte schwanden. Ihre Schreie produzierten nur Blasen.

Atmen! Bitteeee!

Bewusstlosigkeit, Gliederzucken, Atempause, Schnappatmung, Atemstillstand. Als Ärztin war ihr der Ablauf des Ertrinkens bis ins Detail bekannt, und sie kämpfte ohne Chance.

Atmen! Krampfhaft schluckte sie das kalte Wasser, sog es verzweifelt in ihre Kehle. Arme und Beine gehorchten ihr nicht mehr.

Luft! Bitte! Noch nicht sterben! Noch nicht jetzt! Sie kämpfte. Sie wollte kämpfen. Sie wollte leben! Blitze explodierten vor ihren Augen. Doch plötzlich war da nichts mehr, nur noch bleierne Schwärze.

*****

Kurz darauf war sie ganz still.

Regungslos lag sie neben dem Pool.

Ihr Bewusstsein spürte nichts mehr.

Ihr Brustkorb hob und senkte sich nicht mehr.

Erst als ihr Körper endlich doch auf die heftigen Schläge auf ihre Brust reagierte, ihre Herzkammern wieder Impulse erhielten, ihr Mund Wasser ausspuckte und krampfhaft Luft in ihre schmerzende Lunge sog, spülte das Blut in ihren Adern sie zurück ins Leben.

Ihr Körper schüttelte sich unter Husten, ohne dass sie begriff, wer oder wo sie war. Aber irgendwann konnte sie wieder normal atmen, und irgendwann wurden ihre Gedanken wieder klarer. Die hatten sie nicht töten wollen. Die hatten sie aus dem Wasser gezogen. *Warum?*

Ruhig lag sie da, während ihr Kreislauf sich allmählich

stabilisierte. Von ihrem Blickrand sah sie einen der beiden Männer neben sich, und der Anblick der schwarzen Strumpfmaske vor ihren Augen ließ ihr Herz rasen, als er sich zu ihr hinabbeugte. Mit stählernem Griff hielt er sie fest, während der andere ihren Unterkiefer nach unten bog und ihr etwas in den Mund schüttete. Es klebte auf der Zunge. *Tabletten!*

»Trink!«

Sie fühlte etwas Kaltes an den Lippen.

Nein! Doch sosehr sie sich auch wehrte, sosehr sie den Kopf hin und her schlug, sosehr sie sich auch aufbäumte, es half nichts. Irgendwann floss die brennende Flüssigkeit in ihre Kehle.

2

Das schmale Gesicht der hübschen Frau auf dem weißen Bett war bleich. Rotblonde Haarsträhnen klebten ihr an den Wangen. Die Augäpfel unter den geschlossenen Lidern bewegten sich hektisch hin und her, und ein angstvolles Stöhnen entrang sich ihren Lippen.

Mit regungsloser Miene betrachtete Frau Dr. Irena Maria Calescu das Gesicht der Schlafenden in der Lafayette Rheinland-Klinik bei Köln. Doch einen Augenblick lang blitzte in ihren grauen Augen kalte Abneigung auf.

Eine Abneigung, die in den letzten Jahren in ihr gewuchert war wie ein Geschwür. Diese Frau vor ihr auf dem Krankenhausbett in dem abgedunkelten Raum hatte alles, was sie selbst nicht hatte. Zumindest war es bis vor Kurzem so gewesen. Jetzt war es anders. Doch die Abneigung blieb, hatte sich tief in ihre Seele eingebrannt. Viel zu lange war diese Frau wie ein Stachel in ihrem Fleisch gewesen, und oft hatte sie ihr deswegen den Tod gewünscht.

Die Mundwinkel der Ärztin zuckten, als sie den Arm der Schlafenden nahm und den Puls fühlte.

Die Berührung war nur leicht, aber sie tat ihre Wirkung. Rebecca regte sich und schlug die Augen auf.

Ich sterbe, war ihr erster Gedanke, während sie sich auf

dem Bett aufsetzte. Einen Moment lang waren da nur Nebel, Übelkeit, Angst und Entsetzen und das panische Gefühl, in der unwirklichen Welt des mondhellen Wassers zu ertrinken.

Erst nach einigen Augenblicken legte sich der Schwindel in ihrem Kopf und spürte sie ihre Ermattung. Allmählich materialisierten sich das abgedunkelte Zimmer und ihre Kollegin Frau Dr. Irena Maria Calescu, die regungslos neben ihr stand.

Irenas Miene war emotionslos. Das kurze schwarze Haar gab ihr etwas Strenges.

»Irena.« Rebeccas Kehle war trocken. »Was ist passiert?« Ihr Kopf schmerzte. Die Übelkeit wollte nicht vergehen.

Irena schwieg; nicht mal ein Standardspruch in der Art: »Wie geht es dir, Rebecca? Wie fühlst du dich?« Diese Frau mochte sie nicht, hatte sie nie gemocht. Bei ihrer gemeinsamen Arbeit in der Lafayette Klinik war das täglich zu spüren.

Mit ihren achtunddreißig Jahren war Rebecca erheblich jünger als Irena und hatte somit als Chirurgin weniger Erfahrung als sie. Aber das allein erklärte nicht Irenas Abneigung gegen sie.

Der geschlossene Vorhang vor dem Fenster wehte schwach. Der kalte Luftzug ließ Rebecca erschauern.

Irena setzte sich auf den Stuhl neben dem Bett und jetzt kamen die Worte doch. »Wie fühlst du dich?«

»Beschissen.« Die unerwartete Anteilnahme entlockte

Rebecca ein gezwungenes Lächeln. »Kopfschmerzen und mein Mund ist trocken.« Ihr Blick fiel auf den Infusionsständer neben ihr. Die Flasche mit NaCl-Lösung war leer und nicht mehr an der Venenkanüle in ihrem Handrücken angeschlossen. Sie schaute an sich hinab. Sie trug eines der weißen Krankenhaushemden.

Schweigend nahm Irena die Flasche Wasser vom Nachttisch und füllte das Glas. »Hier. Und dann leg dich besser wieder hin.«

Den Kopf schüttelnd nahm Rebecca das Glas entgegen. »Nein.« Zu sitzen, war besser. So fühlte sie sich lebendig, war wieder ein Mensch. Hastig trank sie einen Schluck.

»Isabell hat dich gefunden und hierher gebracht. Kannst du dich daran erinnern?«

»Auf welcher Station bin ich?«

»Innere Medizin. Dr. Jung behandelt dich. Also? Was ist passiert?«

Sich erneut erinnern zu müssen, war eine Qual, zumal Rebecca nicht begriff, warum sie einen Filmriss hatte, warum sie nicht das Geringste davon mitbekommen hatte, dass sie hierhin gebracht worden war. »Zwei Männer, beide maskiert«, sagte sie leise. »Sie sind in die Villa eingebrochen.« Es folgte ein Moment des Schweigens. »Sie wollten mich töten.«

In Irenas etwas zu eng beieinanderliegende Augen trat ein seltsamer Ausdruck. »Das ist deine Erinnerung, ja?«

Rebecca sah sie an. »Ja.« Irenas Blick machte sie

unsicher. »Ja, natürlich.«

»Verdrängung im klassischen Sinne, Rebecca«, sagte sie. »Die Erinnerung ist für dich ein Tabu. Dein Bewusstsein kann die Wahrheit nicht zulassen.«

»Wie bitte?«

»Wie lange schluckst du bereits Valium?«

»Ab und zu seit Peters Tod, seit ich krankgeschrieben bin. Ich konnte es nicht … Ich konnte es nicht aushalten.«

»Natürlich ist es wegen Peters Tod.«

»Was?«

»Das erklärt es.« Irena lehnte sich auf dem Stuhl zurück. »Dein anhaltender Missbrauch von Valium und Alkohol erklärt, warum du es mit Valium versucht hast, obwohl du als Ärztin weißt, dass es eigentlich nicht tödlich ist.«

Rebecca lief ein Schauer über den Rücken. Ihre Mattigkeit verflog im Bruchteil einer Sekunde, wich dem Adrenalin, das durch ihre Adern schoss. Dennoch war ihre Stimme nur ein Flüstern. »Was soll das heißen?«

»Dein Selbstmordversuch. Oder vielleicht war es auch nur ein Hilfeschrei. Oder du wolltest dich für eine Weile ausknocken.«

»Das ist absurd. Es waren Einbrecher.«

»Laut Polizei gab es keinen Einbruch. Und dass Benzodiazepine halluzinogene Zustände verursachen können, wissen wir beide.«

»Aber sie haben Peters Büro durchwühlt. Da bin ich

sicher.«

Irena schüttelte den Kopf. »Nichts war durchwühlt. Ich habe gehört, wie einer der Polizisten telefoniert hat.«

»Hör auf, Irena!« Rebecca hielt sich den schmerzenden Schädel. »Hör auf! Willst du behaupten, ich hätte das alles nur fantasiert? Und was ist dann das hier? Die Hämatome?« Das noch verbliebene Wasser in dem Glas schwappte über, als Rebecca einen Ärmel des Hemdes hochschob. Blutergüsse schimmerten auf ihren Armen. »Mein gesamter Körper tut weh.«

»Vermutlich bist du die Treppe hinabgefallen. Schließlich hat Isabell dich am Fuß der Treppe im Flur gefunden.« Hastig stand Irena auf. »Es tut mir leid. Vielleicht hätte ich noch nicht darüber sprechen sollen. Ich hol dir etwas.«

»Nein. Keine Tabletten. Ich möchte mit der Polizei sprechen. Du sagtest doch, da war Polizei.«

Irena nickte. »Isabell hatte sie verständigt.«

»Ich möchte mit denen sprechen.«

»Ich werde sehen, was ich tun kann.«

»Was hast du gegen mich, Irena?« Die Worte entwischten Rebecca so unvermittelt, dass sie es nicht verhindern konnte.

Irena wandte den Blick ab und starrte auf die Wand. »Rede keinen Unsinn.« Dann verließ sie das Zimmer.

*****

Ich bin nicht verrückt.

Einen Tag später war sie wieder zuhause.

In Jeans und weißem T-Shirt stand Rebecca vor dem Fenster im Büro ihres Mannes und blickte auf den gelblichen Rasen draußen vor der Villa.

Niemand glaubte ihr und am allerwenigsten ihre Kollegen der Chirurgie, die sie auf der Station M1 besucht hatten. Doch wenigstens hatte sie Dr. Jung am Ende davon überzeugen können, dass sie sich wirklich nichts antun würde, und er hatte sie ziehen lassen.

Blöder Fehler von Isabell, mich ausgerechnet in die Klinik zu bringen, wo ich arbeite. »Du lagst halb bewusstlos am Fuß der Treppe, als ich dich gefunden habe, Rebecca«, waren ihre Worte gewesen, »'ne Flasche Cognac und 'ne leere Packung Valium neben dir.«

Ihre Haushälterin und Freundin Isabell hatte angeboten, vorübergehend bei ihr zu wohnen, aber sie hatte es abgelehnt. *Auch ein Fehler?*

Tief durchatmend lehnte Rebecca ihre Stirn gegen die Fensterscheibe. Die schweren dunklen Möbel schienen sie erdrücken zu wollen. Sie hatte die Villa noch nie gemocht, zu feudal, zu pompös. Sie war der Typ, der in Jeans und T-Shirt herumlief. Sie passte nicht hierhin. Nur aus Liebe zu Peter hatte sie hier gelebt, und dieser Raum war zum Ersticken. Bücherregale überall, ein Schreibtisch aus dunkler Eiche in der Mitte und an den Wänden die Gesichter von Toten, verewigt auf Ölgemälden, die Ahnenreihe ihres Mannes, die reiche Kaufmannsfamilie

Belmont.

Gedankenverloren löste sie ihre Stirn von der Scheibe und musterte die Bilder.

»Du verstehst mich«, sagte sie laut.

Wie lächerlich, dass sie mit einem Bild sprach. Doch schon immer hatte sie sich zu ihr hingezogen gefühlt und auch jetzt war es, als wäre sie eine Freundin. So als hätte sie in ihrem zarten Alter bereits alles Grausame dieser Welt gesehen, offenbarte das Lächeln der Frau auf dem Gemälde etwas unendlich Trauriges. *Das Lächeln des Todes.* So hatte Peter das Bild absurderweise genannt.

Ich bin nicht verrückt.

Sie schaute wieder aus dem Fenster.

»Auf den ersten Blick keine ersichtlichen Hinweise für einen Einbruch«, hatte Kommissar Frederik Moreth von der Kripo Köln vorhin gesagt, der damals auch den Tod von Peter bearbeitet hatte.

Natürlich nicht! Die Kerle hatten Masken und Handschuhe getragen und offenbar alle Spuren akribisch beseitigt.

Außer Isabell und ihr hatte niemand einen Schlüssel zu der Villa. *Also bin ich es selbst schuld. Ich bin in den Garten gegangen. Ich hab die Haustür nicht richtig zugezogen.*

»Mama!«, rief die helle Stimme. Das war Leonies Lachen draußen vor dem Haus.

»Mama!«

Manchmal hatte Leonie »Mama« zu ihr gesagt, obwohl sie nur Leonies Stiefmutter gewesen war, etwas, das sie stolz gemacht hatte.

Sie wandte den Blick vom Fenster ab. Die Tränen auf ihren Wangen bemerkte sie nicht einmal. *Raus hier!* Sie musste etwas tun, irgendetwas.

Sämtliche Außentüren der Villa hatte sie sorgfältig abgeschlossen und von innen verriegelt und die Alarmanlage scharf geschaltet. Dennoch erschrak sie vor dem Geräusch ihrer eigenen Schritte, als sie die Treppe im Flur hoch und nach rechts ins Schlafzimmer lief.

Warum zog sie hier nicht einfach aus?

Weil sie es nicht fertigbrachte!

Die Tür des hellen Schranks im Schlafzimmer knarrte leise, als sie sie öffnete. Regungslos starrte sie auf Peters Anzüge, zum zigsten Mal seit seinem Tod. Hier war die Erinnerung lebendig. Hier war er ihr nah.

Sie hatte ihn geliebt, trotz ihrer massiven Probleme miteinander. Vermutlich war sie zu sehr mit ihrem Job beschäftigt gewesen. Vielleicht hatte sie tausend Fehler gemacht, und vielleicht hatte er ihr deshalb seine Ängste und Sorgen verschwiegen. Ein Schweigen, das zu einem Graben zwischen ihnen geworden war, den sie nur noch in kurzen vertrauten Momenten hatten überwinden können. Sogar von der drohenden Insolvenz der Belmont Modefilialen hatte er nichts erzählt.

War es das gewesen?

Oder hatte es noch einen anderen Grund für seine schlaflosen Nächte, seine Wutausbrüche und seine oft rein körperliche Anwesenheit gegeben, während seine

Gedanken fern von seiner Familie gewesen waren?

Ein winziger dunkler Gegenstand fiel aus einer der Anzughosen auf den Boden des Schranks, während sie liebevoll über die Anzüge strich.

Ein USB-Stick.

In einem ersten Impuls wollte sie ihn achtlos einstecken, doch dann –

Der Stick erwärmte sich, als sie ihre Hand darum schloss. Peter hatte Geheimnisse vor ihr gehabt.

Was hast du mir verschwiegen? Wo sind die Kinder? Ich weiß es. Ich weiß, dass sie leben. Aber wie lange noch? Plötzlich war sie wütend auf ihren Mann. *Was hast du uns angetan?*

3

Der Tod lauerte auf ihn.

Doch Daniel Hartmann ahnte nichts davon.

Wie ein waberndes Tuch bedeckte der Nebel den nahen Rhein. Nur die erleuchteten Fenster der Lafayette Rheinland-Klinik erhellten die Dunkelheit dieses kalten Märzabends nahe dem Ort Langel bei Köln. Aus der Vogelperspektive wirkte die Klinik in der naturbelassenen Landschaft aus Wald, Wiesen und Feldern wie ein Fremdkörper.

»Ja, ich muss dich sprechen, Rebecca«, sagte er in sein Handy. »Ja, noch heute Abend. Wir sollten uns treffen.«

Die von draußen eindringende Kälte ließ Daniel frösteln, als sich die automatische Glastür der Klinik öffnete.

Weiße Eiskristalle glänzten im Licht der Straßenlaternen auf dem Boden, als er nach draußen trat. »Ja, okay.« Er drückte das Gespräch weg und steckte das Handy in die Tasche seiner dunklen Jacke. Rebecca würde ihn zurückrufen.

Das, was er heute entdeckt hatte, machte ihm zu schaffen, ließ ihm keine Ruhe. Angefangen hatte es mit vertauschten sonografischen Befunden von zwei Patienten. Das war vor einer Woche gewesen.

Er musste mit jemandem darüber sprechen, und

Rebecca war so ziemlich die Einzige, der er vertraute. Außerdem gehörte sie zu den wenigen Ärzten, die keinerlei Arroganz an den Tag legten, weil er selbst nur Krankenpfleger war.

»Bis morgen, Daniel«, sagte die Stimme neben ihm. Rauchend und offenbar frierend stand Klaus Lohkamp, Patient der Rheumastation, neben dem Aschenbecher und nickte ihm zu.

»Sie sollten sich das Rauchen abgewöhnen, Klaus.« Daniel nickte ihm ebenfalls zu und lief nach links den Bürgersteig entlang.

Unvermittelt überkam ihn das Gefühl, beobachtet zu werden, als er den nebeligen Parkplatz neben der Klinik betrat, der an dichten Wald grenzte. Doch er schüttelte das ab. *Blödsinn!* Heute war nichts anders als sonst. Nichts!

Knirschende Schritte hinter ihm ließen ihn sich umwenden, als er seinen Wagen erreichte. Eine junge Frau hastete an ihm vorbei.

Das vereiste Türschloss seines grauen Kleinwagens ließ sich nicht aufschließen und er sprühte Enteisungsspray darauf.

»Hallo, Daniel.«

Wieder schnellte er herum. »Ach, du bist es.«

Trotz der Kälte glitzerten Schweißperlen auf der Stirn des blonden Mannes vor ihm. Er sah schlecht aus, um Jahre älter als er selbst, obwohl sie beide Ende dreißig waren. Die Bartstoppeln gaben dem Gesicht etwas Ungepflegtes. *Natürlich,* schoss es Daniel durch den Kopf.

Wer weiß, wie lange er durchgearbeitet hat.

Sein Gegenüber fuhr sich mit der Hand in die Jackentasche und zog ein Taschentuch heraus.

Nur ein Taschentuch. Daniel schüttelte den Kopf über sich selbst, dass er darüber erleichtert war. Was hatte er erwartet? Ein Messer? »Geht es dir nicht gut?«, sagte er.

»Du solltest dich nicht in Dinge einmischen, die dich nichts angehen, Daniel.«

Es dauerte, diesen Satz zu verdauen und etwas zu erwidern. »Wovon redest du?«

»Mach dich doch nicht lächerlich. Denkst du denn wirklich, niemand hätte deine Schnüffelei bemerkt? Du hast ja keine Ahnung, in was du dich da verfängst. Das ist eine Nummer zu groß für dich.«

Daniels Lippen zitterten. »Also hängst du mit drin.« Er lächelte spöttisch. »Du hast Angst. Dir schlottern die Knie. Das beweist, dass ich recht habe. Bisher war es nur eine Vermutung. Aber ihr tut es wirklich, ja?« Das Klingeln seines Handys erstickte den nächsten Satz. Er zog es aus der Jackentasche und hielt es ans Ohr. »Das Restaurant XII Apostel. Ja, das kenne ich, Rebecca.«

*****

Ihr Haar wehte in dem kalten Wind, während Rebecca am Rheinufer stand und auf die Lichter der Stadt auf der anderen Rheinseite blickte. *Ich muss gehen,* dachte sie. *Daniel wird bald kommen.*

Nur widerwillig löste sie sich von dem anheimelnden Anblick. Das Leben und die Lichter in der abendlichen Kölner Innenstadt hatten sie sich wieder ansatzweise lebendig fühlen lassen.

Ihr Weg zurück durch die schmale und von hohen alten Häusern gesäumte Salzgasse war wie ein Gang durch eine mittelalterliche Welt. Das war das Köln, das Peter so sehr geliebt hatte, wo der Werdegang seiner Familie, die ihm so viel bedeutet hatte, seinen Anfang genommen hatte.

Fröstelnd zog Rebecca die helle Jacke enger um ihren Körper. Einige Fenster der Häuser beschenkten die Gasse mit Licht. Sie genoss es, hier entlangzugehen, ohne zu ahnen, was geschehen würde, dass er da war, dass er in den Schatten wartete: der Tod.

Das Klingeln ließ sie ihr Handy aus ihrer Jackentasche fischen. »Ja?«

»Wo steckst du?«, sagte Daniel. »Ich steh bereits vor dem Restaurant.«

»In der Salzgasse«, war ihre Antwort. »Ich bin gleich da.«

Es dauerte kaum eine Minute, bis sie Daniel am Ende der schmalen Gasse auftauchen sah. Sein Gesicht lag im Dunkeln. Aber seine schlanke Gestalt, die sie so gut kannte, machte es offensichtlich, dass *er* es war. Schlank, schlaksig, mit kurzem dunklen Haar und trotz seiner anstrengenden Arbeit als Krankenpfleger auf der Station für Chirurgie ein meist gut gelaunter freundlicher Kollege, das war Daniel.

Erst im zweiten Augenblick nahm sie die Bewegung hinter ihm bewusst wahr. Zuvor war es kaum mehr als ein Trugbild, ein Schatten in den Schatten dieses kalten Abends gewesen.

In der schwach erhellten Dunkelheit erkannte sie erst zu spät, dass es ein Mensch war, der beide Arme vorgestreckt hatte und mit etwas auf Daniel zielte, zu spät, um es noch abzuwenden.

»Daniiiieeeel! Hinter diiiiiir!«

Aber alles ging zu schnell. Das Geräusch des gedämpften Pistolenschusses ähnelt dem Zischen einer Schlange, die auf Daniel zuschoss. Die Wucht der Kugel, die in seinen Rücken einschlug, ließ ihn einen Schritt vorwärts wanken, und einen Moment stand er da, den Blick voller Unverständnis, was gerade mit ihm geschah.

»Daniiiieeeel!«

Der zweite gedämpfte Schuss fiel, während sie zu Daniel rannte. Stöhnend brach er vor ihr zusammen und blieb auf der Seite liegen. Blut sickerte aus seinem Mundwinkel.

»Daniel! Nein, nicht! Bitte nicht!« Die Gestalt am Ende der Gasse verschwand, während Rebecca sich neben Daniel niederkniete.

Schwer atmend drehte er den Kopf und sah sie an. »Rebecca.«

»Bleib ganz ruhig.« Ihre Stimme bebte. »Bleib ruhig. Alles wird gut.« Die Sekunden erschienen wie Minuten, während sie ihr Handy ans Ohr hielt. Die Verbindung rauschte, bevor sich jemand meldete. »Ja, sofort einen Rettungswagen zur Salzgasse, Köln Innenstadt«, sagte sie. »Ein Schwerverletzter. Zwei Schüsse in den Rücken. Ja, okay.« Sie nahm das Handy vom Ohr.

»Rebecca.« Keuchend umfasste Daniel ihr Handgelenk. »Rebecca, du musst …«

»Pst. Nicht reden. Sie kommen. Du musst durchhalten.« Sie streichelte seine Wange und beugte sich zu ihm hinab, um ihn ihre Nähe spüren zu lassen. »Ich bin da. Hörst du? Ich bin da.«

»Die Klinik, Rebecca. Du musst …« Seine Hand löste sich von ihrem Handgelenk. Seine Glieder zuckten. Begleitet von bellendem Husten ergoss sich ein Schwall Blut aus seinem Mund.

»Alles wird gut, Daniel. Nicht reden. Das macht es nur schlimmer.« Die Aufschreie, die Stimmen der Menschen, die sich um sie herum versammelten, nahm sie nicht wahr. In diesen Sekunden waren da nur Daniel und sie, sein Röcheln, seine aufgerissenen Augen und ihre Hand, die nach seiner Hand griff und sie ganz festhielt. Sie würde Daniel nicht loslassen. Er würde nicht sterben. Das würde sie nicht zulassen.

*****

Daniel! Eine halbe Stunde später konnte sie es noch immer nicht begreifen.

»Über was hat Daniel Hartmann mit Ihnen sprechen wollen, Rebecca?«

Das Gesicht von Kommissar Frederik Moreth nahm sie kaum wahr. Stattdessen schien sie durch ihn hindurchzublicken.

Das gemütliche und sonst so gut gefüllte Restaurant XII Apostel am Kölner Heumarkt war wie leergefegt, seit die Polizei die Straßen ringsherum abgesperrt und die Gäste des Restaurants nach Hause geschickt hatte.

Hier in diesem Restaurant hatte sie sich mit Daniel treffen wollen. Und hier an einem der Tische neben den schweren roten Vorhängen an den Fenstern saß sie jetzt stattdessen Kommissar Moreth gegenüber, ohne Daniel.

»Also noch einmal, Rebecca. Über was wollte Daniel Hartmann mit Ihnen sprechen?«

Das faltige Gesicht des Kommissars hinter der randlosen Brille materialisierte sich vor ihr. »Über irgendetwas in der Klinik«, sagte sie. »Mehr weiß ich nicht. Glauben Sie mir jetzt?« Ihre Lippen zitterten. »Glauben Sie mir jetzt, dass ich keine Irre bin?«

»Das habe ich nie geglaubt.«

Rebeccas Lächeln hatte etwas Spöttisches. »Sie lügen.«

»Nein. Aber de facto gibt es noch immer keine Hinweise für einen Einbruch in die Villa. Allerdings sind die Untersuchungen noch nicht abgeschlossen.«

Ihre Blicke trafen sich, und Rebecca sah das Spiel seiner Kiefermuskeln. Die scharfen Linien um Mund und Nase hatten etwas Hartes, so als hätte sich sein sicher nicht leichtes Leben in sein Gesicht eingebrannt. »Wissen Sie«, sagte sie leise, »dass Daniel zwei Jungs hat, im Alter von acht und zehn? Wie sollen die das aushalten, dass ihr Papa tot ist?« Mühsam kämpfte sie gegen den Kloß in ihrer Kehle und schaute aus dem Fenster. »Der Tod verfolgt mich. Alle um mich herum sterben.«

Ihr Blick blieb an einem bestimmten Punkt zwischen den Schaulustigen draußen hinter den Absperrungen der Polizei hängen. Und einen Augenblick war es, als sähe sie dort ein bekanntes Gesicht. Da er im Schatten stand, war der Mann nur schemenhaft erkennbar.

Schwachsinn. Sie schüttelte den Kopf, als er ihr den Rücken zuwandte. Aber Sekunden später drehte er sich wieder um. *Chris!* Er war es *doch*!

Regungslos stand der junge Arzt, mit dem sie auf der Station C1 oft gearbeitet hatte, ein paar Meter entfernt von ihr draußen vor dem Fenster.

Daniel ist tot, Chris! Ausgerechnet Daniel! Hörst du? Er wurde erschossen, vor meinen Augen. Am liebsten hätte sie das Fenster geöffnet, um das zu ihm hinauszuschreien. Doch sie tat es nicht.

Er sah sie an, und sein Lächeln wirkte gequält. Seine Augen waren überschattet, so als hätte er nächtelang nicht geschlafen, und das blonde Haar hatte er im Gegensatz zu sonst streng zurückgekämmt. Das passte nicht zu ihm, nicht zu dem Chris, den sie kannte. Nur sein Blick war so eindringlich wie immer, wenn er sie anschaute.

»Du liebst deinen Mann doch gar nicht mehr, Rebecca,

und er dich nicht.« Worte, die er irgendwann einmal zu ihr gesagt hatte, während sie in der Klinik gemeinsam operiert hatten. »Aber ich liebe dich, Rebecca.«

Bis heute hatte sie ihm darauf nichts erwidert, wich ihm aus, wo es möglich war.

Chris wandte sich ab und verschwand zwischen Polizisten und Schaulustigen.

»Was ist?« Kommissar Moreth war hinter sie getreten und ihrem Blick gefolgt. »Kennen Sie den Mann?«

»Chris Richter. Ein Arzt der Lafayette Klinik. Er arbeitet auf derselben Station wie ich, auf der C1.«

»Haben Sie seine Adresse?«

»Nein. Fragen Sie in der Klinik nach.« Sie hielt den Atem an, als sie den Leichenwagen am Fenster vorbeifahren sah. Noch immer klebte Daniels hellrotes Blut an ihrem Handgelenk, an ihrer hellen Jacke, einfach überall. Hilflos hatte sie mit ansehen müssen, wie er verblutet war.

»Sie sollten aus der Villa ausziehen, Rebecca.«

Sie lächelte schwach. »Das sagen alle, vor allem meine Mutter. Aber ich kann nicht.«

»Es gäbe Ihnen das Gefühl, endgültig Ihre Familie zu verlieren, ja?«

Sie blickte zu ihm hoch. »Ich weiß, dass die Mädchen noch leben. Ich weiß es einfach. Aber wie lange noch? Wie viel Zeit bleibt mir noch? Und wo soll ich suchen? In Brasilien war nichts herauszufinden.«

4

Einen Tag später, weitentfernt von Rebecca und gefangen zwischen roten Steinmauern, wagte ein schmächtiger kleiner Junge nicht, sich zu rühren.

Sie kommen! Sie holen mich!

Schweißnass klebte ihm sein zerzaustes dunkles Haar an der blassen Stirn. Nie zuvor hatte er sich so gefürchtet, obwohl er schon neun war.

Lukas' Herz raste. Jedes Geräusch konnte die Instinkte seiner Jäger wecken und sie auf ihn aufmerksam machen. Denn sie hatten ihn eingekreist. Überall schienen ihre Stimmen zu sein, von den Wänden abzuprallen, sich zu verdoppeln, zu verdreifachen, sodass er hätte schreien mögen vor Angst.

Mama, hilf mir doch!

Emilia, so hieß seine Mama, die er so lieb hatte. Aber sie war nicht hier, und sie würde nicht kommen. Sie konnte ihm nicht helfen.

Ein mannshohes muffiges Loch in der roten Ziegelsteinmauer der düsteren Halle, und er war des Glaubens gewesen, dort fände er einen Ausgang, einen Weg aus der Hölle in die Freiheit. Aber tatsächlich war es eine Falle. Nach kaum zwei Metern war er in dem finsteren Loch auf eine Wand gestoßen, und wie ein verängstigtes Tier hockte er jetzt vor der Wand und wünschte sich nichts mehr, als unsichtbar zu sein.

Staub rieselte auf ihn hinab.

Nicht husten.

Nicht bewegen.

Sie würden das hören.

Ihre Stimmen wurden lauter.

Was würden sie mit ihm machen, wenn sie ihn einfingen?

Sie kommen! Er schob seinen Daumen in den Mund und rollte sich wie ein Embryo zusammen. Vielleicht würde das helfen und sein Körper mit der Dunkelheit verschmelzen.

Mama!

So sehr bereute er, dass er sie immer abgewiesen hatte, wenn sie ihn hatte umarmen wollen. Er hatte das doch nur gemacht, weil er sich seit Papas Tod so erwachsen gefühlt und als Oberhaupt der Familie betrachtet hatte. Und so jemand ließ sich von seiner Mama weder küssen noch umarmen. Doch jetzt war es anders. Nichts sehnte er sich in diesen Minuten so sehr herbei wie die Wärme seiner Mutter.

Da sind sie!, dachte er.

»Der Junge muss hier sein«, hörte er die Stimme. Das war der Bass von Rasvan. Er war der Brutalste von ihnen.

Erbärmlich zitternd sah Lukas das Licht einer Taschenlampe neben sich auf den Boden fallen. Gierig wie eine Schlange tastete es sich zu ihm vor.

Nein! Bitte, bitte, nicht!

Im nächsten Augenblick blendete es ihn.

»Hier ist er!«

»Nein! Neeeeiiiin!« Er strampelte und schrie, als er sich aus dem Loch gezogen fühlte, und in seiner kindlichen Fantasie wandelte sich der glatzköpfige Rasvan zu einem kahlen Untier, das ihn zerfleischen würde.

Mit Armen und Beinen schlug er um sich und schnappte mit den Zähnen nach Rasvans Hand, bevor er mit einem brutalen Schlag zu Boden katapultiert wurde und mit dem Kopf aufschlug. Die Welt ringsherum verlosch.

*****

Warmer Atem.

Sanft strich er Lukas über das Gesicht, als er wieder aufwachte.

Krampfhaft hielt er die Augen geschlossen. Er lag auf dem Rücken, und jemand tupfte an seinem heftig schmerzenden Schädel herum.

»So, die Blutung ist gestoppt.« Das war die Stimme von Joana. Das Tupfen hörte auf, und trotz geschlossener Lider sah Lukas die junge hübsche Joana mit den leicht mandelförmigen Augen vor sich, die ihr dunkles Haar meistens hochsteckte.

Sie war keine von denen. Auf keinen Fall. Davon war er überzeugt. Ganz bestimmt waren Rasvan und die anderen Männer Dämonen oder Teufel oder so etwas.

Seine Oma hatte ihm erzählt, dass es die gab. Und Joana wurde ebenso von denen gefangen gehalten wie er selbst. Ganz sicher. Unmöglich, dass sie auch so war wie die anderen. Oft schenkte sie ihm sogar ein Lächeln.

»Du hättest den Jungen fast getötet«, sagte Joana.

»Und *du* hast ihn entkommen lassen.« Das war Rasvans Bass. Sein stechender Blick hatte sich tief in Lukas' Erinnerung eingebrannt. Einen Moment lang herrschte Schweigen, bevor Rasvan weiterredete. »Du weißt, dass er sowieso sterben wird, Joana.«

»Was ist eigentlich mit dieser Frau?«, sagte Joana. »Dieser Rebecca Belmont?«

»Entweder weiß die Schlampe wirklich nichts, oder sie ist einfach nur dämlich. Alexej will sich jetzt selbst um sie kümmern.«

Die Stimmen entfernten sich, und mit dem Zuschlagen der Tür war das Gespräch nicht mehr zu verstehen. Die beiden hatten den Raum verlassen.

Abrupt schlug Lukas die Augen auf und starrte auf den hellen Fleck an der Wand über der Tür. Er lag auf der Pritsche in dem kleinen Raum, in dem sie ihn gefangen hielten.

Das winzige Fenster hoch über seinem Kopf, welches das Licht einfing und zu der Wand mit der Tür vor seinen Füßen schickte, war kaum größer als ein Rattenloch. Kein Mensch passte da hindurch.

Anfangs hatte er die Tage noch gezählt, die er hier bereits eingesperrt war. Doch irgendwann hatte er keinen

Sinn mehr darin gesehen.

»Du weißt, dass er sowieso sterben wird, Joana.« Wie ein Rad drehte sich dieser Satz in seinem Kopf.

Traurig rollte er sich auf der Pritsche zusammen und zog die löchrige bunte Wolldecke über sich. Bisher hatte er wenigstens hoffen können, noch einmal wieder nach Hause zu kommen, aber jetzt …

Angestrengt versuchte er, sich das Gesicht seiner Mama vorzustellen, die ihn meistens voller Liebe und manchmal voller Zorn angesehen hatte. Aber es verschwamm in seinen Tränen.

Eigentlich hatte er ihr doch nur helfen wollen und war deswegen hierhin geraten.

Warum hatte seine Mama so hohes Fieber gehabt? Und warum waren deswegen Rasvan und Joana damals zu ihnen nach Hause gekommen?

Das hatte er wissen wollen, und nur deswegen würde er jetzt bald tot sein, einfach nicht mehr da sein, so wie Papa und Opa nicht mehr da waren.

Irgendwann versiegten seine Tränen, und er starrte die Wand an. Aber nach einer Weile sah er dort keine Wand mehr, sondern die Wiese unweit ihres Hauses, wo er oft mit seiner Cousine Dajana gespielt hatte. Träume waren das, was ihn am Leben hielt. Noch!

Er horchte.

Nur ganz leise, wie vom Wind getragen, drang es aus der Ferne zu ihm in sein Gefängnis. Es klang wie ein Weinen. Eine Kinderstimme? Es geschah nicht zum ersten Mal, dass er das hörte. Waren hier noch mehr Kinder? Und würden sie alle sterben wie er?

5

Am nächsten Tag fiel gedämpftes Tageslicht durch das Fenster mit den gelben Vorhängen hinter Rebecca.

Passwort falsch.

Diese beiden Worte auf dem Bildschirm ließen sich nicht verleugnen, und Rebecca tippte das Passwort erneut ein. Doch der Computer im Stationszimmer auf der Station C1 der Lafayette Rheinland-Klinik blieb dabei – Passwort falsch.

Mist!

Hektisch schaute sie zu der Tür links neben dem Arbeitspult, vor dem sie stand. Niemand schien zu kommen, noch nicht.

Ich muss es wissen!

Warum befanden sich auf dem USB-Stick, der in der Villa aus Peters Hosentasche gefallen war, Befunde von dreien ihrer Patienten der Klinik? Medizinische Daten, die ihrem Mann als Außenstehendem niemals in die Hände hätten fallen dürfen.

Genervt starrte sie auf den Bildschirm. Jemand hatte das Passwort geändert und versperrte ihr den Weg zu dem Belegungsplan und allen anderen Daten der Klinik.

Hektisch schnellte sie zurück, als auf dem Krankenhausflur Stimmen erklangen.

»Ja, ich bring es Ihnen gleich.« Sekundenlang blieb die

recht junge attraktive Stationsschwester in der Tür stehen, als sie Rebecca sah. »He, Rebecca. Was für eine Überraschung.« Offene Freude spiegelte sich in Sabrinas Miene wider. Das lange dunkle Haar hatte sie wie meistens zu einem Zopf geflochten. Ihre Wangen waren leicht rosig. »He, Mann.« Einen Augenblick standen sie sich schweigend gegenüber. Doch dann zog Sabrina Rebecca mit sich zu dem Tisch unter dem Fenster und setzte sich auf einen Stuhl. Mitfühlend nahm sie Rebeccas Hand und zog Rebecca zu sich heran. »Wie geht es dir?«

»Wie soll es mir schon gehen?« Rebecca setzte sich neben sie.

»Das mit Daniel«, sagte Sabrina. »Das ist schrecklich. Und du warst dabei, ja? Auf offener Straße erschossen, behauptet dieser Kommissar Moreth. Mein Gott, vorgestern war Daniel doch noch hier. Er hatte Spätdienst. Ich kann das gar nicht glauben.« Den Kopf schüttelnd starrte sie auf den Boden. Aber dann schaute sie wieder Rebecca an. »Jammern hilft wohl nichts?«, lächelte sie verkrampft. »Warum …? Warum bist du eigentlich hier?«

»Ich dachte, ich besuch euch mal, und meine Patienten, vor allem Carmen.«

Sabrina ließ Rebeccas Hand los. »Carmen Sachs wurde verlegt, bereits vor zwei Wochen.«

Rebecca runzelte die Stirn. »Wohin?«

»Darüber darf ich dir keine Auskunft geben.« Etwas zu hastig stand Sabrina auf und ging zu dem Spülbecken neben dem Schrank mit den Medikamenten. »Möchtest du einen Kaffee?«

»Natürlich darfst du mir Auskunft geben. Ich bin krankgeschrieben, nicht entlassen.«

»Darüber würde ich mit dem Chef reden.«

Rebeccas Hände wurden kalt. »Was soll das heißen?« Erregt stand sie auf. Eigentlich hatte sie das gewusst. Eigentlich hatte sie geahnt, dass das passieren würde. »Irena. Sie intrigiert gegen mich. Ist es so?«

Das offene Mitleid in Sabrinas Augen machte es noch schlimmer. »Wolltest du dich in der Villa umbringen? Ja oder nein?«

»Ausgerechnet mit Valium, ja?«

»Dann sprich mit Prof. Dr. Garcia. Aber jetzt trinken wir erst einmal einen Kaffee. Das beruhigt die Nerven, jedenfalls meine.«

»Hallo, Rebecca.« Ebenso wie bei Sabrina sah Rebecca echte Freude in der Miene der Frau, die gemeinsam mit Frau Dr. Irena Maria Calescu in das Stationszimmer trat. Ann-Katrin Kaiser, strohblond und Assistenzärztin auf der C1, lächelte. »Schön, dich zu sehen.«

Rebecca schaute zu Irena, die weder sie noch Sabrina eines Blickes würdigte und wortlos wieder das Stationszimmer verließ. *Was hast du nur gegen mich?*, dachte sie. *Warum kannst du mich nicht ausstehen, Irena? Ich verstehe es einfach nicht.*

*****

Nicht mit mir. Mit mir macht ihr das nicht.

Sie fror, innerlich wie äußerlich.

Fluchtartig und halbblind vor Wut hatte Rebecca eine Stunde später die Klinik wieder verlassen und war zurück nach Köln gefahren.

Nach Hause hatte sie noch nicht fahren wollen. Unmöglich! Nicht jetzt! Später, und vor allem nicht in diesem Zustand. Isabell würde sich vor ihrem desolaten Anblick erschrecken. Denn inzwischen hatte Isabell darauf bestanden, doch zu ihr in die Villa zu ziehen. »Schließlich bin ich in erster Linie deine Freundin und nicht allein deine Haushälterin«, waren ihre Worte gewesen.

»Leider bin ich mir nicht sicher, ob Sie für die Klinik noch tragbar sind, Rebecca.« Prof. Dr. Garcias kalte Stimme in ihrem Innern war wie der eisige Regen, der sie durchnässt hatte, als sie sich hierhin in das zu dieser frühen Tageszeit leere Restaurant des Dom Hotels geflüchtet hatte.

Der Weg zum Büro des Chefarztes war kein leichter gewesen, und dennoch war sie ihn nach dem Besuch auf der Station C1 gegangen.

»Vertauschte Befunde, und zwar in den Akten *Ihrer* Patienten, Rebecca«, waren Garcias Worte gewesen, »und falsche Angaben bezüglich der Dosierung von Medikamenten. Wie lange nehmen Sie bereits Drogen, Rebecca? Sie wissen, dass ich Sie sehr schätze. Aber leider kann ich Ihre Arbeit hier in der Klinik nicht mehr befürworten.«

Sie nahm keine Drogen und war sich sicher, weder Befunde vertauscht noch Medikamente in falscher Dosierung verschrieben zu haben.

Die weiße Tischdecke flirrte ihr vor den Augen. Die Tasse Kaffee, die sie sich hatte bringen lassen, stand unberührt vor ihr auf dem Tisch. Regentropfen benetzten die Fensterfront rechts von ihr und verzerrten den Anblick der Bögen und Türme des Doms, so als wäre das gewaltige Wahrzeichen Kölns nicht mehr als ein Trugbild.

Ihr Handy klingelte, und ohne etwas von demjenigen zu ahnen, der hinter ihr das Restaurant betrat, nahm sie den Anruf an. »Ja?«

»Wo bist du?«, erklang Isabells Stimme.

Schritt für Schritt näherte er sich ihr durch das Restaurant, wobei er unentwegt auf ihren Rücken starrte. Hinter ihr blieb er stehen, so nah, dass er sie hätte berühren können und sie eigentlich seinen Atem auf ihrer Kopfhaut hätte spüren müssen.

»Mach dir keine Sorgen, Isabell.« Sie bemühte sich, ihrer Stimme einen festen Klang zu geben. »Ich musste nur mal raus.«

Bewegungslos verharrte er hinter ihr, den richtigen Zeitpunkt abwartend.

»Der Insolvenzverwalter der Modekette deines Mannes hat angerufen«, sagte Isabell. »Wenn du das Geld entsprechend dem Wert der Villa nicht auftreiben könntest, müsste sie verkauft werden, soll ich dir sagen. Sie sei Teil der Insolvenzmasse. Genau kann ich dir das nicht wiedergeben.«

Rebecca atmete tief durch. Eigentlich war das zu erwarten gewesen. Warum überraschte es sie dann trotzdem? »Schon gut. Ich komme gleich. Dann reden wir.«

Die jähe Bewegung neben ihr ließ sie zusammenzucken, während sie das Handy in ihre Hosentasche schob. Hastig blickte sie hoch. Es war nicht der Kellner, wie erwartet. Dieser Mann in grauer Lederjacke und blauer Jeans, ungefähr in ihrem Alter, groß und schlank, attraktiv, mit braunem Haar und blauen Augen starrte sie an. Sie kannte ihn nicht, hatte ihn nie zuvor gesehen.

»Sie sind hübscher, als ich erwartet hatte.« Seine Stimme hatte einen angenehm warmen Klang.

»Für eine Anmache bin ich nicht in Stimmung. Hauen Sie ab.«

»Sie verstehen mich falsch. Es ist eben nur erstaunlich, dass jemand wie Sie mit einem so viel älteren Mann wie Peter Belmont verheiratet war.«

Jetzt war *sie* es, die *ihn* anstarrte, als er ungefragt auf dem Stuhl gegenüber Platz nahm. Die leichten Schatten unter seinen Augen und der Dreitagebart waren nicht zu übersehen.

»Was soll das?« Ihr erster Impuls war, aufzustehen und zu gehen. Doch sie tat es nicht. »Woher kennen Sie meinen Mann?« Dieser Typ war keiner der beiden Männer, die sie in der Villa überfallen hatten, auch wenn ihr der Gedanke sofort gekommen war.

»Sehen Sie sich das hier an.« Sein Blick hatte etwas Aufmunterndes, als er sein Smartphone über den Tisch zu ihr schob.

»Woher kennen Sie mich?«

»Ich bin Ihnen gefolgt, Rebecca, den ganzen Tag, seit Sie die Villa verlassen haben.«

»Wie bitte?«

»Ich bin Ihnen gefolgt.«

»Das ist keine Antwort.«

Er schob das Smartphone noch näher zu ihr. »Sehen Sie sich das Bild an.«

Leonie!

Ihre Hände wurden kalt. Es war ein schlechtes Foto, aber das Mädchen auf dem Display des Smartphones war eindeutig Leonie. Dann folgte ein Bild von Mila.

Wie elektrisiert sprang Rebecca auf. Doch seine kräftige Hand umfasste ihr Handgelenk und hielt es fest. Ihr Kaffee schwappte auf die weiße Tischdecke. »Setzen Sie sich wieder.«

»Woher haben Sie die Fotos? Und wer, zum Teufel, sind Sie?« Der Klang ihrer Stimme glitt ins Hysterische. »Wissen Sie eigentlich, was Sie mir da antun?« Das jähe Auftauchen des jungen Kellners neben ihr ließ sie zusammenzucken. »Alles in Ordnung?«, fragte er.

»Ja, alles in Ordnung.« Das schwache Lächeln des Mannes, der noch immer ihr Handgelenk umklammerte, erreichte nicht seine Augen, als er den Kellner ansah. »Meine Freundin und ich haben nur einen kleinen Streit.«

»Ja.« Rebecca starrte auf den Tisch. »Ja, das stimmt. Nur ein Streit.« Sie schenkte dem Kellner einen kurzen Blick, während sie sich dem Griff der Hand beugte und sich wieder hinsetzte. Und endlich löste sich auch die Hand von ihrem Gelenk. Sie schaute zu dem Kellner hoch. »Alles in Ordnung. Wirklich.«

Mit einem Tuch tupfte der Kellner den übergeschwappten Kaffee von der Tischdecke. »Darf ich Ihnen noch etwas bringen?«

»Nein, danke.« Rebecca schüttelte den Kopf.

Die Augen ihres Gegenübers sahen sie an, nachdem der Kellner gegangen war. »Sie lieben Ihre Stieftöchter Leonie und Mila, richtig?«

Ihre Antwort war Schweigen, während ihre Blicke ineinander hingen. »Leben sie noch?«, sagte sie dann.

»Möglich.«

»Wo sind sie? Bitte sagen Sie es mir. Es sind doch noch Kinder.«

»Ihr Mann Peter Philipp Belmont war nicht der, der er vorgab zu sein«, sagte er, statt zu antworten. »Und vor allem hat er etwas gestohlen. Etwas, das jemand wiederhaben will.«

»Jemand?«, fragte sie.

»Das tut nichts zur Sache.«

»Dann sind *Sie* dieser Jemand?«

»Nein.«

»Aber Sie gehören zu ihm?«

Er lächelte leicht. »Sie sind gut.«

»Wie bitte?«

»Eine gute Schauspielerin.«

»Ich verstehe nicht.« Unruhig knetete sie ihre Hände, als er schwieg.

»Sie verstehen mich sehr genau«, sagte er.

Ihre Lippen zuckten. »So? Tue ich das? Sie denken, mein Mann hätte mich in das, was er angeblich getan haben soll, eingeweiht?« Jetzt war sie es, die leicht lächelte. »War es nicht paradox, meinen Mann zu töten, bevor er das, was er angeblich gestohlen haben soll, hat zurückgeben können?«

»Ein Unfall. Er hat sich gewehrt.«

»Sie waren das also!« Erneut sprang sie auf. »Und Daniel? Haben Sie ihn auch …?«

»Setzen Sie sich.« Der Klang seiner Stimme ließ keinen Widerspruch zu. Das Unbehagen in seinen Augen, als er zu dem jungen Kellner blickte, der sie von einer Ecke des Restaurants aus beobachtete, war nicht zu übersehen. »Wenn Ihnen Leonie und Mila etwas bedeuten, dann setzen Sie sich.«

Zögerlich nahm sie wieder Platz. Ein Sonnenstrahl, der sich durch das Muster aus Grau und Schwarz am Himmel mogelte, wärmte ihr Gesicht. »Ich habe nicht die blasseste Ahnung, um was es geht oder *wem* Peter *was* gestohlen haben soll.«

Sein gut geschnittenes Gesicht kam ihr nah, als er sich vorbeugte, so nah, dass sie jede Pore erkennen konnte. »Und ich habe Ihren Mann nicht getötet und Daniel

Hartmann auch nicht.«

»Wo sind die Mädchen?«

»Sie wollen das wissen, ja, Rebecca? Wollen Sie das?«

»Hören Sie auf mit diesen Spielchen.«

»Wenn Sie es erfahren wollen, dann denken Sie nach. Es *muss* etwas geben, irgendetwas, einen Hinweis, den Ihr Mann Ihnen hinterlassen hat. Bis übermorgen Nachmittag haben Sie Zeit. Wenn Sie mir dann nicht sagen, was Sie wissen, werden andere Sie dazu zwingen.«

»Das ist bereits geschehen.«

»Wie bitte?«

»Zwei Männer in meinem Haus.«

Die Überraschung in seiner Miene wirkte echt.

»Aber da ich in Wahrheit eben keine gute Schauspielerin bin«, sagte sie, »und tatsächlich nichts weiß, konnte ich auch denen nichts sagen, obwohl sie mich fast getötet haben.«

Momente lang herrschte Schweigen, und plötzlich war da etwas in seinen Augen, das so gar nicht zu seiner eiskalten Fassade passen wollte. Doch sofort erlosch es wieder.

»Geld? Geht es um Geld?«, sagte sie und zog die Augenbrauen hoch, als er nicht antwortete. »Und wenn ich zur Polizei gehe? Kommissar Moreth wäre sicher sehr interessiert an Ihnen.«

»Dann platzt der Deal. Denken Sie an Mila und Leonie.« Sein Lächeln offenbarte ein Grübchen in seiner linken Wange. »Sie schaffen das schon. Ihr Mann hat Sie eingeweiht, glauben Sie mir, selbst wenn es Ihnen nicht bewusst ist.«

Einen Augenblick hatte er sie noch angesehen, so als wollte er ihr Innerstes erforschen. »In zwei Tagen auf dem Roncalliplatz vor dem Dom, 16 Uhr«, waren seine letzten Worte gewesen. Dann war er einfach gegangen und hatte sie mit all ihren Fragen zurückgelassen, die er sowieso nicht beantwortet hätte, und mit ihrer Panik, sein Ultimatum nicht erfüllen zu können. Und am liebsten hätte sie ihn festgehalten und auf Knien angefleht, ihr zu sagen, wo die Kinder waren.

Der Kölner Dom hinter dem Fenster erstrahlte jetzt im Licht der Märzsonne, die ein Loch in der Wolkendecke gefunden hatte.

War das gerade tatsächlich geschehen?

Wer war dieser Mann?

Ein Irrer?

Und warum glaubte sie ihm überhaupt?

Der Kaffeefleck auf der weißen Tischdecke schien sie anzustarren.

Das ist verrückt. Was soll ich tun?

6

Blut! Überall rotes Blut!

Lukas' Herz klopfte zum Zerspringen.

Das, was er durch die offene Tür in dem weiß gefliesten Nebenraum sah, hatte er einmal in einem Schlachthaus gesehen, in dem sein Onkel gearbeitet hatte. Keine toten Menschen wie hier, aber genauso viel rotes Blut.

Seiner Kehle entrang sich ein Stöhnen, das er aber sofort unterdrückte. Besser, sie hörten ihn nicht, vor allem Rasvan.

Für kurze Zeit hatte Joana ihn aus seinem muffigen Gefängnis aus kalten Steinmauern befreit, weil er krank war, weil er Fieber hatte wie auch seine Mama damals. Die Spritze, die sie ihm gegeben hatte, würde das Fieber senken, hatte sie gesagt, bevor sie ihn hier in einem der kahlen gefliesten Räume zurückgelassen hatte.

Verängstigt verkrampfte er die Hände ineinander, während er dastand.

Die Deckenlampe im Nebenraum knisterte. Völlig unmöglich, nicht durch die offene Tür dorthin zu schauen. Das war wie ein Zwang.

Die starren Finger einer wächsernen Hand lugten unter dem blutigen weißen Leintuch auf dem Metalltisch hervor, und unter dem Tuch zeichnete sich die Kontur eines liegenden Menschen ab, eines ziemlich kleinen Menschen.

Ein Kind wie er selbst?

Es war also wahr!

Hier gab es noch mehr Kinder, und die mussten sterben wie er.

Er schluckte. Der Anblick war mehr, als ein neunjähriger Junge wie er ertragen konnte. Wäre das doch nur wieder ein Fiebertraum, dann wäre es nicht so schlimm.

Aber es war kein Traum.

Die Welt um ihn herum schien zu wanken, während er schwitzend und mit weichen Knien ein paar Schritte vorwärtsging, um sich an dem Türrahmen festhalten zu können.

Neben dem großen Metalltisch sah er einen kleinen Tisch, der mit einem blauen Tuch abgedeckt war. Seltsame Instrumente lagen darauf, ebenfalls voller Blut.

Die Stimmen von irgendwoher drangen wie durch eine Wolke aus Nebel zu ihm vor, als er den Raum zögerlich betrat.

»Rasvan, lass ihn in Ruhe! Bitte!«, schrie Joana.

»Der Säufer hat es vermasselt!«, brüllte Rasvan. Sein grobschlächtiges Gesicht und seine Glatze waren ganz leicht vorstellbar, auch ohne dass man ihn sah.

Über den großen Metalltisch hinweg starrte Lukas auf die verschlossene Tür dahinter. Von dort kamen die Stimmen.

»Bitte, bitte, nicht!«, jammerte Joana. »Tu Adrian

nichts, Rasvan! Wir haben doch, was wir wollen.«

»Was wir haben, ist eine Leiche, Mann!«

»Aber es klappt doch«, wimmerte Joana. »Es klappt. Verstehst du? Alles andere ist perfekt.«

»Sie ist ihm unter den Händen verblutet, Joana.« Rasvans Stimme bebte vor Zorn. »Adrian ist ein Stümper.«

»Aber von dem Aneurysma der Bauchaorta wusste er doch nichts. Das konnte er nicht wissen. Er kann doch nichts dafür.«

»Lüg nicht, Schlampe! Dein Stecher ist mit dem Messer abgerutscht, weil er wie immer besoffen war.«

»Nein. Er kann wirklich nichts dafür, glaub mir. Bitte, bitte, glaub mir doch!«

»Nein! Nicht!«, hörte Lukas plötzlich die bebende Stimme dieses Doktors namens Adrian. Todesangst spiegelte sich darin wider.

Der Pistolenschuss war wie ein Donnerhall und ließ Lukas in der Bewegung neben dem Metalltisch verharren. Stoßweise atmend stand er da. Rasvan hatte Adrian erschossen. Ganz sicher!

»Adriaaaan!« Joanas Aufschrei war so voll von Entsetzen, dass er Mitleid empfand.

»Einmal noch …«, sagte Rasvan. »Einmal noch ging die Kugel nur in die Wand und nicht in deinen Schädel, Adrian. Aber wenn ihr beide weiter Scheiße baut …«

»Alexej würde nicht wollen, dass du uns umbringst«, sagte dieser Adrian.

»Alexej ist nicht hier.«

Mit klammen Fingern hob Lukas das blutige Leintuch an und spürte den Schauer, der über seinen Rücken lief. Den Kopf leicht zur Seite gedreht, schien sie ihn mit ihren toten Augen anzustarren. Vorsichtig hob er das Tuch noch ein Stückchen weiter an. Blut! Überall! Der aufsteigende Brechreiz schnürte ihm die Kehle zu und hastig ließ er das Tuch wieder fallen, als er Rasvan in den Raum stürmen sah, die Pistole in der Hand.

Mutig ballte er die Hände zu Fäusten und schaute Rasvan mit aufgerissenen Augen an, obwohl ihm der wie ein bulliger Riese vorkam, der ihn wie ein Insekt würde zerquetschen können.

»Du bist böse!«, schleuderte er Rasvan entgegen. »Mein Papa würde dich totschlagen!« Warum tat er das? Wieso traute er sich das? Sein Papa lebte nicht mehr und würde ihm nicht helfen können.

»Joana, was macht der Junge hier?« Rasvan kam geradewegs auf ihn zu, und es vergingen Augenblicke – nein, wohl eher Minuten, Stunden, gefühlte Ewigkeiten – in denen Lukas glaubte, Rasvan würde ihn jetzt erschlagen, weil er unter das Tuch geguckt hatte.

Er keuchte vor Angst, wobei er versehentlich in das klebrige Blut auf dem Tisch fasste.

Da erschien ihm Joana wie ein Engel, als er sie hinter Rasvan auftauchen und auf sich zukommen sah. Das dunkle Haar hatte sie wie immer hochgesteckt, und ihre Augen waren vom Weinen verquollen. »Lass den Jungen. Er hat Fieber.«

Voller Erleichterung drückte Lukas sich an sie, als sie ihn in die Arme nahm. In diesem Augenblick war sie sein einziger Halt.

»Fieber, ja?« Rasvans Stimme vibrierte. »Wieder einer, der Fieber hat. Das hat Adrian also auch wieder verbockt.«

Lukas klammerte sich noch fester an Joana, während er den jungen dunkelhaarigen Mann namens Adrian nassgeschwitzt und kreidebleich hinter Rasvan in der Tür auftauchen sah.

Rasvan hob die Waffe und wandte sich zu Adrian um. »Worauf eigentlich noch warten? Du hast genug Mist gebaut.«

7

Der Fremde, der ihr in dem Hotel am Kölner Dom begegnet war, war ihre einzige Chance, Leonie und Mila zu finden. Aber die Frist lief ab. Zwei Tage waren seit seinem Auftauchen in dem Restaurant des Hotels vergangen, und sie hatte nichts gefunden. Gar nichts!

Das machte Rebecca verrückt.

Oder bluffte der nur?

Ein Trittbrettfahrer, ein Verrückter, der in Wahrheit nicht die geringste Ahnung hatte, wo die Kinder waren?

Wie lange starrte sie bereits auf den Grabstein ihres Mannes, ohne ihn wirklich zu sehen?

Die Blätter der weißen Rosen, die sie auf das Grab gestellt hatte, zitterten in dem kalten Wind, und die Menschen auf dem Friedhof nahm sie nicht wahr. *Was hast du wem gestohlen, Peter?*

»Ihr Mann hat regelmäßig Bareinzahlungen auf seine Geschäftskonten getätigt«, waren die Worte des Insolvenzverwalters der Belmont Modekette gewesen, mit dem sie Minuten zuvor telefoniert hatte. Woher das Geld stammte, war aber nicht rauszufinden.

Sie starrte auf Peters Grab. *Gestohlenes Geld? Geldwäsche?* Das war doch naheliegend. Warum sonst die Bareinzahlungen?

»Hallo, Rebecca.«

Die Stimme ließ sie herumschnellen.

»Chris.«

Er sah schlecht aus, so schlecht wie an jenem Abend, als Daniel ermordet worden war und sie ihn durch das Fenster draußen vor dem Restaurant XII Apostel gesehen hatte.

Eigentlich kannte sie ihren Arztkollegen aus der Lafayette Rheinland-Klinik nur als gestylten Lebemann, auch wenn er sicher auf der Stelle jeden Schwur geleistet hätte, dass er nur sie liebte. Doch jetzt war sein kurzes blondes Haar filzig, seine Wagen waren eingefallen, so als hätte er massiv abgenommen, und die tiefen Schatten unter seinen graublauen Augen erschreckten sie.

»Was machst du hier?«, sagte sie.

»Das Grab meines Bruders besuchen.« Sein Blick glitt unruhig hin und her und mied ihr Gesicht. Sein Lächeln wirkte gequält. »Das mit deinem Mann tut mir leid«, sagte er. »Und dass Daniel erschossen wurde …«

»Du warst an dem Abend da.«

»Ja.« Er nickte. »Dieser Kommissar Moreth hatte mich deswegen vorgeladen. Aber es war nur Zufall, dass ich da war. Ich wollte in der Innenstadt einen Freund besuchen.«

Ihre Blicke trafen sich, und einen Moment schienen ihnen die Worte zu fehlen, doch dann: »Du hast noch immer meine Frage nicht beantwortet, Rebecca. Und inzwischen warte ich schon so lange«, sagte Chris, während er einen Schritt vortrat und ihr so nahekam, dass sie sich zwingen musste, nicht zurückzuweichen. »Ich muss es jetzt wissen. Liebst du mich, Becky?«

Der Kosename ließ sie erschauern. So hatte Peter sie immer genannt. Jetzt war *sie* es, die *seinem* Blick auswich, und ihre Antwort war Schweigen.

»Nur Schweigen? Mehr bekomme ich nicht?«

Sie sah ihn an. »Habe ich dir denn jemals Anlass gegeben, zu glauben, dass ich etwas für dich empfinde, Chris?« Unwillkürlich nahm sie seine Hand. »Es tut mir wirklich leid. Aber ich habe Peter geliebt, obwohl er so viel älter war als ich.« Sie ließ seine Hand wieder los.

»Peter war nicht der, der er vorgab zu sein, Becky.« Eine Sekunde lang glomm so etwas wie Triumph in Chris' Augen auf, als er ihren irritierten Blick sah.

»Was soll das heißen?«

Doch statt zu antworten, schaute er zu dem Grabstein. »Ein außergewöhnlicher Spruch, den du deinem Mann in den Stein hast gravieren lassen. Das Lächeln des Todes.«

»Das habe ich nicht. Das hat Peter in seinem Testament selbst verfügt.« Der Atem stockte ihr, während sie zu der Gravur auf dem Grabstein blickte.

Der Tod lächelt uns alle an. Das Einzige, was man machen kann, ist zurückzulächeln.

Ein Hinweis?

War dieser Spruch etwa das, was sie suchte?

»Was weißt du über Peter, was ich nicht weiß, Chris?«

»Nichts.« Er kam ihr so nah, dass sie seinen Atem auf ihrer Stirn spürte, bevor er einen Kuss darauf drückte. »Ich glaube, ich gehe jetzt besser.«

»He.« Sie lächelte. »Pass auf dich auf.«

Sie blickte ihm hinterher, als er davonging. Dennoch sah sie nicht, was mit Chris geschah, als er durch das eiserne Tor des Melaten-Friedhofs auf den Bürgersteig trat. Weder sah sie die schwarze Limousine, die im Schutz der winterkahlen Bäume auf der Weinsbergstraße vor dem Friedhof parkte, noch den Mann in dunklem Mantel, der aus dem Wagen stieg.

Chris zog den Reißverschluss seiner braunen Jacke zu. Was hatte er denn geglaubt? Die Abfuhr von Rebecca war doch zu erwarten gewesen. Aber eines Tages … Er liebte, er brauchte sie. In ihrer Nähe fühlte er sich wohl, selbst wenn es ihm eigentlich dreckig ging. Gut vier Wochen war Peter erst tot. Welcher Teufel hatte ihn geritten, sich ihr jetzt schon zu nähern? Er wandte sich nach links und ging den Bürgersteig entlang.

»Ganz ruhig, Chris. Sie wissen, dass ich bewaffnet bin.«

Abrupt blieb Chris stehen, ohne den Mann anzusehen, der neben ihn getreten war. »Was wollen Sie?«

»Steigen Sie in den Wagen.«

»Was soll das? Habe ich nicht immer getan, was Sie wollten?«

»Sie haben es getan, weil *Sie* selbst es wollten.«

Chris schüttelte den Kopf. »Aber nicht so. Nicht so, wie …«

»Das ›Wie‹ bestimmen wir. Das wussten Sie. So naiv konnten Sie nicht sein.«

Chris atmete stoßweise. »Und wenn ich nicht in den Wagen steige?«, sagte er und blickte den Mann mit eisgrauem Haar und ebenso grauen Augenbrauen jetzt doch an.

»Sie sollten es tun, glauben Sie mir.« Das leise Klicken einer Schusswaffe war zu hören, obwohl sie nicht zu sehen war. Das Gesicht unter den grauen Augenbrauen zuckte.

Widerspruchslos setzte sich Chris auf den Rücksitz des Wagens, und mit monotoner Gleichmäßigkeit wischten die Scheibenwischer den einsetzenden Nieselregen weg, als der Wagen losfuhr. Tomas, der junge Fahrer, dessen Augen im Rückspiegel zu sehen waren, schenkte ihm keinerlei Beachtung, doch der Grauhaarige neben ihm auf dem Rücksitz umso mehr. Die Pistole steckte in dessen Manteltasche.

»Was haben Sie mit mir vor, Alexej?« Etwas schnürte Chris die Luft ab, drückte auf seine Brust. *Angst?* Natürlich Angst, obwohl er sie nicht zu zeigen versuchte. Kalter Schweiß war ihm nicht nur ausgebrochen, er badete bereits darin. Etwas, das gefährlich war. Denn sie waren wie Raubtiere. Je mehr sie seine Angst rochen, umso eher schlugen sie zu, und wenn sie zuschlugen, war die Chance zu überleben gleich null.

*****

Natalies Anruf schockierte Rebecca zutiefst und erreichte

sie, während sie von dem Melaten-Friedhof nach Hause zur Villa fuhr. Chris war nicht mehr zu sehen gewesen. Nur sein Wagen hatte noch am Straßenrand gestanden.

Augenblicklich sah sie das rundliche Gesicht von Leonies und Milas leiblicher Mutter Natalie mit den blauen Augen und dem gewellten dunkelblonden Haar vor sich.

»Sie lebt, Rebecca! Leonie lebt!«, erklang deren aufgeregte Stimme aus der Freisprechanlage des silbernen Golfs. »Hier, hör selbst. Ich spiele es dir vor.«

»Mami, hilf mir! Bitte, hilf mir!«, war Leonies Stimme plötzlich zu hören. Aber dann brach es ab, und erneut erklang Natalies aufgewühlte Stimme. »Du hörst es doch auch, dass es Leonie ist. Das tust du doch? Leonie hat auf den Anrufbeantworter meines Handys gesprochen, frühmorgens, als ich noch geschlafen und es nicht mitbekommen habe. Sie ist es. Bitte, bitte, glaub mir!«

Rebecca musste am Straßenrand anhalten und den Blinker setzen, so erhitzt, ja fast hysterisch hallte Natalies Stimme aus dem Lautsprecher durch den Wagen. Unmöglich, weiterzufahren.

»Sie ist es«, wimmerte Natalie. »Ich kenn doch die Stimme meiner Tochter, auch wenn der Anrufbeantworter sie verzerrt. Irgendwie ist Leonie an ein Telefon gekommen. Ich weiß es doch auch nicht. Es war …«

»Warte eine Sekunde, Natalie. Ich kann hier mit dem Wagen nicht stehen bleiben.« Ein paar Meter weiter am Rand der von Kölner Altbauten gesäumten Straße fand sie einen Parkplatz, schaltete den Motor aus, nahm das Handy aus der Halterung und hielt es ans Ohr. »Ja, es ist Leonies Stimme, Natalie. Ich habe sie auch erkannt.«

»Sie hat ›Mami, hilf mir.‹ gesagt und dann noch ein paar Worte. Und dann hat sie plötzlich geschrien. Und dann war der Anruf beendet. Einfach beendet. Und vorher hat sie so schrecklich geschrien. Verstehst du?« Natalie fing an zu weinen, und Rebecca lief es kalt den Rücken hinunter.

»Dieser verfluchte Rollstuhl, in dem ich sitze«, schluchzte Natalie. »Ich könnte ihn an die Wand klatschen. Mein Kind braucht meine Hilfe und ich kann nichts tun. Nichts!«

»Und dein Freund?«

»Andreas?« In Natalies Stimme schwang Hohn mit. »Der sagt, wir könnten sowieso nichts tun, als abzuwarten. Die Kripo hätten wir ja schon über den Anruf informiert. Aber du liebst doch meine und Peters Kinder genauso wie ich. Es sind doch auch deine Kinder. Leonie hat doch sogar Mama zu dir gesagt, weswegen ich immer eifersüchtig war. Bitte, du musst mir helfen.«

»Hat Leonie noch etwas gesagt?«

»Hermannstadt.« Natalie atmete hektisch und hustete. »Hermannstadt. Das war das Letzte, was sie sagen konnte, bevor der Anruf abgebrochen ist.« Sie atmete noch hektischer.

»He, Natalie, ganz ruhig. Atme langsamer. Hörst du? Sonst hyperventilierst du.«

Ernsthafte Konkurrentinnen waren sie und die Exfrau ihres Mannes, die nach einem Unfall im Rollstuhl saß, noch niemals gewesen. Denn Natalie und Peter hatten sich einvernehmlich getrennt. Aber zum ersten Mal empfand sie eine tiefe Verbundenheit mit Natalie. »Ganz ruhig«, sagte sie. »Ein Atemzug nach dem anderen. Hörst du?« Zu ihrer Erleichterung spürte sie, dass Natalie sich beruhigte.

»Du hilfst mir also, Rebecca?«

»Was ist mit der Telefonnummer, von der Leonie angerufen hat? Wem gehört sie? Das lässt sich doch rausfinden.«

»Eine rumänische Nummer. Die von der Kripo versuchen es. Aber so einfach ist es wohl nicht. Der rumänische Provider weigert sich, Auskunft zu geben. Die Stadt, deren Namen Leonie gesagt hat, liegt in Rumänien.«

Rebecca atmete hörbar aus, während ihr Blick gedankenverloren an dem jungen Pärchen hing, das an ihrem Wagen vorbei durch den Regen hetzte. »Und Kommissar Moreth?«

»Er sagt, er habe bereits die rumänische Polizei in Hermannstadt davon in Kenntnis gesetzt. Aber einen Hinweis auf ein deutsches Mädchen, dessen Beschreibung auf Leonie passen könnte, läge dort nicht vor.«

»Und Mila?«

»Nichts.« Natalie fing wieder an zu weinen. »Bitte, Rebecca. Wenn ich nicht im Rollstuhl säße … Bitte bring mir meine Babys zurück. Bitte, bitte, bitte.«

Natalies verzweifeltes Schluchzen schnürte Rebecca die Kehle zu, und als das Gespräch beendet war, starrte sie auf die Regentropfen, die auf die Windschutzscheibe prasselten.

»Bring mir meine Babys zurück«, hatte Natalie gesagt. Ihre Babys waren zehn und sechzehn.

Die Kühle des Lenkrades tat gut, als sie ihre heiße Stirn darauf legte.

Leonie lebt.

Sie hat angerufen.

Sie lebt!

Also hatte ihr Gefühl sie nicht getrogen. Ein Wunschtraum, der in Erfüllung zu gehen schien, eine Hoffnung, die sich zu realisieren schien. Zumindest in Bezug auf Leonie hatte der Fremde in dem Restaurant am Kölner Dom somit nicht gelogen.

Mit steifen Fingern wählte sie Kommissar Moreth' Nummer. Bevor sie allerdings die letzte Zahl eingetippt hatte, drückte sie die Nummer wieder weg.

Verdammt! Was war falsch und was richtig?

»Und was, wenn ich zur Polizei gehe?«, hallten ihre eigenen Worte in ihrem Kopf wider, die sie zu dem Fremden in dem Restaurant gesagt hatte. *»Dann platzt der Deal«*, waren die Worte des Mannes gewesen.

Sie steckte das Handy wieder in die Halterung, ließ den Motor an, fuhr aus der Parklücke und nach Hause.

8

Wie ein Schauer ergoss sich gegen Nachmittag Sonnenlicht über die erhabenen Türme des Kölner Doms.

»Leonie lebt. Sie lebt!«

Natalies Worte waren der Motor, der Rebecca das Risiko hatte eingehen lassen, hierher zu kommen und auf dem Roncalliplatz neben dem Dom auf ihn zu warten.

Aber er war nicht hier, obwohl er längst hätte kommen müssen.

Braunes Haar, blaue Augen, großgewachsen, attraktiv. Ungeachtet dessen, dass er zwei Tage zuvor im Restaurant des Dom Hotels wie ein Geist in ihr Leben gerauscht und wieder verschwunden war, war sie überzeugt davon, ihn sofort zu erkennen.

Der Tod lächelt uns alle an. Das Einzige, was man machen kann, ist zurückzulächeln.

Diese Worte auf dem Grabstein ihres Mannes hatten sie zu dem Briefumschlag geführt, der jetzt in der Tasche ihrer braunen Winterjacke steckte. Im Büro ihres Mannes in der Rückwand des Ölbildes, das er »Das Lächeln des Todes« genannt hatte, hatte sie den Umschlag gefunden. Vielleicht hing das zusammen. Vielleicht war das der Hinweis, den sie gesucht hatte.

Ihre Nervosität wuchs.

Eine Schar Kinder lief an ihr vorbei. *Wohl eine*

Schulklasse. Sie spürte das leichte Zupfen an ihrem Jackenärmel und blickte hinab.

»Hier.« Ein blonder Junge schob ihr etwas in die Hand, was sich wie Papier anfühlte. »Hat mir ein Mann gegeben. Er sagte, ich solle es Ihnen geben.« Und bevor sie etwas erwidern konnte, lief er bereits davon.

Ich sagte doch, keine Polizei, stand auf dem Zettel. *Was machen dann Kommissar Moreth und seine Leute hier?* Die folgenden Zeilen bestanden aus Anweisungen, was sie zu tun hatte.

Isabell. Isabell musste Kommissar Moreth angerufen haben. Sie war die Einzige, der sie davon erzählt hatte.

Ihre Wahl fiel auf den Dom. Ein Leichtes, Kommissar Moreth in der monumentalen Kirche abzuhängen. Mit raschen Schritten betrat sie den Dom über das Seitenschiff und ließ sich in einer Gruppe Touristen über das Seitenschiff auf der anderen Seite des Doms wieder nach draußen treiben.

Ein Mann schien ihr zu folgen, als sie sich aus der Gruppe löste und nach rechts zum Parkhaus ging. Aber als sie zurückblickte, sah sie ihn nicht mehr.

Entschlossen folgte sie den Anweisungen auf dem Zettel, fuhr im Parkhaus mit dem Aufzug zur zweiten Parkebene und lief über die Ausfahrt wieder zur ersten Parkebene hinunter.

Parkebene B1. Mit klopfendem Herzen blieb sie zwischen all den Autos stehen. Weit und breit keine Menschenseele, und in diesem Moment war das so bedrohlich, dass sie nur zu gern davongelaufen wäre. Sie blickte umher. Irgendwo musste er doch sein.

»Was haben Sie für mich?«

Hastig fuhr sie herum. Sie hatte ihn nicht kommen hören.

Er blickte sie nicht einmal an, bevor er ihr Handgelenk umfasste und sie mit sich zwischen zwei Autos bis zur Wand zog.

Ihre Blicke trafen sich. »Was sollte das mit Kommissar Moreth?«, sagte er.

Da war keinerlei Zorn in seinen Augen. Dennoch scheute Rebecca sich vor der Erklärung, dass es ihre Haushälterin gewesen sein musste, die Moreth angerufen hatte. »Mein Mann hat offenbar in regelmäßigen Abständen gewaschenes Geld bar auf die Geschäftskonten der Belmont Modekette eingezahlt, um sie vor der Insolvenz zu retten«, sagte sie deshalb, statt zu antworten. »Naheliegend, dass es aus illegalen Geschäften stammt.«

Er lachte auf. »Ist das alles, was Sie für mich haben?«

»Und diesen Umschlag hier.« Sie zog den großen Briefumschlag aus ihrer Jackentasche, den sie in Peters Büro gefunden hatte. »Er war hinter einem Gemälde versteckt.«

Sein Blick, als er den Umschlag in den Händen hielt und das vergilbte Papier herauszog, sagte alles. »Wollen Sie mich verarschen?«

»Nein.« Sie schüttelte den Kopf. »Ich habe nur nichts anderes gefunden. Mein Mann hat das ausgesprochen sorgsam versteckt. Irgendetwas muss daran wichtig sein. Vielleicht enthält das die Hinweise, die Sie suchen. Hören Sie, ich weiß nichts. Ich weiß wirklich nichts. Peter hat mich nie in seine Geschäfte eingeweiht, weder in die legalen noch in die illegalen. Bitte, sagen Sie mir, wo die Kinder sind.«

Er sah sie nur an.

»Wo sind Leonie und Mila?«, sagte sie. »Bitte. Sie haben es versprochen.«

Seine Antwort war Schweigen, und sein Blick erforschte ihr Gesicht, so als suchte er etwas darin.

»Sie wissen es gar nicht!«, schrie sie. »So ist es doch. Was sind Sie? Ein Trittbrettfahrer, ein Sadist, der von dem Mord an meinem Mann in der Zeitung gelesen hat und Spaß daran hat, dessen Frau zu quälen?« Einen Augenblick schaute sie ihn noch an. Dann wandte sie sich ohne ein weiteres Wort ab. *Wie konnte ich nur so bescheuert sein?*

»Rebecca.« Er fasste ihren Arm und hielt sie zurück. »Wenn Sie wirklich nichts wissen, dann verschwinden Sie von hier. Verlassen Sie Köln. Und halten Sie sich von der Klinik fern.« Zu ihrem Erstaunen spiegelte sich ernsthafte Sorge in seinen Augen. Aber als das Geräusch eines Motors zu hören war, ließ er sie los und blickte zum anderen Ende der Parkebene. »Verstecken Sie sich irgendwo. Schnell!«

»Was?« Sie folgte seinem Blick und sah einen dunklen Mercedes über die Zufahrt auf die Parkebene fahren.

»Tun Sie, was sich sage!«, schrie er.

Hastig rannte sie zu einem gelben Citroen und hockte sich dahinter.

Ein paar Meter von ihr entfernt verstummte das Motorengeräusch. Sehen konnte sie nicht, was geschah, nur hören, das Aufklappen einer Autotür, Schritte.

»Hallo, Marius.« Die Männerstimme, die das sagte, war ihr unbekannt.

Marius. So hieß er also.

»Was soll das, Alexej? Nimm die Pistole runter. Wir wollten uns doch erst in einer halben Stunde hier treffen.«

»Was ist in dem Umschlag, den du da hast? Ist es das, was sie dir gegeben hat?«, sagte dieser Alexej.

Rebeccas Puls raste. Sie hörte ein Rascheln und dann erneut die Stimme dieses Alexejs. »Das ist es, ja? Das hat sie dir gegeben? Willst du mich verarschen, Marius? Willst du das?«

Sekunden der Stille vergingen. Aber dann war da das Geräusch eines brutalen Schlages, ein schmerzerfülltes Aufstöhnen und das Poltern eines Aufpralles, so als wäre jemand gegen eines der Autos geknallt.

»Hör auf, Alexej! Hör auf! Sie weiß nichts. Diese Frau weiß nichts. Ihr Mann hat ihr nichts erzählt.«

»Hat die Schlampe dich rumgekriegt, ja? Hat sie dich mit ihrem Lächeln eingewickelt und dich davon überzeugt, sie sei ein Unschuldsengel? Wie blöd bist du eigentlich, Marius? Besorg mir, was der Boss will. Sonst bist du tot und die Schlampe auch.«

Sekundenlang verharrte Rebecca noch wie gelähmt hinter dem gelben Citroen, als der schwarze Mercedes bereits davongefahren war. Dann stand sie auf.

Den Kopf gesenkt stützte sich Marius auf den Kofferraum eines Wagens und wischte sich mit seinem Jackenärmel Blut vom Gesicht.

»Verschwinden Sie«, sagte er, als er sie sah.

Warum tat sie das nicht? Warum drehte sie sich nicht einfach um und lief davon? Warum ging sie stattdessen zu ihm? »Lassen Sie mich mal sehen. Ich bin Ärztin.«

»Ich sagte, verschwinden Sie. Verlassen Sie Köln. Sie haben gehört, was er gesagt hat.«

»Wer sind Sie? Und wer ist dieser Alexej? Erklären Sie es mir.«

»Verschwinden Sie. Haben Sie denn noch immer nicht genug?«

Einen Moment sah sie ihn noch an. Dann wandte sie sich zögerlich ab und ging zum Treppenhaus. Mit einem leisen Klacken fiel die schwere Eisentür hinter ihr automatisch zu, als sie hindurchgegangen war.

»Sie ist keine Schlampe, du Schwein«, sagte Marius, während sein Blick an der Tür haftete. »Nein, das ist sie nicht.« Bisher hatte er nur seinen Job gemacht, wie ein Zombie, dessen Seele bereits Jahre zuvor gestorben war. Aber plötzlich war da mehr. Auf einmal war da wieder ein Gefühl, und es tat weh, es tat verdammt weh.

Körperlicher Schmerz hatte keine Bedeutung, doch der andere, der innere war die Hölle.

9

Erst Stunden später war Rebecca wieder zuhause.

Sie musste zur Ruhe kommen, allein sein, wieder klar denken können. *Irgendwie.*

Das warme Nass der Dusche in dem schwarz-weiß gefliesten Badezimmer im ersten Stock der Villa tat gut, und der zarte Orangenduft des Duschgels belebte ihre Sinne.

Genussvoll ließ sie sich den warmen Regen auf das Gesicht prasseln und dann auf ihren nackten Körper. Die wohlige Wärme erlöste sie von ihren kreisenden Gedanken und von den Vorwürfen, die Kommissar Morcth ihr gemacht hatte, als sie ihm beim Verlassen des Parkhauses begegnet war.

Natürlich hatte Moreth recht. Sie hätte ihm von diesem Fremden erzählen müssen. Aber die Hoffnung, Leonie und Mila zu finden, stellte alles andere in den Schatten, bestimmte ihr Denken und Handeln. Für Vernunft war da kein Platz.

»Verlassen Sie Köln«, sagte die Stimme dieses Marius in ihrem Kopf. *»Und halten Sie sich von der Klinik fern.«* Sie lehnte die Stirn gegen die kühlen Fliesen und ließ das Wasser auf ihren Rücken prasseln. »Wer, zum Teufel, bist du?«, sagte sie.

Wasserschwaden hüllten sie ein, als sie aus der Dusche

stieg und sich ein Handtuch nahm. Sofort fror sie.

In das Handtuch gewickelt ging sie zu dem beschlagenen Spiegel, wischte mit der Hand darüber und schaute hinein.

Die Frau in dem Spiegel mit dem blassen Gesicht und dem feuchten rotblonden Haar zeigte keine Regung, blinzelte nicht einmal. Nur der Ausdruck in ihren grünblauen Augen ähnelte dem der jungen Frau auf dem Ölgemälde in Peters Büro, wo sie den Briefumschlag gefunden hatte. Traurigkeit spiegelte sich darin.

Sie senkte den Kopf.

Die kurze Entspannung, die sie während des Duschens empfunden hatte, war verflogen. Stattdessen krallten sich ihre Finger so um den Rand des Waschbeckens, dass ihre Knöchel weiß hervortraten.

Die Klinik. Das war nur ein Gedanke von vielen, die ihr dauernd und unkontrollierbar durch den Kopf jagten. Was stimmte da nicht?

»Mami, hilf mir!« Das war Leonies Stimme.

Rebecca hob den Kopf. Sie wusste, was sie zu tun hatte, und sie würde es tun.

*****

»Du bist verrückt, Rebecca.«

Mit verschränkten Armen stand Isabell am nächsten Vormittag neben dem Doppelbett in dem Schlafzimmer im ersten Stock der Villa.

Ihre Haushälterin war einer der schrillsten Menschen, denen Rebecca je begegnet war. Und heute war sie noch stärker geschminkt als üblich. Die Strähnen in Isabells braunem Haar und ihr T-Shirt bildeten ein pinkes Duo. »Ich helf dir kein Stück dabei, den Koffer zu packen«, sagte sie.

»Das brauchst du auch nicht.« Rebecca zog einen Stapel Pullis aus dem Schrank und legte ihn in den Koffer auf dem Bett.

Isabell verstränkte die Arme vor dem Bauch. »Du rennst einem Hirngespinst hinterher. Natalie ist doch völlig durchgedreht, weil ihre Kinder verschwunden sind. Rumänien. Das ist absurd.«

»Aber es *war* Leonies Stimme auf Natalies Anrufbeantworter. Ich habe sie auch erkannt.«

»Wenn du dich weiterhin nicht um die Insolvenz der Modekette und um deinen Job in der Klinik kümmerst, hast du bald nichts mehr. Und die Villa verlierst du auch.«

Während sie Jeanshosen in den Koffer legte, schenkte Rebecca Isabell einen kurzen Blick. »Die Villa ist mir egal.«

»Und dein Beruf?«

»Hör auf damit.«

»Komm zur Vernunft, Becky.«

»Ich sagte, hör auf!«

Rebecca schaute Isabell hinterher, als diese sich beleidigt abwandte, um zu gehen. Einen Augenblick zögerte sie, aber dann besann sie sich. Ihren Frust an

Isabell auszulassen, war unfair. Schnellen Schrittes folgte sie ihr, fing sie ein, drehte sie zu sich herum und nahm sie in die Arme. »He, es tut mir leid.« Sie ließ sie los und sah sie an. »Hm.« Sie lächelte. »Im Moment bist du doch solo. Was hältst du also von einem verdammt gutaussehenden Vampir, den ich dir aus Transsilvanien mitbringe?«

Der Scherz entlockte Isabell ein schwaches Lächeln. »Nur, wenn er gut kochen kann«, ging sie darauf ein. »Das hasse ich nämlich.« Aber sofort wurde ihre Miene wieder ernst. »Ich mache mir doch nur Sorgen um dich.«

»Es gibt keine Vampire.«

»Hör auf damit. Du weißt genau, was ich meine. Deine Eltern würden sich auch furchtbar aufregen, wenn sie wüssten, was du vorhast.«

Die Erwähnung ihrer Eltern versetzte Rebecca einen Stich. Denn natürlich hatte Isabell recht. »Meine Eltern wissen nur, was sie wissen müssen, und ich möchte, dass das so bleibt.« Sie setzte sich auf das Bett. »Bringst du mich zum Flughafen?«

*****

»Ich habe Angst.«

Die Frauenstimme, die zwei Stunden später am Köln-Bonner Flughafen aus Rebeccas Handy dröhnte, war nur schwer zu verstehen. »Ich habe eine Scheißangst, dass sie mir das Gleiche antun wie Daniel.«

Der Anruf erreichte Rebecca in der Wartehalle des

Flughafens, nachdem sie bereits eingecheckt und sich von Isabell verabschiedet hatte. »Komm wieder, Becky«, hatte Isabell gesagt, sie umarmt und nicht mehr loslassen wollen. »Versprich es.« Und sie hatte es versprochen, und Isabell war gegangen.

»Vielleicht töten die mich ja auch, Rebecca«, sagte die Stimme jetzt an ihrem Ohr.

Es dauerte, bis Rebecca überhaupt begriff, wer der Anrufer war. »Ann-Katrin?« Augenblicklich sah sie die junge blonde Assistenzärztin der C1 der Lafayette Rheinland-Klinik vor sich. Sie hielt sich ein Ohr zu und ging in die ruhigste Ecke der Halle, um die Stimmen der Menschen in der Wartehalle zu verdrängen und Ann-Katrin besser verstehen zu können.

»Vielleicht knallen die mich einfach ab wie Daniel.«

»Warum sollte das jemand tun?«

»Weil Daniel gemerkt hatte, dass hier in der Klinik etwas nicht stimmt und es nachgeprüft hat, ebenso wie ich jetzt.«

Rebecca hielt den Atem an. »Was stimmt nicht?«

»Gefälschte Laborwerte.«

»Das kann ein Versehen sein.«

»Nein, sie wurden bewusst manipuliert, und zwar zu schlechteren Werten, als der Patient tatsächlich hatte. Dadurch haben sie für ihn bei der Organverteilung über die Datenbank eine Spenderleber erschlichen, die einem anderen zugestanden hätte.«

»Hast du schon mit jemandem darüber gesprochen?«

»Nein. Nur mit dir. Vielleicht sollte ich mit Sabrina darüber reden oder mit Frau Dr. Irena Calescu.«

»Ruf Kommissar Moreth an.«

»Nein.«

»Nur wegen der gefälschten Werte wird dir niemand etwas tun, Ann-Katrin.«

»Daniel haben sie auch erschossen.«

»Aber …«

»Ich melde mich wieder, Rebecca. Da kommt jemand. Ich muss aufhören.«

Einen Moment stand Rebecca wie paralysiert da, nachdem der Anruf beendet war. *Was tun? Moreth anrufen?* Nein, das war Ann-Katrins Aufgabe, nicht ihre. Möglich, dass sie Ann-Katrin, wenn sie es doch täte, damit sogar in Gefahr brächte.

Sie atmete tief durch. Ann-Katrins Anruf ließ sie den Drang verspüren, hier in Köln zu bleiben.

Rumänien. Hatte Isabell recht? Rannte sie einem Hirngespinst hinterher?

10

Schweißgebadet warf Chris sich auf dem ruckelnden Boden, auf dem er lag, hin und her. Müsste er nicht in der Klinik sein? Er hatte doch Dienst. Welche Operationen standen für heute an?

Deutlich hatte er Rebeccas Gesicht vor Augen. *»Liebst du mich, Becky?«*, hatte er sie gefragt und das ausgerechnet auf dem Friedhof vor dem Grab ihres Mannes. *Idiot!*, dachte er.

Alexej!

Vor dem Melaten-Friedhof hatte Alexej ihn abgefangen und ihn gezwungen, in den dunklen Wagen zu steigen.

Schlagartig war die Erinnerung wieder da, und mit einem Aufschrei fuhr Chris aus dem Dämmerzustand hoch und blickte in nichts als muffig riechende Schwärze und spürte das unentwegte Ruckeln. Es dauerte, bis er begriff, wo er war; der leichte Benzingeruch, das dauerhafte Ruckeln und das Motorengeräusch. *Der Laderaum eines Lieferwagens!*

Etwas rasselte, und seine rechte Hand folgte ganz automatisch seiner linken Hand, als er versuchte, die Wand zu ertasten. *Handschellen!*

Offenbar war er bewusstlos gewesen. Sicher hatten sie ihm etwas eingeflößt oder gespritzt. Seine Erinnerung gab das nicht her. Aber dass sie ihn entführt hatten, konnte nur eines bedeuten. Daniel war der Erste gewesen, der eliminiert worden war, und er würde der Nächste sein, weil er zu viel wusste.

Denk nach. Sein Kopf schmerzte, und sein Mund fühlte sich trocken an. Dennoch galt es nachzudenken, irgendeinen Ausweg zu finden.

Mit bebenden Fingern versuchte er, die finstere Umgebung zu ertasten. *Kisten.* Rechts und links standen ein paar Holzkisten, und dort vorne musste die Tür sein, der Weg in die Freiheit. Auf Knien kroch er dorthin. Die Doppeltür klapperte, als er dagegen drückte.

Ruhig. Ganz ruhig. Bloß jetzt nicht durchdrehen. Tief durchatmen, redete er sich zu, obwohl die absolute Finsternis ihn verrückt machte.

Durch die Rückwand des Laderaums drangen Stimmen aus der Fahrerkabine zu ihm, während er sich gegen eine der Kisten lehnte. Hastig kroch er zu der Wand und schlug dagegen, wieder und immer wieder.

Dann verharrte er in der Bewegung und lauschte. Die Stimmen in der Fahrerkabine waren verstummt, der Wagen fuhr jedoch weiter.

Ich muss sie mürbemachen.

Seine Hände schmerzten von den vielen weiteren Schlägen gegen die Wand. Doch irgendwann hörte das Ruckeln auf und der Motor des Wagens verstummte.

Jetzt galt es, clever zu sein. So schnell er konnte, kroch er zu der Tür und stand auf, als die Verriegelung von außen geöffnet wurde.

Mit einem Tritt stieß er die Tür von innen auf und hörte den Aufschrei des Mannes, der von der Tür getroffen worden war. Noch geblendet von dem Licht sprang er von der Ladefläche aus dem Wagen und rannte die einsame Straße entlang. Rechts der Straße materialisierten sich Stoppelfelder mit sporadischen Schneeresten, links vereinzelte Baumgruppen.

Die Bäume! Seine einzige Chance. Denn hinter den Baumgruppen war dichter Wald.

Jemand rannte hinter ihm her, und die schnellen Schritte kamen näher und näher. »Stehenbleiben!«, brüllte eine Männerstimme.

Die Panik ließ ihn einen Haken nach links über die Straße zu einer der Baumgruppen schlagen. Den aufheulenden Motor nahm er erst wahr, als er den weißen Lieferwagen, in dem er gefangen gewesen war, auf sich zurasen sah.

Nein! Er ahnte, dass er sterben würde, jetzt und hier, während er krampfhaft die kalte Luft einsog und einfach weiterrannte. *Nein!* Sein Leben konnte doch noch nicht zu Ende sein. Noch nicht jetzt!

Der Lieferwagen berührte ihn. Da er aber mit quietschenden Reifen nach rechts abwendete, streifte er ihn nur und katapultierte ihn unsanft auf den Asphalt.

Der Schmerz war höllisch, und obwohl die Welt zu schwanken schien, versuchte Chris, wieder aufzustehen, doch es gelang ihm nicht.

Ein Schatten fiel neben ihm auf den Boden, und der keuchende Atem über ihm war nicht zu überhören.

»Aufstehen!« Der Tritt in die Magengrube ließ ihn aufstöhnen. »Aufstehen, habe ich gesagt!«

11

Seit zwei Tagen war Rebecca jetzt bereits in Rumänien, zwei sinnlose Tage.

»Mami, hilf mir!«

Das hatte Leonie zu Natalie gesagt.

Aber deine Mami kann dir nicht helfen und ich offenbar auch nicht. Rebecca kämpfte mit den Tränen.

Das Wasser des Flusses plätscherte leise, während sie auf der schmalen Brücke stand und in die Abenddämmerung blickte.

Erfüllt von Hoffnung war sie hierhin gereist, nach Hermannstadt in Siebenbürgen oder auch Transsilvanien genannt. Aber bereits die abweisende Miene des Kommissars beim Inspectoratul de Politie, dem Kreispolizeirevier, hatte ihr ihre Naivität deutlich gemacht. Mit seiner arroganten Art hatte er ihr das Gefühl gegeben, hier nur wertvolle Zeit zu vergeuden.

»Was denken Sie sich?« Seine in gebrochenem Deutsch gesprochenen Worte klangen ihr jetzt noch in den Ohren. »Sagten Sie nicht, die beiden Mädchen seien in Südamerika verschwunden?«

»Brasilien«, hatte sie geantwortet, ohne den Blick von dem breitschultrigen Mann in der perfekten dunkelblauen Uniform zu nehmen.

»Brasilien, ja?« Der Spott in seinen Augen war nicht zu

übersehen gewesen, während er sich hinter seinen Schreibtisch gesetzt hatte. »Brasilien ist ein Pfuhl … Oder wie sagt man auf Deutsch? Ein Sumpf von Kinderhandel. Sie suchen am falschen Ort. Das habe ich auch schon diesem Kommissar Moreth aus Deutschland gesagt, der gestern hier angerufen hat.«

Was hatte sie erwartet, nur weil sie ihm Fotos von Leonie und Mila gezeigt hatte? Gar nichts hatte sie erwarten können und gar nichts hatte sie bekommen. Falls Leonie und Mila tatsächlich hier irgendwo waren, so hatte diese Stadt mit ihren spitzen Kirchtürmen und schönen alten Häusern sie verschluckt.

Warum bin ich hier, obwohl es sinnlos ist?

Weil ich sie finden muss. Weil ich alles andere nicht ertrage.

»Verdammt.« Sie stützte sich mit den Ellenbogen auf das Geländer der Brücke und vergrub das Gesicht in den Händen. »Was hast du erwartet? Dass sie dir auf der Straße in die Arme laufen?« Entschlossen wischte sie sich die Tränen weg und richtete sich wieder auf. Zeit, endlich zu gehen.

Das Eis auf den Dächern der Altstadt glitzerte im Licht des Sonnenuntergangs, und Schneereste tummelten sich auf dem Piata Mare, als sie über den Platz zu ihrem Hotel ging. Erst jetzt bemerkte sie, dass sie fror und die Leere in ihrem Magen. Sie hatte kaum etwas gegessen.

Kinderhandel. Allein der Gedanke, dass sich ein Pädophiler an Leonie vergreifen könnte oder sich Mila unter Drogen gesetzt prostituieren musste, war nicht auszuhalten.

Nein. Nicht verrückt machen, dachte sie, bevor sie den kurzen dunklen Tunnel betrat, der zum Hotel Villa Astoria führte.

Die Finsternis des Tunnels war erdrückend, und der Klang von Schritten ließ sie hinter sich blicken. Jemand folgte ihr, und ihre jähe Furcht ließ sie schneller laufen. *Wer ist das?* Unmöglich, ihn zu erkennen. In der Dunkelheit war dieser Jemand kaum mehr als ein Schatten, der sich gegen die Lichter der Altstadt hinter ihnen abzeichnete und näher und näher kam.

Sie begann zu rennen. Plötzlich war da diese Angst, die Todesangst, gegen die sie sich nicht wehren konnte, die traumatische Erinnerung an die maskierten Männer in der Villa. *Unsinn,* redete sie sich zu. *Niemand außer Isabell und Natalie wissen, dass ich hier bin.*

Dennoch war es, als würde sie nach Atem ringend dem kalten Wasser des Pools in der Kölner Villa entfliehen, als sie am Ende des Tunnels wieder in die Lichter der Altstadt eintauchte.

Das kleine Hotel lag bereits rechts neben ihr, und nachdem sie um die Ecke des Gebäudes gehastet war, erreichte sie die Eingangstür.

Die gemütliche kleine Lobby war hell erleuchtet. »Salut«, erwiderte sie den Gruß des Portiers und wählte die Treppe neben dem Aufzug, um in den ersten Stock zu gelangen.

Nur eine einzige Lampe erhellte den kurzen, schmalen

Flur im ersten Stock. Rebecca hatte das Zimmer Nummer 10, schloss es auf und blieb wie erstarrt stehen, als sie die Tür geöffnet hatte und den Mann in ihrem Zimmer und aus dem Augenwinkel eine Gestalt auf sich zulaufen sah.

*****

»Geht es dir gut, Rebecca? Was ist mit dir? Warum meldest du dich denn nicht? Ich mache mir Sorgen«, drang Minuten später Isabells auf die Mailbox aufgezeichnete Stimme aus dem Lautsprecher von Rebeccas Handy. »Ist alles in Ordnung? Bitte, bitte, melde dich doch, Rebecca. Sonst werde ich noch irre vor Sorge. Außerdem muss ich dir etwas sagen. Hier ist was passiert.«

Rebecca stand nahe der Tür in ihrem Hotelzimmer und drückte den Anruf weg. In diesem Moment hatte sie kein Gehör dafür. Der Schock saß tief.

Sie kannte ihn nicht.

War ihm zu trauen?

Oder sollte sie lieber flüchten?

Mitten im Zimmer hatte dieser Mann gestanden und stand dort noch immer, und zusätzlich war ihr der Hotelportier bis vor die Zimmertür nachgelaufen, weil er vergessen hatte, ihr zu sagen, dass er ihn hereingelassen hatte.

»Wollen Sie diese Frau nicht zurückrufen, Frau Belmont?« Der Mann sprach mit starkem Akzent.

Seine blaue Polizeiuniform mit der Aufschrift Politia

sah echt aus und sein Ausweis, den er ihr gezeigt hatte, ebenfalls. Und dennoch …

»Wie haben Sie mich gefunden?«, sagte sie.

Seine Miene war regungslos. »Ein Kollege hat mir erzählt, dass Sie heute bei uns auf dem Revier waren. Deshalb bin ich hier.«

Seine blaue Polizeiuniform saß ebenso perfekt wie die des breitschultrigen Kommissars auf dem Kreispolizeirevier von Hermannstadt. Allerdings war er untersetzter, und Strähnen seines kurzen graumelierten Haars hingen ihm wirr in die Stirn. Dazu kam, dass er besser Deutsch sprach als der andere.

Seit sie sich gegenüberstanden, hatte beinah ausschließlich er geredet und ihr von einem rumänischen Jungen erzählt. Lukas war neun Jahre alt und ebenso spurlos verschwunden wie ihre beiden Mädchen, und das seit Wochen. Unklar, ob er überhaupt noch lebte.

»Und was bringt Sie zu der Annahme«, sagte sie, »dass das Verschwinden dieses Jungen etwas mit dem Verschwinden von Leonie zu tun haben könnte? Viele Kinder verschwinden jedes Jahr in beinah jedem Land.«

»Und in Rumänien wegen der verbreiteten Armut noch mehr. Das wollten Sie doch sagen, Frau Belmont. Aber ganz so einfach ist es nicht. Wir lieben unsere Kinder ebenso wie ihr in Deutschland, auch wenn die Uhren hier etwas anders ticken.«

»So habe ich das nicht gemeint.«

Er verschränkte die Arme hinter dem Rücken. »Ich

weiß, was es bedeutet, ein Kind zu verlieren, selbst wenn es nicht das eigene ist, glauben Sie mir. Der kleine Lukas liegt mir wirklich sehr am Herzen. Sein Vater und ich waren bereits seit der Schulzeit Freunde, bis er gestorben ist. Krebs, vermutlich wegen einer Cadmium- und Bleivergiftung durch seine langjährige Arbeit bei der Buntmetallfabrik in Copsa Mica. Seitdem ist die Familie bettelarm.« Er ging an ihr vorbei zur Tür. »Alles Weitere morgen.«

»Sie haben meine Frage nicht beantwortet.«

»Ich melde mich.« Und zum ersten Mal sah sie so etwas wie Gefühl in seinen Augen. »Wenn ich Sie erschreckt haben sollte, tut es mir leid.«

*****

Als er gegangen war, ließ sich Rebecca auf das hellgrüne Sofa rechts im Zimmer fallen und starrte auf die Zimmertür.

Was war *das* denn gewesen?

War das tatsächlich geschehen? Der Schreck über sein Erscheinen saß noch tief.

An Schlaf würde wohl heute Nacht nicht zu denken sein. Denn, wenn dieser Mann der war, der er vorgab zu sein, war das unter Umständen eine Chance. Doch falls nicht, war er vielleicht sogar gefährlich. Und herausfinden ließ sich das nur, indem sie morgen auf dem Polizeirevier nachhakte, ob ein Kommissar namens Viktor Popescu dort überhaupt existierte.

Eine Chance! Wenn es doch nur eine war! *Gott, lass es bitte eine sein!*

Mit klammen Fingern zog sie ihr Handy aus der Hosentasche und wählte Isabells Nummer.

»Mein Gott, Rebecca. Bin ich froh, dass du dich meldest. Ich dachte schon … Seit gestern hab ich versucht, dich anzurufen.«

»Tut mir leid. Aber zwischendurch hatte ich keine Verbindung.«

»Hier ist etwas passiert.« Isabell atmete hektisch. »Er war hier, Becky. Gestern Mittag.« Ihre Stimme klang hysterisch.

»Wer?«

»Dieser Typ, dieser Marius, mit dem du dich in Köln in dem Parkhaus getroffen hast. Der sah genauso aus wie auf dem Phantombild, das die Polizei mit deiner Hilfe erstellt hat. Kommissar Moreth hat es mir gezeigt. Ich hab Moreth sofort angerufen. So allein hier in der Villa wird man verrückt, Becky. Ich zieh aus.«

»Hat er dir etwas getan?«

»Nein. Der Typ hat mich vor der Haustür abgepasst, nachdem ich einkaufen war. Gott, hab ich mich erschreckt. Im ersten Moment dachte ich echt, mir bliebe das Herz stehen. Aber er wollte nur wissen, wo du bist.«

»Und? Hast du es ihm gesagt?«

12

Kalt, winzig, düster, ein freudloser Ort.

Nur wenige Tropfen Licht gelangten durch die blinden Scheiben in das vor Armut strotzende Haus am Rande der Kleinstadt Copsa Mica, wo der neunjährige Lukas gelebt hatte, bis er spurlos verschwunden war.

Gleich am Tag nach seinem Erscheinen in ihrem Hotelzimmer hatte Kommissar Viktor Popescu Rebecca hierher gebracht.

»Bitte, Dajana. Schau dir das Foto doch wenigstens einmal an. Kennst du das blonde Mädchen auf dem Foto? Kennst du Leonie?« In der Stille des Zimmers mit den rissigen Wänden klang Rebeccas Stimme glockenhell, während sie vor dem Mädchen stand und zu ihm hinabblickte.

Jetzt war sie so nah dran, zumindest vielleicht. Und jetzt war es ausgerechnet dieses Kind, diese hübsche Vierzehnjährige in blauer Latzhose und rotem Pulli, die sich ihrer einzigen Hoffnung in den Weg stellte.

Mit trotziger Miene saß Dajana auf der verkratzten Holzbank neben dem kalten Ofen, und der Blick ihrer braunen Augen in dem von langen dunklen Locken umrahmten Gesicht wich dem Foto von Leonie störrisch aus. Nur einen kurzen Augenblick hatte sie doch hingeschaut.

»Bitte, Dajana. War es Leonie, die du in dem Lieferwagen vor eurem Haus gesehen hast, als dein Bruder Lukas verschwunden ist?« Rebecca setzte sich neben sie auf die Holzbank. Türkise Farbreste blätterten von der Wand, als sie sich daran anlehnte. »Viktor Popescu sagt, du hättest in dem Wagen ein blondes Mädchen gesehen. Und wenn du deinen Bruder Lukas wiederhaben willst, dann hilf uns doch bitte.«

»Lukas ist nicht mein Bruder, sondern mein Cousin.« Dajanas leicht kratzige Stimme, aber vor allem das klare Deutsch aus ihrem Mund ließen Rebecca verblüfft zu Kommissar Viktor Popescu schauen.

»Emilia ist zwar Lukas' Mutter, aber nur Dajanas Tante«, erklärte Viktor Popescu. Mit hinter dem Rücken verschränkten Armen stand er mitten im Raum, dieses Mal in Zivil gekleidet.

Emilia, eine schwarzhaarige Frau, die auf dem Bett rechts im Raum saß und ein Kleinkind in ihren Armen hielt, war still. Kaum einen Satz hatte sie bisher gesagt, und ihr trauriger Blick schnitt Rebecca ins Herz.

»Dajanas Eltern haben eine Zeit lang in Deutschland gelebt«, redete Viktor Popescu weiter. »Deshalb spricht Dajana Deutsch. Aber dann …« Er atmete tief durch. »Dann war da dieser Autounfall. Vater und Mutter auf einen Schlag zu verlieren, das ist …« Er schaute Rebecca an. »Jedenfalls lebt Dajana seit dem Tod ihrer Eltern hier bei ihrer Tante Emilia und deren Mutter Theresa.«

Augenscheinlich zornig baute sich Dajanas Großtante

Theresa vor Dajana auf.

Über ihrem blaugeblümten Kleid trug sie eine verschlissene helle Strickjacke, die der Kälte des Raumes unmöglich trotzen konnte, und um ihren Kopf mit dem faltigen Gesicht war ein gelbes Kopftuch gebunden. Rumänisch sprechend schaufelte sie ihren erhobenen Zeigefinger durch die Luft.

»Was sagt sie?« Rebeccas Blick glitt zu Viktor Popescu.

»Dass ihre Großnichte Dajana ein störrisches und aufsässiges Mädchen sei, nur ein unnützer Esser mehr, obwohl sie sowieso selten genug ausreichend zu essen hätten.«

Als hätte ihr jemand einen Schlag versetzt, sprang Dajana von der Holzbank auf und rannte durch die offene Tür aus dem Haus.

»Nein, Dajana! Bleib hier!« Rebecca folgte ihr nach draußen. »Bleib hier! Komm zurück!«

Ohne sich umzublicken, rannte das Mädchen an den ebenso ärmlich wirkenden Häusern der Nachbarn vorbei davon.

»Es tut mir leid, Frau Belmont.« Viktor Popescu war Rebecca gefolgt. Seine Miene ließ seine Enttäuschung erkennen.

»Und was ist mit Dajanas Tante Emilia?« Rebecca sah ihn an. »Es ist doch ihr Sohn, der verschwunden ist. Warum sagt sie denn nichts? Vielleicht hat sie das blonde Mädchen damals in dem Wagen ja auch gesehen. Ich kann doch jetzt nicht aufgeben. Ich kann doch jetzt nicht nach Hause fahren. Ich …«

»Emilia schweigt sich über die Leute aus, die hier waren, als ihr Sohn Lukas verschwunden ist. Und Dajanas Gerede von dem Mädchen, das damals vorne in dem Lieferwagen gesessen haben soll, tut sie als Unsinn ab. Überhaupt redet Emilia nicht mehr viel, seit ihr Mann gestorben ist und sie die Familie mit vereinzelten Jobs kaum über Wasser halten kann. Oft genug haben sie nicht einmal etwas zu essen.«

»Aber Lukas ist ihr Sohn. Sie muss ihn doch lieben.« Rebeccas Blick hing an ein paar Kindern, die auf der schlammigen Straße mit einem luftleeren Ball spielten. »Ich möchte noch einmal mit ihr sprechen.«

*****

Eine Viertelstunde später ahnte Rebecca nicht, dass sie beobachtet wurde.

Herausgefunden hatte sie noch immer nichts. Aber warum? Warum schwiegen sich sowohl Dajana als auch ihre Tante Emilia und deren alte Mutter Theresa aus?

Sie sah das Augenpaar nicht, dessen Blick ihr folgte, als sie zu ihrem Mietwagen neben der großen Wiese ging. Viktor Popescu war mit seinem Polizeiwagen bereits davongefahren.

Aus. Ende. Vorbei. Sie hatte sich an eine Hoffnung geklammert, die keine war, und jetzt war da nichts mehr, nur noch innere Leere.

Wie zu ihrem Hohn ragten die schwarzen Schornsteine der ehemaligen Rußfabrik hinter der Wiese in den heute strahlendblauen Himmel.

»Die schwarze Stadt.« So wurde die Kleinstadt Copsa Mica inmitten von Wiesen, Feldern und Wäldern wegen des verseuchten Bodens und der ehemals extremen Verschmutzung der Luft manchmal genannt.

Rebeccas Blick haftete an den Schornsteinen. Genauso schwarz sah es in diesem Augenblick auch in ihr selbst aus.

Was sollte sie denn jetzt hier noch tun? Wie paralysiert öffnete sie die Tür des weißen Dacia, setzte sich hinein und starrte eine Weile durch die Windschutzscheibe, bevor sie den Kopf auf das Lenkrad legte.

Sie wusste nicht einmal, wie lange sie so dagesessen hatte, als sie den Motor anließ und das Gaspedal drückte. *Scheiße, Mann!* Im Bruchteil einer Sekunde schnellte ihr Fuß zur Bremse, als sie die Gestalt vor dem Wagen sah.

»He!« Hastig sprang sie aus dem Wagen. »He, Dajana. Nicht wegrennen! Bitte nicht wegrennen! Bleib hier! Bitte!«

Das lange dunkle Haar der Vierzehnjährigen wehte in der leichten Brise, als sie stehenblieb und sich zu Rebecca umdrehte.

»Bitte.« Rebecca lief zu ihr, fasste sie bei den Händen und ging vor ihr in die Hocke. »Sag mir, was du damals gesehen hast, vor ein paar Wochen, als dein Cousin Lukas verschwunden ist. Es ist mir so wichtig. Verstehst du? Es ist mir ganz, ganz wichtig.«

Ihre Gesichter waren sich nah, während sie einander ansahen. Dajanas Augen in dem weichen Gesicht wirkten übergroß, und ihre schmutzige Hand fühlte sich warm an, als sie sanft über Rebeccas Wange strich und eine rotblonde Haarsträhne davon wegwischte. »Du hast geweint.«

Rebecca schluckte. Sie hatte das nicht einmal bemerkt. »Ja, das habe ich wohl.«

13

Der Pistolenschuss ähnelte einer Detonation und der Schrei der Frau war erschütternd.

Chris konnte nichts dagegen tun.

Kein Ausweg! Kein Ausweg aus diesem verdammten weiß gefliesten Kellerraum, in den sie ihn nach seiner missglückten Flucht aus dem Lieferwagen gebracht hatten.

Die Türen der Kellerräume waren alle verriegelt und die Fenster unter der Decke winzig. Nie zuvor hatte er solches Entsetzen gespürt außer beim Tod seines Bruders, und nie zuvor hatte er sich so hilflos gefühlt.

Blut spritzte, als die Kugel sich in die Schädeldecke bohrte und ein Stück davon absprengte. Die Kugel hatte das Hirn offenbar nur gestreift, und das Blut quoll aus dem offenen Schädel.

Wankend und mit aufgerissenen Augen stand der junge Mann da, bevor der nächste Schuss ertönte und sich die Kugel in seine Brust bohrte.

Für Chris geschah es wie in Zeitlupe, als er den tödlich getroffenen jungen Mann, den er nicht kannte und der zuvor erbärmlich um sein Leben gefleht hatte, auf den Betonboden fallen sah.

»Adriaaaan!« Schmerzerfüllter hätte der Schrei der Frau nicht sein können, als sie zu ihm stürzte, sich neben ihn kniete, sein Gesicht streichelte und in einer fremden Sprache auf ihn einredete. »Nu, Adrian! Nu a muri!«

Unmerklich schüttelte Chris den Kopf. *Sinnlos*. Der atmete nicht mehr.

»Adrian!« Der Aufschrei der Frau wandelte sich zu Schluchzen.

»Ja, keine Bewegung!«

Die Handschellen klirrten, als Chris sich mit einem brutalen Stoß gegen die Wand gedrückt fühlte, die Fratze dieses Glatzkopfs namens Rasvan vor Augen und die Mündung von dessen Waffe an der Schläfe.

»Du bibberst ja vor Angst, Doktor.« Rasvan kam ihm ganz nah. Seine Lippen zuckten spöttisch.

»Was wollen Sie von mir?«

Rasvan lächelte, während er die Waffe sinken ließ. »Das weißt du nicht, ja? Aber worauf du dich damals eingelassen hast, weißt du. Also sag nicht, du wüsstest nichts.«

»Aber so war das nicht …« Kalter Schweiß lief Chris von der Stirn in die Augen.

»Was war so nicht, hä? Du bist Arzt, und du tust jetzt, was *er* getan hat.« Rasvan deutete auf den Toten. »Deshalb bist du hier. Aber du machst es besser als er, sonst geht es dir wie ihm.« Der Tritt, den er der wimmernden Frau auf dem Boden versetzte, ließ Chris erschauern. »Wisch das Blut weg, Joana. Und Silviu soll ihn wegschaffen, bevor er an zu stinken fängt.« Sein Blick glitt wieder zu Chris. »Und du kommst mit.«

*****

Der Knall der schweren Tür hallte Chris in den Ohren, als sie hinter ihm zuschlug.

Der Raum, in den dieser Kerl ihn gebracht hatte, erinnerte an einen Kerker. Kahle rote Steinmauern umgaben ihn, und das Fenster war ebenso winzig wie in den anderen Räumen.

Der Anblick des mageren Jungen vor ihm auf einer der beiden Pritschen erschien ihm wie ein Trugbild, während er an der Tür entlang zu Boden glitt.

Mit angstvoll geweiteten Augen und die Arme um die angewinkelten Beine geschlungen, hockte der dunkelhaarige Junge auf der Pritsche, und eine Weile sahen sie einander an.

Von Bestürzung erfüllt schloss Chris die Augen. Im Augenblick war ihm egal, wo er sich befand oder wer der Junge war. Das soeben Erlebte drückte nicht nur seine Seele, sondern auch seinen Körper zu Boden. Unmöglich, das alles zu begreifen. Wie naiv hatte er damals sein können, sich auf die Sache einzulassen?

»Es hilft, Leiden zu lindern und Leben zur retten«, hörte er noch heute die Stimme von damals. *»Denk an deinen Bruder. Du weißt, wie es ist, einen Menschen, den man liebt, leiden zu sehen.«*

Ja, es stimmte. Hilflos hatte er mit ansehen müssen, wie sein jüngerer Bruder bereits im Alter von siebzehn an einem seltenen aggressiven Hirntumor verstorben war.

Bis zum Ende hatte Marco gekämpft. Aber zuletzt war er nur noch ein Schatten seiner selbst gewesen. Die Krankheit hatte ihn besiegt.

Der Verlust seines Bruders und der Schmerz seiner Eltern waren die Gründe, warum er jeden Patienten, den er nicht retten konnte, als persönliche Niederlage empfand und nicht damit zurechtkam. Warum er manchmal das Gefühl hatte, den Boden unter den Füßen zu verlieren, sich treiben ließ, keinen Halt fand.

Vielleicht war er deshalb so naiv gewesen, sich auf Dinge einzulassen, die …

Mein Gott! Wie hatte er nur so dumm sein können?

Minutenlang saß er einfach so da, verloren in seinen Gedanken. Erst das zaghafte Zupfen an seinem Hemdsärmel ließ ihn wieder die Augen öffnen, brachte ihn zur Besinnung.

»Cine esti?« In verschlissener Jeans und schmutzigem blauen Pulli stand der Junge direkt vor ihm.

Chris runzelte die Stirn. »Ich verstehe nicht?«

Einen Moment blickte der Junge ihn ratlos an. Doch dann erhellte sich sein Gesicht. »Du deutsch?«

»Ja?« Chris nickte. »Wer bist du?«

Der Junge lächelte. »Cine esti?«

Chris runzelte die Stirn. »Cine esti?« Es dauerte, bis er es begriff. Zu sehr hallten noch immer die Schüsse und die Schreie der Frau in seinem schmerzenden Kopf wider. »Ach, jetzt verstehe ich. Das heißt ›Wer bist du?‹. Welche

Sprache ist das? Und wo sind wir?« Abgesehen von dem missglückten Fluchtversuch aus dem Lieferwagen fehlte ihm jede Erinnerung daran, wie er hierher gebracht worden war.

Der Junge legte sich eine Hand auf die Brust. »Lukas.«

»Chris. Mein Name ist Chris.«

Lukas fuchtelte mit den Armen. »Peng.«

Chris nickte. »Zwei Schüsse, ja. Natürlich hast du die gehört.«

»Adrian tot?«

»Ja, woher weißt du …?«

»Du auch Doktor?«

»Ja.«

Mit einem Mal war da wieder diese Angst in den Augen des Jungen, während der Schritt für Schritt rückwärts bis zur Wand ging.

»Was ist?« Die Handschellen klirrten, als Chris aufstand. »Was hast du denn? Was ist so schlimm daran, dass ich ein Doktor bin?«

Lukas sah ihn nicht an.

»He.« Chris ging vor ihm in die Hocke. »Du brauchst dich nicht fürchten.«

»Adrian auch Doktor.« Beinah verschämt hob Lukas seinen blauen Pullover an, und Chris stockte der Atem.

Lukas ließ den Pulli sinken. »A ucide.«

»Tut mir leid. Ich verstehe deine Sprache nicht.«

»Adrian Doktor. Adrian töten.«

Chris runzelte die Stirn. »Adrian ist tot. Ja, das weiß

ich.«

»Nu.« Heftig schüttelte Lukas den Kopf und blickte auf den Boden. »Adrian töten.«

»Adrian *hat* getötet. Wen?«

Lukas knetete seine Hände, während er nach dem richtigen deutschen Wort zu suchen schien. »Femeie. Nu. Fata.« Er blickte Chris in die Augen. »Mädchen.«

14

Leonie, verzeih mir. Ich weiß nicht mehr weiter.

Der offene Koffer auf dem Bett in ihrem Zimmer im Hotel Villa Astoria schien Rebecca anzustarren. Hierbleiben oder fahren?

Diese Vierzehnjährige, dieses eigentlich so zauberhafte Geschöpf mit den dunklen Locken, hatte sich weiterhin ausgeschwiegen, ob sie Leonie in dem Lieferwagen gesehen hatte. Und damit war die einzige Chance vertan. Also wozu noch hierbleiben?

Das leise Klopfen an der Tür überhörte sie, während sie ihr klingelndes Handy vom Bett nahm und es sich ans Ohr hielt.

»Deine Patientin Carmen Sachs ist niemals in der Uniklinik Köln angekommen, Rebecca.«

»Was?« Im ersten Moment war sie unfähig, es zu verstehen, sich von ihren eigenen Gedanken loszureißen. »Ann-Katrin? Bist du das?«

Die blonde Assistenzärztin der Lafayette Rheinland-Klinik bei Köln schien ihre Irritation zu bemerken. »Als du bei uns auf der Station warst, hast du mich doch nach deiner ehemaligen Patientin Carmen Sachs gefragt«, sagte sie deutlich ruhiger und langsamer, »weil Sabrina dir die Auskunft verweigert hatte.«

»Ja, das habe ich.« Rebecca setzte sich auf das Bett.

»Du sagtest, Carmen Sachs sei in die Uniklinik Köln verlegt worden.«

»Das ist sie aber nicht.«

»Was soll das heißen?«

»Sie ist dort nie angekommen, Rebecca.«

»Ein Fehler in der Akte?«

»Die Patientenakte und wichtige Daten im Computer sind verschwunden. Und bei anderen Patienten ist es ähnlich. Und Carmens Ehemann weigert sich, mir Auskunft zu geben. Hier stimmt etwas nicht. Und du bist die Einzige, mit der ich darüber reden kann. An irgendjemanden muss ich es loswerden. Daniel hat dir *auch* vertraut.«

Und wurde vor meinen Augen in Köln erschossen, raste es durch Rebeccas Kopf. »Sprich endlich mit Kommissar Moreth darüber. Bitte, Ann-Katrin.«

»Das überleg ich mir noch.«

»Tu es, bitte. Sonst rufe ich ihn an.«

»Das tust du nicht. Hörst du?«

»Ich begreife nicht, was Peter damit zu tun hatte.«

»Dein Mann?«

»Auf einem seiner USB-Sticks waren Daten von dreien meiner Patienten.«

Die Worte ließen Ann-Katrin Kaiser hörbar ausatmen. »Von welchen Patienten?«

»Carmen Sachs, Markus Baranek, Liliane Scholz. Bitte sprich mit Kommissar Moreth.«

»Vorher muss ich noch etwas nachprüfen.«

»Ann-Katrin, bitte.«

Plötzlich war da diese Furcht um Ann-Katrin, als das Gespräch nach einer Weile beendet war. Das Klopfen an der Tür riss Rebecca aus ihren Gedanken.

Alles hätte sie erwartet, den Zimmerservice oder Kommissar Viktor Popescu, aber nicht dieses schmutzige zarte Geschöpf in der blauen Latzhose und dem roten Pulli, über dem es jetzt noch eine dunkle Jacke trug.

»Dajana.«

*****

»Nimm mich mit. Bitte, bitte.« Der Blick der hübschen Vierzehnjährigen hätte unschuldiger und liebreizender nicht sein können, als sie Minuten später gemeinsam auf dem grünen Sofa rechts im Zimmer saßen. »Dann erzähl ich dir auch alles, was ich über das Mädchen auf dem Foto weiß.«

Rebecca hielt den Atem an. »Dann war es also doch Leonie, die du gesehen hast. Und ein weiteres Mädchen, ein rothaariges, fast schon eine Frau, hast du das auch gesehen?«

Dajana zuckte mit den Schultern. »Nimmst du mich mit?«

»Ich kann dich nicht mit nach Deutschland nehmen. Du gehörst doch hierher. Deine Tante Emilia …«

»Die hasst mich.« Dajanas volle rissige Lippen verzogen sich zu einem Schmollmund. »Alle hassen mich.

Selbst Lukas.«

»Dann willst du ihn gar nicht wiederhaben?«

»Er streitet mit mir.«

»Aber du magst ihn trotzdem.«

»Seit er weg ist, kriege ich mehr zu essen.«

Die Worte versetzten Rebecca einen Stich. »Hast du heute schon etwas gegessen?«

»Ein bisschen.«

»Pass auf. Ich bestell dir jetzt das, was du essen möchtest, hierher aufs Zimmer. Und du erzählst mir, was du über Leonie weißt, ja?«

Dajana sah sie an. »Du hast dem Kommissar Popescu Geld für Holz für uns gegeben. Das hat Emilia gesagt. Und du hast deine Adresse hinterlassen. Ich dachte …«

Rebecca nahm einen Stapel Prospekte von dem hölzernen Beistelltisch neben dem Sofa und suchte die Speisekarte heraus. »Was möchtest du essen?«

»Als Mama und Papa noch lebten, war ich doch auch in Deutschland. Ich weiß, wie es da ist. Vielleicht kannst du mich ja auch mögen wie diese Leonie, wenigstens ein bisschen. Nimm mich doch mit.« Dajanas feucht schimmernde Augen ähnelten zwei tiefen Seen, die Rebeccas Herz überlaufen ließen. Da saß dieses schmutzige einsame Kind neben ihr auf dem Sofa und bettelte um Liebe. Beinah war es schon ein Reflex, es in die Arme zu nehmen. »He, komm mal her.« Erst nach einer Weile entspannte sich Dajana in ihren Armen, schien ihre Wärme zu genießen und drückte sich fest an sie. Es dauerte, bis sie sich aus der Umarmung löste.

»Wie bist du überhaupt hierhin gekommen?« Rebecca fasste sie bei den Händen.

»Per Anhalter.«

»Also.« Rebecca nahm erneut die Karte zur Hand. »Was möchtest du essen?«

»Das, das und das.« Dajana tippte auf die Karte. »Und das da auch.«

»Vier Gerichte?«

Dajanas Nicken ließ Rebecca zu dem Telefon auf dem Beistelltisch greifen. »Wirklich alle vier? Reichen nicht zwei?«

»Nein.«

Das leise Klopfen ließ Rebecca den Hörer wieder beiseitelegen und zur Tür gehen.

Steif wie ein Soldat stand der Hotelportier da, als sie die Tür geöffnet hatte.

»Entschuldigen Sie, Madam. Ist vielleicht …?« Der Blick des jungen Portiers glitt durch das Zimmer, und Dajana flüchtete sich hinter das Sofa, als sie ihn auf sich zukommen sah. Unnötig, seine rumänischen Worte zu verstehen, um zu wissen, was er brüllte.

»He! Was soll das?« Rebecca hielt ihn zurück.

»Hat dieses Zigeunermädchen Sie belästigt? Ich hatte ihr verboten, sich ins Hotel zu schleichen. Ich hatte es ihr verboten.«

»Sie ist kein Zigeunermädchen. Und selbst wenn sie eines wäre. Sie ist auf meinen Wunsch hier. Ich hatte sie erwartet.«

Die Augen des Portiers weiteten sich. Es schien ihn Mühe zu kosten, sich abzuregen. Sein schiefer Mund hatte etwas Verkniffenes. »Das Mädchen hat hier nichts zu suchen.«

»Das haben Sie nicht zu bestimmen. Oder möchten Sie, dass ich das Hotel verlasse?«

»Solches Gesindel hat hier nichts zu suchen. Die sind schmutzig, stehlen und belästigen unsere Gäste.« Wenn er sprach, blitzten hinter seinen Lippen schiefe Zähne.

»Wenn sie schmutzig ist, dann wasche ich sie. Und belästigt hat sie niemanden. Hier.« Sie hielt ihm die Speisekarte hin und tippte darauf. »Das, das und das möchten wir bestellen.« Aus dem Augenwinkel sah sie Dajana vorsichtig hinter dem Sofa hervorkommen. »Und das auch noch.«

15

»Da! Das ist er!«

Drei Stunden später klatschten wirbelnde Schneeflocken gepaart mit Regentropfen auf die Windschutzscheibe von Rebeccas Mietwagen.

»Da!« Aufgeregt deutete Dajana nach vorn auf die schmale, von niedrigen Häusern gesäumte Straße, die sie entlangfuhren. »Das ist das Auto!«

Der verdreckte weiße Lieferwagen, der ihnen entgegenkam, kämpfte sich durch Pfützen.

Angestrengt starrte Dajana durch die Scheibe, hinter der die Welt in dem Schneeregen verschwand. »Kehr um«, sagte sie, als der Wagen an ihnen vorbeifuhr. »Fahr ihm hinterher. Fahr!«

»Bist du sicher?« Rebecca streifte sie mit einem Seitenblick.

»Klar.« Dajana nickte. »Das ist das Auto, das damals vor unserem Haus gestanden hat. Darin haben das blonde Mädchen und irgend so 'n Typ und diese Joana gesessen.«

»Und du lügst nicht, weil du noch nicht nach Hause willst?«

In Dajanas angespannter Miene spiegelte sich Trotz, ihre Lippen wandelten sich zu einem Schmollmund. »Ich habe es doch gehört. Diese Joana hat Agarbiciu erwähnt, nachdem sie Tante Emilia die Spritze gegeben hatte. Und wir sind hier in Agarbiciu. Und das da ist der weiße Lieferwagen, der damals bei uns war. Ich erkenn ihn an der dicken Delle vorne. Ehrlich. Ganz ehrlich.«

Rebecca schaute sie an. Dieses seit einem Schaumbad im Hotel nach Lavendel duftende Geschöpf wirkte aufrichtig.

Agarbiciu, ein Dorf auf der Strecke zwischen Hermannstadt und Copsa Mica, mit schmalen Straßen, die nicht einmal asphaltiert waren, mit niedrigen teils bunten Häusern und einer Kirche. Ein winziger Ort, in dem sie jetzt seit mehr als einer Stunde herumfuhr, obwohl sie mit ihrem Gewissen kämpfte. Längst hätte sie Dajana nach Hause bringen müssen.

Das Heck ihres Wagens glitt auf der schlammigen Straße weg, als sie eine Kehrtwende machte und dem Lieferwagen folgte.

»Auffälliger geht es wohl nicht?«, ließ Dajana hören.

»Warum hast du das mit Agarbiciu damals nicht der Polizei erzählt, als dein Cousin Lukas verschwunden war?«

»Tante Emilia wollte das nicht.«

Rebecca runzelte die Stirn. *Warum wollte eine Mutter nicht, dass ihr Sohn gefunden wurde?*

Am Straßenrand grub sich der Lieferwagen in Matsch und hielt vor einem der niedrigen Häuser. Rebeccas Wagen rutschte, als sie ebenfalls auf die Bremse trat, bevor er zum Stehen kam.

Sie fühlte ihre aufsteigende Panik.

Was, wenn Fahrer bereits bemerkt hatte, dass sie ihm folgten? Wenn er aussteigen würde? Wenn er vielleicht sogar bewaffnet war?

Minutenlang verharrte sie in dieser Angst, bis der Wagen vor ihnen plötzlich wieder losfuhr und mit den Schneeflocken zu verschmelzen schien, während er sich entfernte.

Aufatmend schaltete sie die Scheinwerfer aus und folgte ihm mit Abstand.

»Mist!« Sie blickte auf ihr Handy, keine Verbindung, also auch keine Chance, Kommissar Viktor Popescu anzurufen.

Irgendwann war da ein einsames rostiges Schild mit der Aufschrift Soala, das sich inmitten der Schneeflocken abzeichnete, gefolgt von dem Dorf Soala mit nur einer einzigen Straße. Und die Straße führte weiter und weiter in ein Nichts aus schneeweißen Wiesen und dunklen Wäldern.

Bodennebel hüllte sie ein, als der Lieferwagen nach links in einen schmalen Waldweg abbog, und Rebecca hielt ihren Wagen rechts am Straßenrand an. »Zu matschig. Da fahr ich nicht her. Du wartest hier. Nicht aussteigen. Hörst du? Und verriegel den Wagen von innen. Dafür musst du nur diesen Knopf drücken.«

Dajanas Antwort war Schweigen.

»Hast du mich verstanden?«

*****

Eigentlich Irrsinn, was sie hier tat, allein schon wegen Dajana.

Aber der Wunsch, die verzweifelte Hoffnung, ihre Kinder zu finden, überschattete in diesem Augenblick alles.

Überall in dem kalten Dunst zwischen den Bäumen des Waldes glaubte sie, Schatten zu sehen und Stimmen zu hören. Das Herz hämmerte ihr gegen die Brust, während sie dem matschigen Waldweg folgte, in den die Räder ihres Wagens sich mit Sicherheit eingegraben hätten. Ein Wunder, dass der Lieferwagen es geschafft hatte, hier entlangzufahren.

Das Knacken und Knirschen ihrer eigenen Schritte beflügelte ihre Fantasie, dass die Insassen des Lieferwagens sie bereits erwarteten, sie bereits eingekreist hatten wie ein Rudel Wölfe und sie ganz einfach abschießen würden.

Schwachsinn!

Zuerst sah sie den Lieferwagen, als der Weg einen Knick nach rechts machte. Einsam stand er neben einem Baum. Dann materialisierte sich ein rechteckiges Etwas, das sich als eine mit Moos bewachsene Holzhütte entpuppte.

Hinter ihr knackte etwas.

Erschrocken fuhr sie herum. »Dajana.« Sofort senkte sie ihre Stimme. »Was tust du hier?«

Es geschah so schnell, dass Dajana nicht einmal mehr antworten konnte. In der ersten Sekunde begriff Rebecca nicht, was da hinter einem der Bäume hervorschoss und sich das Mädchen krallte, während sie selbst sich von hinten gepackt fühlte.

Sie krümmte sich und stöhnte vor Schmerz, als ihr jemand den Arm auf den Rücken bog.

Zwei Kerle, nein, drei, alle dunkelhaarig und einer davon mit schwarzem Vollbart, der Dajana umklammerte.

»Lassen Sie uns los!« Rebecca versuchte, sich zu beruhigen, wenigstens normal zu atmen. »Eine Autopanne. Wir haben uns verfahren und Hilfe gesucht.« Fraglos war das zu absurd, als dass es glaubhaft hätte sein können. Vermutlich verstanden die nicht mal Deutsch.

Der bärtige Mann schubste Dajana in die Arme des anderen Mannes. »Deutsch?«, fragte er und wandte sich wieder Rebecca zu.

Ihre Lippen zuckten, während sie ihn ansah.

»Deutsch?«, brüllte er.

Sie zwang sich zu einem Nicken.

»Warum folgst du uns?«

»Das habe ich nicht.«

»Name?«

»Nicole Schmidt.«

Sie hätte ihn anspucken mögen, als er ihr in die Tasche ihrer hellen Jacke griff und ihr Portemonnaie hervorzog. »Rebecca Belmont«, sagte er und blickte auf ihren Personalausweis, bevor er das Portemonnaie samt Ausweis in die Innentasche seiner eigenen Jacke schob. Dann griff er Rebecca in die andere Jackentasche und nahm ihren Autoschlüssel an sich. Seinen Redeschwall, als er mit den anderen Männern Rumänisch sprach, verstand sie nicht.

Wie hatte sie so weit gehen können? Wie im Fieber handelnd hatte sie Dajana und sich in Gefahr gebracht. Ohne Frage hatten die Männer bereits während der Fahrt hierher bemerkt, dass ihnen jemand gefolgt war. *Was habe ich getan?*

Die dunklen Augen des Mannes mit dem schwarzen Vollbart taxierten sie. »Frau von Peter Belmont?«, fragte er.

Ohne mit der Wimper zu zucken, starrte sie ihn an.

»Frau von Peter Belmont?«

Wieder zwang sie sich zu einem Nicken. »Was sagt er?«, fragte sie Dajana, als er erneut mit den anderen Rumänisch redete.

»Er sagt, den Namen Peter Belmont habe er schon einmal gehört, und dieses Mädchen hätte auch so geheißen, Leonie Belmont.«

»Hätte geheißen?« Rebecca fühlte ihre Glieder kalt werden. »Was soll das bedeuten? Hätte geheißen? Was ist mit ihr? Wie meint er das? Was ist mit Leonie?«

*****

Ein Loch in der Erde unter der Holzhütte; ein paar Quadratmeter voller Kälte, Düsternis und Gestank.

Leichenfäulnis. Rebecca roch es sofort.

Süßlich moschusartiger Verwesungsgestank.

Dajanas Schreie, als die Männer das Mädchen aus dem Innern der Hütte hinab in das Loch gestoßen hatten, hallten noch in Rebecca wider. Aber auch sie selbst schrie, als sie fiel und sich bei dem Versuch, sich an die Leiter zu klammern, die Finger aufschrammte.

Unsanft landete sie auf weichem Boden, kippte nach hinten gegen die Wand und brauchte einen Augenblick, um sich zu besinnen. Doch dann wandte sie sich um. »Dajana. Steh auf! Hast du dir wehgetan?«

Aneinandergeklammert sahen sie nach oben. Ein Albtraum, als die Leiter hochgezogen wurde und mit dem Schließen der Klappe das helle Quadrat über ihnen verschwand.

Nur die Lücken über ihnen zwischen den Holzplanken, die den Boden der Hütte bildeten, schenkten ihnen noch Licht.

Die Tür oben in der Holzhütte knarrte. Die Stimmen der Männer verstummten.

Dajana hustete. »Was stinkt hier so?« Sie fing an zu würgen.

»Hier.« Rebecca zog ein Taschentuch aus ihrer Jackentasche. »Halt dir das vor Mund und Nase.«

Das Licht, das durch die Lücken zwischen den Holzplanken fiel, zeichnete helle Streifen auf Dajanas Gesicht. »Es stinkt nach Tod.«

»Unsinn.«

»Lukas' Papa hat auch so gerochen, als er gestorben

war.«

»Das bildest du dir ein.«

»Wir sterben auch hier.«

»Unsinn.«

»Doch.«

Dajana hielt sich das Taschentuch vor Mund und Nase und schaute zu der Brettertür ganz am Ende. »Sind da tote Menschen drin?«, flüsterte sie.

»Unsinn. Tierkadaver, sonst nichts. Sicher ist das hier eine Jagdhütte. Komm.« Rebecca drückte sie an sich und spürte ihre Wärme und ihr leichtes Zittern. *Nicht hysterisch werden*, redete sie sich zu. Ruhe bewahren oder zumindest Ruhe ausstrahlen, obwohl sie eigentlich hätte laut schreien und gegen die Wände trommeln mögen. »Komm. Wir setzen uns hierhin.«

»Und dann?«

»Wir warten.«

»Worauf willst du warten?« Dajana löste sich von ihr. »Die werden nicht wiederkommen. Wir werden hier sterben.« Sie drückte das Taschentuch fester gegen ihr Gesicht und ging zu der Brettertür.

»Nein!« Rebecca hielt sie zurück.

Trotzig sah Dajana sie an. »Ich will wissen, ob es Lukas ist. Ich will es wissen. Und du willst doch auch wissen, ob es Leonie ist. Das willst du doch. Gib es doch zu.« Von dem Kind, das vorhin beim Baden im Hotel so vergnügt wie eine Vierjährige geplanscht hatte, war nichts geblieben.

»Gut.« Rebecca ließ sie los. »Aber ich tue es, nicht du.« Sie hielt ihren Arm vor Mund und Nase und ging zu der Tür. Schweiß trat auf ihre Stirn, und einen Moment verharrte sie, weil sie sich kaum überwinden konnte, das zu tun.

Ich muss es tun.

Mit aller Kraft schob sie den Riegel beiseite, und der unerträgliche Gestank ließ sie würgen, als sie mit einem Ruck die Tür aufriss.

Leichensäcke! Zwei Stück auf dem Boden nebeneinanderliegend. Trotz des schwachen Lichts war das zu erkennen.

Leonie und Mila?

Oder Lukas?

Sie kämpfte mit sich.

Ich kann das nicht.

Neben sich hörte sie Dajanas gedrückten Atem, und einen Augenblick sahen sie sich an. »Tu es«, motivierte sie der Blick des Kindes, und mit klammen Fingern zog sie ein Feuerzeug aus ihrer Jackentasche.

Das Licht der Flamme flackerte über die Säcke, als sie sich nach unten beugte. Doch der Reißverschluss des ersten Sacks klemmte, und die Flamme verlosch, als sie beide Hände zu Hilfe nehmen musste.

Das blubbernde Glucksen und die nach Fäulnis stinkenden Gase ließen sie aufstöhnen und zurückweichen, als der Verschluss sich öffnen ließ und zuerst verklebte Haare und dann ein Gesicht zum Vorschein kamen, das Gesicht eines Kindes.

Hinter sich hörte sie Dajana würgen und kämpfte gegen ihren eigenen Brechreiz, während sie schockiert die Tür zuschlug und den Riegel vorschob.

O Gott! Nein! Hastig wich sie von der Tür zurück, und erst jetzt nahm sie das Geräusch über ihnen wahr. Entweder hatte sie es zuvor nur nicht gehört, oder es war noch nicht da gewesen. Schritte! Jemand war über ihnen in der Hütte!

Wer?

16

»Komm her.« Rebecca zog Dajana an sich.

Das Knarzen der langsamen Schritte über ihnen war gespenstisch, und der Schatten, der die Lücken zwischen den Holzplanken verdunkelte, ließ sie erschauern.

Es waren die Schritte eines Einzelnen. Doch deshalb wirkten sie nicht weniger bedrohlich, als wären es die Schritte aller drei Männer gewesen.

Einer von ihnen musste zurückgekommen sein. Das Entsichern einer Waffe hätte nicht deutlicher zu hören sein können.

Rebecca zog Dajana mit sich zur Wand. Was, wenn der durch die Holzplanken auf sie schoss?

Draußen heulte der Motor eines Wagens auf, und ein Pistolenschuss ließ sie zusammenzucken. Laute Männerstimmen und erneut ein Schuss.

Die knarzenden Schritte über ihnen wurden schneller und verstummten.

Stille.

Voller Angst horchten sie.

Dajana weinte leise, und Rebecca spürte die Tränen des Kindes an ihrem Hals, während sie es in ihren Armen wiegte. »Die werden uns nichts tun«, flüsterte sie.

»Du lügst.«

Wieder das Knarren der Holzplanken.

Dann ein schleifendes Geräusch.

Über ihnen schob jemand etwas beiseite.

Verunsichert standen sie da und drückten sich gegen die Wand, als sich die Klappe in der Decke öffnete und das einfallende Licht ein helles Quadrat auf den Boden malte. Trotz ihrer Furcht war die einfallende frische Luft wie ein Wunder.

Die Pistole in der Hand des Mannes in blauer Jeans und grauer Lederjacke, der die Leiter hinabstieg, war nicht zu übersehen, und Rebecca drückte Dajana fester an sich. Sie konnte nichts tun. Nichts! Sie waren ihm ausgeliefert, egal, was er tat.

Nein! Unmöglich! Sofort erkannte sie den Mann. Mit allem hatte sie gerechnet, aber nicht mit ihm.

»Hat dieser Alexej Sie geschickt?«, sagte sie spöttisch.

In der schwach erhellten Düsternis wirkte sein Gesicht so blass, als wäre er nur der Schatten seiner selbst. Die Pistole gesenkt, kam er auf sie zu, und Dajana fing an zu beben.

Trotz des Mangels an Licht sah Rebecca die Wut in seinen Augen, in die sie erstmals in dem Restaurant am Kölner Dom geblickt hatte.

»Als ich Ihnen riet, aus Köln zu verschwinden, meinte ich nicht ausgerechnet hierhin, Rebecca. Sind Sie denn wahnsinnig?« Den warmen Klang seiner Stimme hatte sie nicht vergessen. *Marius.* So hatte dieser Alexej ihn in dem Kölner Parkhaus genannt.

»Sie sind also einer von diesen Männern.« Ihre Stimme

vibrierte.

»Nein.«

»Und das soll ich Ihnen glauben?«

»Was denken Sie denn, warum die geschossen haben? Ich hoffe, die kommen nicht wieder, zumindest im Moment.«

Rebecca schaute zu der Leiter. Es war die Chance zu fliehen, während dieser Marius Mund und Nase mit seinem Arm abdeckte und an ihnen vorbei zu der Brettertür ging.

Fliehen, kreiste es in ihrem Schädel. Jetzt auf der Stelle. Raus aus der Finsternis, dem Gestank, dem Entsetzen. Aber sie konnte diesen Mann nicht einschätzen. Bereits in Köln hatte sie das nicht gekonnt.

Die Brettertür knirschte, als er sie aufriss. Und der Reißverschluss des noch verschlossenen zweiten Leichensacks knarzte, als er sich vorbeugte und ihn öffnete.

Nicht einmal mehr den Verwesungsgestank nahm sie noch gänzlich wahr, als sie Dajana losließ und mit klammer Angst, was er finden würde, hinter ihn trat. Ihre Sinne schienen wie abgestumpft.

Was sie sah, war ein junger Mann mit blutigem Gesicht, von dessen Schädeldecke ein Teil abgesprengt war. Aber wenigstens war das weder Leonie noch Mila und ebenso wenig Dajanas kleiner Cousin Lukas.

Und vorhin hatte sie sich getäuscht. Die Leiche in dem Sack, den sie selbst zuvor geöffnet hatte, war eine Frau, sehr zart gebaut und blutjung, aber kein Kind.

Fliehen! Jetzt!

Doch irgendetwas war falsch daran.

Aus dem Augenwinkel sah sie Dajana zu der Leiter rennen und hochklettern. »Dajana! Nicht!«

»Scheiße, Mann!« Hastig folgte Marius Dajana, bekam aber nur noch die Leiter zu packen, die sie hatte hochziehen wollen.

Die Klappe schloss sich; dann ein schleifendes Geräusch, während Marius blitzschnell die Leiter hochstieg. Aber trotz aller Kraft, die er einsetzte, gelang es ihm nicht, die Klappe über ihm zu öffnen. Er keuchte. »Sie hat etwas darauf geschoben.«

»Ich komme zurück, Rebecca.« Durch eine Lücke zwischen den Holzplanken schaute Dajana zu ihnen hinab. »Ich hole Hilfe.«

Rebecca hörte Dajanas Schritte, gefolgt von dem Knirschen eines Türriegels und dem Knarren der Holztür in der Hütte.

Marius sah zu Rebecca. »Helfen Sie mir, die Klappe zu öffnen.«

»Warum sollte ich?«

»Weil ich nicht weiß, ob die Typen da draußen wirklich weg sind, verdammt!«

Wie zur Bestätigung hörten sie Dajana draußen schreien.

»Helfen Sie mir, Rebecca! Schnell!«

Frische Luft schlug ihnen entgegen, als es endlich gelang, den schweren Gegenstand auf der Klappe beiseite zu drücken, die Klappe zu öffnen und in die Hütte zu klettern.

Marius hielt Rebecca zurück, als sie in der Hütte zur Tür laufen wollte. »Nein! Ducken Sie sich«, sagte er, während er sich selbst duckte, zu einem der zwei Fenster schlich und hinausspähte.

Dajanas verzweifelte Schreie und die Stimmen der Männer waren längst verstummt. Nur das Aufheulen eines Motors besagte, dass noch jemand da war.

»Nein!« Durch das Fenster sah Rebecca den weißen Lieferwagen davonfahren und alles vergessend lief sie zu der Tür, öffnete sie und rannte nach draußen. »Dajanaaaa!«

Der Laderaum! Natürlich hatten sie Dajana in den Laderaum des Wagens gesperrt.

Mit aller Kraft versuchte Rebecca, den Wagen noch zu erreichen. Doch trotz, dass er sich durch den Matsch des Waldweges arbeiten musste, war er schneller. Und plötzlich war da der laute Knall, der aus allen Richtungen zu kommen schien. Etwas peitschte Schlamm aufspritzend neben ihr in den Boden, bevor sie sich von hinten gepackt und zur Seite gerissen fühlte.

Sie schrie auf, als sie hinfiel, und spürte das Gewicht eines Körpers auf sich, bevor sie sich auf den Rücken drehte und in das Gesicht des Mannes blickte, dessen Beweggründe sie nicht verstand.

Sofort ließ Marius wieder von ihr ab und drehte sich auf den Knien Stück für Stück um die eigene Achse, seine

Pistole im Anschlag.

Dann stand er auf und lief geduckt zu der Hütte und an deren Seitenwand vorbei, bis er dahinter schauen konnte. »Anscheinend sind wir allein«, sagte er und ließ die Pistole sinken, als er zurückkam.

Er blickte zu ihr hinab. »Sie sind verrückt, Rebecca. Sie hätten erschossen werden können. Sie kennen deren Gesichter, oder? Grund genug für die, Sie zu erschießen. Von jetzt an sind Sie in Lebensgefahr.« Wieder war da Zorn in seinen Augen und noch etwas anderes, das sie sich nicht erklären konnte. *Sorge?*

Schwer atmend schaute sie in die Richtung, in die sie zuvor gerannt war. Von dem Lieferwagen waren nur noch die Spuren im Matsch geblieben. »Ja, Sie haben recht, Marius. Ich bin verrückt. Verrückt und egoistisch. Dajana hierhin zu bringen, das war …« Sie sah zu ihm hoch. »Das hätte ich nicht tun dürfen.«

Die Irritation und das plötzliche Misstrauen in seinem Blick waren nicht zu übersehen. »Woher kennen Sie meinen Namen? Stehen Sie auf«, sagte er, als sie nicht antwortete, und zog sie aus dem Schlamm auf die Füße. Sie spürte, dass sie zitterte, und er packte sie bei den Armen. »Reißen Sie sich zusammen.«

»Warum sollte ich? Statt meine Kinder zu finden, habe ich ein weiteres verloren.« Jetzt, wo sie sich so nah waren, bemerkte sie die Schatten unter seinen Augen. Einen Augenblick sahen sie einander an, während sie das Gefühl hatte, dass er ihr noch näher kam.

Im nächsten Moment riss sie sich los und trat einen Schritt zurück. »In Wahrheit gehören Sie doch zu denen da.« Ihr Kopf ruckte in die Richtung, in die der Wagen verschwunden war.

»Nein.«

»Wie haben Sie mich denn sonst gefunden?«

»Sie verwischen nicht gerade Ihre Spuren. Und die leibliche Mutter Ihrer Kinder, diese Natalie, wusste, wohin Sie gereist sind. Leicht, sie zu überzeugen, es mir zu sagen.«

»Deshalb konnten Sie nicht wissen, dass ich hier im Wald bin.«

»Ein GPS-Sender in Ihrem Mietwagen.«

Das machte sie sprachlos.

Das machte sie so sprachlos, dass es lange dauerte, bis sie wieder Worte fand.

»Was wollen Sie denn noch von mir?«, schrie sie, unfähig, ihre Bestürzung über Dajanas Verschwinden und die Tränen noch länger zu unterdrücken. Aufschluchzend schlug sie die Hände vor das Gesicht. »Was soll ich denn jetzt tun? Wie soll ich die Kinder finden? Wie?«

»Rebecca.« Seine Berührung ließ sie heftig zusammenzucken. Und in diesem Augenblick war es bedeutungslos, dass er in Köln versucht hatte, sie zu erpressen, dass sie nichts von ihm wusste, nicht einmal seinen vollen Namen oder auf welcher Seite er tatsächlich stand. In diesem Augenblick war da nur seine Wärme, als er sie an sich zog.

*****

Eine halbe Stunde später sprachen sie kein Wort.

Rebecca sah den Mann, dessen Nähe sie beruhigt hatte, nicht einmal an.

Unbeeindruckt von Schlaglöchern meisterte Marius' schwarzer Geländewagen in schnellem Tempo die schmale Straße, die zurück nach Agarbiciu führte.

Wie Tränen fielen Tropfen von den Bäumen, und auf den Wiesen schmolz die dünne Schneedecke glitzernd im Sonnenlicht. Ihren Mietwagen hatte Rebecca mit zerschossenen Reifen aufgefunden und zurücklassen müssen. Doch wenigstens hatten diese Kerle ihr Handy im Handschuhfach übersehen.

Keine Verbindung. Die Anzeige auf ihrem Handy war eindeutig, als sie die einzige Straße des Dorfes Soala entlangfuhren. Sie steckte das Handy ein und blickte den Mann neben ihr jetzt doch an. Ihrem schier unerträglichen Bedürfnis, ihm Fragen zu stellen, war sie bereits nachgekommen. Sinnlos! Dieser Mann schwieg sich aus, aus welchem Grund auch immer. Umgekehrt, allerdings, hatte er sie über das, was hier in Rumänien geschehen war, restlos ausgefragt.

»Was ist?«, sagte sie, als sie ihn immer wieder in den Rückspiegel blicken sah.

»Jemand folgt uns.«

Sie wandte sich um und schaute nach hinten durch die Heckscheibe. »Hinter uns ist kein Wagen.« Aber in der nächsten Sekunde sah sie ihn in der Kurve auftauchen, einen dunkelgrünen Mazda.

Marius drückte das Gaspedal, und sein Geländewagen peitschte Schlamm aufspritzend durch ein Schlagloch.

Zügig verschmierten die Scheibenwischer den Matsch auf der Windschutzscheibe, während der Wagen hinter ihnen ein Stück zurückfiel. Doch sofort holte er wieder auf und kam näher, und Rebecca spürte ihre Anspannung wachsen.

Marius betätigte die Scheibenwaschanlage und warf Rebecca einen Seitenblick zu. »Ich sagte Ihnen doch, die können Sie nicht gehen lassen. Sie haben deren Gesichter gesehen.«

»Und wieso hier? Warum nicht bereits …?«

»Keine Ahnung. Vermutlich waren die irritiert, weil sie nicht wussten, wer außer Ihnen plötzlich noch in der Hütte war, und vor allem wie viele und ob es sich um Polizei handelte.«

Rebecca blickte auf das Navi. Nur zwei einsame Wege führten zurück, der eine nach Agarbiciu, der andere nach Seica Mare. »Die wussten, sie würden uns abfangen können«, sagte sie und sah Marius an, bevor sie wieder nach hinten schaute. »Er kommt näher.«

Marius' Miene war wie versteinert.

Sein Wagen machte einen Satz, als er über eine Bodenwelle rumpelte, und Rebecca schrie auf, als ein Schuss ertönte, der Marius beinah das Lenkrad verreißen ließ. Hinter ihnen spritzte Schlamm auf.

»Mist, Mann!« Es kostete ihn Mühe, den schlingernden Wagen abzufangen. Sofort folgte der zweite Schuss. Wieder spritzte Schlamm hinter ihnen auf. »Nehmen Sie die Pistole aus dem Handschuhfach, Rebecca.«

»Was?«

»Tun Sie, was ich sage.«

Mit steifen Fingern nahm Rebecca die Pistole an sich. »Ich weiß nicht mal, wie man die entsichert.«

»Geben Sie her.« Er ließ die Seitenscheibe herunterfahren, und der Schuss, den er durch das offene Fenster nach hinten abfeuerte, hallte Rebecca in den Ohren. Der Wagen, der sie verfolgte, geriet heftig ins Schlingern und fiel zurück.

»Da vorne ist Agarbiciu.« Indem er das sagte, verlangsamte Marius die Geschwindigkeit und riss das Lenkrad nach rechts.

Rebecca stockte der Atem, als Marius' Wagen über ein mit Schneeresten bedecktes Stoppelfeld holperte. Doch nach ein paar hundert Metern fanden die Räder wieder eine Straße. Das Dorf Agarbiciu mit seinen niedrigen Häusern lag links von ihnen, und Rebecca schaute nach hinten. »Fahren Sie langsamer. Sie sind weg.«

»Da bin ich mir nicht so sicher.« Dennoch drosselte Marius das Tempo, während die Straße sie über eine Linkskurve nach Agarbiciu führte. Aber statt dort auf die breite Dorfstraße abzubiegen, fuhr er geradeaus in eine schmale Straße. »Achten Sie darauf, ob Sie den Wagen sehen, Rebecca.«

Die Straße war kaum mehr als ein von bunten Häusern gesäumter Schlammweg und endete vor einem Stoppelfeld. Vor ihnen am Horizont zeichneten sich schneebedeckte Hügel ab.

»Was tun Sie?«, sagte sie, als er hinter dem letzten Haus nach rechts auf das Feld fuhr, den Wagen wendete und anhielt.

»Wir warten.«

»Worauf?«

»Darauf, dass die aufgeben. Aus Agarbiciu führt nur eine Straße heraus. Die werden versuchen, uns abzufangen. Also warten wir.«

Sie schaute auf ihr Handy. *Keine Verbindung*. Durch das rechte Seitenfenster glitt ihr Blick zu den weißen Hügeln. Dort, wo der Schnee geschmolzen war, zeichneten sich dunkle Flecke ab. Verzweiflung und Entsetzen waren wie ein Stachel in ihrer Seele. »Ich habe sie benutzt«, sagte sie, ohne Marius anzusehen. »Ich habe Dajana benutzt, um Leonie zu finden. Damit kann ich nicht leben.«

»Ein Fehler, überhaupt nach Rumänien zu reisen.«

Sie sah ihn an. Sein Profil zeichnete sich gegen das Seitenfenster ab. »Warum sagen Sie mir nicht, wer Sie sind?«, sagte sie. »Ein Gangster? Ein Polizist? Oder ist es etwas Persönliches? *Wer* sind Sie?«

»Ein Freund.«

»Wie bitte?«

»Das werden Sie der Polizei sagen, wenn ich Sie dorthin gebracht habe.«

»Das ist absurd.«

Er sah sie ebenfalls an. »Ja, ist es das wirklich? Ohne mich wären Sie doch noch in diesem Loch.«

»Sie kennen diesen Alexej und Sie haben versucht, mich zu erpressen. Ein Freund, ja?«

»Welche Chance haben Sie denn, ohne mich diese Dajana und Ihre Kinder zu finden?«

Sie hielt seinem Blick stand. Wieso faszinierte dieser Mann sie trotz allem? »Sagen Sie mir, wer Sie sind.«

»Wenn ich es könnte, würde ich es tun.«

»Organhandel, ja?«, sagte sie und bemerkte die Irritation in seinen Augen. »Sie dachten, ich hätte das noch nicht kapiert? Da liegen Sie falsch. Nur glauben wollte ich es nicht, weil in der Lafayette Klinik keine Transplantationen durchgeführt werden, obwohl wir eine Allgemein- und Viszeralchirurgie haben.« Ihre Lippen bebten. »Und weil ich nicht wahrhaben wollte, dass mein Mann etwas damit zu tun gehabt haben muss.«

Marius wandte den Blick ab und starrte nach vorn durch die Windschutzscheibe.

»Auf seinem USB-Stick sind Daten von meinen Patienten«, redete sie weiter. »Daten von Patienten, die ein neues Organ benötigen.« Sie schaute wieder nach rechts auf die Hügel. »Aber vielleicht war ja auch alles ganz anders. Vielleicht hat mein Mann in Wahrheit versucht, es zu verhindern. Und Leonie und Mila …«

»Sie wissen gar nichts.« Er sah sie an. »Vor allem nicht, mit was für Leuten Sie sich da eingelassen haben.« Erneut glitt sein Blick nach vorn. »Mist!« In diesem Augenblick tauchte der grüne Wagen vor ihnen auf.

Schneematsch spritzte, als Marius seinen Geländewagen rückwärts über das Feld fahren ließ. Abrupt bremste er, drückte das Gaspedal durch und fuhr nun vorwärts in einem großen Bogen über das Feld an ihren Verfolgern vorbei.

Nach einigen hundert Metern war da wieder eine schmale Straße, und nach ein paar weiteren Straßen fuhren sie auf der breiteren asphaltierten Dorfstraße.

Er blickte in den Rückspiegel. »Die lassen nicht locker.«

In viel zu schnellem Tempo überholte er ein Pferdefuhrwerk und übersah die Polizeistreife, die rechts am Straßenrand parkte.

»Polizei. Die folgen uns«, sagte Rebecca.

Das Heulen der Sirene hinter ihnen war nicht zu überhören.

»Halten Sie an, Marius!«

Das Dorf lag längst hinter ihnen, als er nach rechts in eine Schlammpiste einbog, verfolgt von der Polizei.

»Was soll das?«, sagte sie. »Warum halten Sie nicht an?«

»An der Straße wären unsere Verfolger vielleicht einfach vorbeigefahren und hätten Sie erschossen.«

Rebecca wandte sich um und schaute durch die Heckscheibe. Ein Stück entfernt hinter den Blaulichtern der Polizeistreife sah sie den grünen Mazda, der jetzt eine Kehrtwende machte und davonfuhr.

Vor ihnen tauchte ein mit Pulverschnee bedeckter

Platz auf, und Marius fuhr am Rande des Platzes entlang und warf seine Pistole in einen Busch. Ein paar Meter weiter bremste er, und Schlamm spritzte ihnen gegen die Heckscheibe, als die Polizeistreife hinter ihnen zum Stehen kam. Zwei Polizisten in blauen Uniformen stiegen aus.

»Sie wissen, was Sie zu sagen haben, Rebecca.«

Sie sah ihn an.

Marius' Miene war regungslos. Doch sein Blick sagte mehr, als sein Mund mit Worten hätte ausdrücken können.

Nur undeutlich gab das verschmutzte Seitenfenster die kräftige Statur des Polizisten wieder, der in diesem Augenblick die Fahrertür öffnete.

17

Karger hätte die Einrichtung des Raums im Inspectoratul de Politie, dem Kreispolizeirevier in Hermannstadt, kaum sein können; nichts als kahle Wände, ein Regal rechts an der Wand und ein vollgepackter Schreibtisch, und hinter dem Schreibtisch saß Kommissar Viktor Popescu. Graumelierte Haarsträhnen fielen ihm auf die Stirn.

Die alte Frau schrie.

Sie schrie ihren Zorn hinaus, und obwohl Rebecca die rumänischen Worte nicht verstand, ließen sie ihre Seele vor Scham brennen. Mit den Fäusten in der Luft fuchtelnd kam Dajanas Großtante Theresa auf sie zu.

Sie hat ja recht. Ja, ich habe Dajana benutzt. Ich habe sie benutzt, um Leonie zu finden. Ich bin schuld.

Sie würde es zulassen, selbst wenn die alte Frau ihr in das Gesicht spucken, wenn sie mit ihren runzeligen Fäusten auf sie eintrommeln würde. Doch trotzdem hatte der Anblick der wild gestikulierenden Frau mit dem gelben Kopftuch und dem blaugeblümten Kleid auch etwas Bizarres.

Aber noch bizarrer war das Schweigen von Dajanas Tante Emilia. Kein Wort des Schmerzes über das Verschwinden ihrer Nichte war ihr über die Lippen gekommen. Sie saß auf dem einzigen Stuhl vor dem Schreibtisch und wiegte ihr jüngstes Kind in den Armen und hob nicht einmal den Kopf, als Kommissar Viktor Popescu zu ihrer Mutter ging.

Mit beruhigen Worten redete er auf Theresa ein, nahm die alte Frau sogar in die Arme, als sie an zu weinen fing. Dann führte er sie zur Tür hinaus, und Emilia stand auf und folgte ihnen.

Rebecca senkte den Kopf und mied Kommissar Viktor Popescus Blick, als er zurückkam und hinter seinen Schreibtisch ging. Der Vorwurf in seiner Miene war unerträglich.

»Ich habe Ihnen vertraut, Rebecca. Nur deshalb habe ich Sie überhaupt mit Dajanas Familie bekannt gemacht.«

Tief durchatmend sah sie ihn an. »Ich weiß, dass ich einen furchtbaren Fehler gemacht habe.«

Über den Schreibtisch hinweg schaute Viktor Popescu zu Marius, der neben Rebecca stand. »Sie sind also ein Freund von Rebecca Belmont, ja? Das behaupten Sie.« Er blickte auf den deutschen Personalausweis vor ihm auf dem Schreibtisch. »Marius de Pol, und gemäß den Angaben, die Sie vorhin bei den Kollegen gemacht haben, unverheiratet, keine Kinder und Unternehmer.«

Sie spürte es. Sie sah, dass Marius sich versteifte. »Ja, das ist so.« Seine Stimme klang rau.

Viktor Popescus Miene wirkte kalt. »Warum lügen Sie mich an, Rebecca?«

»Wieso?«

»Kommen Sie her.« Sein Blick duldete keinen Widerspruch. »Hierher zu mir.«

Bereits während sie hinter den Schreibtisch trat, sah sie das Phantombild des Mannes, der sie in Deutschland zwar erpresst, aber hier in Rumänien aus dem Erdloch gerettet hatte, auf dem Bildschirm des Computers flimmern. *Was tun? Was?* Nur nicht schon wieder einen Fehler machen.

Viktor Popescu deutete auf den Bildschirm. »Der deutschen Kriminalpolizei haben Sie erzählt, dieser Mann auf dem Bild, also Marius de Pol, habe Sie erpresst. Und jetzt ist er ein Freund von Ihnen?«

»Ich war durcheinander.« *Warum tue ich das?*, dachte sie. *Warum schütze ich ihn?* Ihre Finger kribbelten. »Der Tod meines Mannes. Das Verschwinden der Kinder. Ich kenne Marius von früher. Ich …« Sie hielt Viktor Popescus beißendem Blick stand. »Ich war verwirrt.« Ihre Stimme hatte einen festen Klang. »Der Mann, der mich in Köln erpresst hat, hat Marius de Pol nur ähnlich gesehen.«

Von ihrem Blickrand sah sie Marius aufatmen.

»Sie beide verschweigen mir etwas.« Die steile Falte auf Viktor Popescus Stirn offenbarte seinen Zorn. Er sah zu Marius. »Ein Freund, ja? Solange diese Frau Sie schützt, kann ich Sie nicht verhaften. Aber nur ein Fehler …«

»Nein«, sagte Rebecca.

»Wie bitte?«

»Nein. Ich verschweige Ihnen nichts. Ich erzähle es Ihnen. Auch von den Ungereimtheiten in der deutschen Klinik, für die ich arbeite.« Sie schluckte. »Es geht um das

Leben der Kinder und vielleicht zählt jede Minute. Ich kann Ihnen helfen. Ich …«

»Ausgerechnet Sie?« Viktor Popescus Auflachen hatte etwas Höhnisches. »Ausgerechnet *Sie* haben doch zu verantworten, dass Dajana Lara Nicolaescu jetzt verschwunden ist.« Nur das Spiel seiner Kiefermuskeln offenbarte den inneren Kampf, den er mit sich ausfocht, während er sie anblickte, und allmählich wurde der Ausdruck in seinen Augen weicher. »Keine Alleingänge mehr. Versprechen Sie mir das?«

»Ja.«

Er deutete auf den Stuhl vor dem Schreibtisch. »Setzen Sie sich.« Dann sah er zu Marius. »Und Sie warten draußen. Ich möchte allein mit Frau Belmont sprechen.«

Einzig, dass er seine Hände zu Fäusten ballte, verriet Marius' erneut aufkeimende Anspannung, als er zu dem Schreibtisch ging.

»Ich sagte, ich möchte nur mit Frau Belmont sprechen«, wiederholte Viktor Popescu.

Marius stützte sich auf den Schreibtisch und beugte sich zu ihm vor. »Rebecca kann nicht in dem Hotel bleiben. Sie hat die Gesichter der Männer gesehen. Die werden sie finden. Die haben das Mädchen. Sie werden Dajana zwingen, ihnen zu sagen, wo Rebecca wohnt.«

»Frau Belmont hat ihre Aussage doch bereits getätigt. Es gibt keinen Grund mehr …«

»Ich sagte, die werden sie finden und vermutlich auf der Stelle erschießen.«

Viktor Popescu verengte die Augen zu Schlitzen. »Woher wissen Sie das?«

Weil er sie kennt, dachte Rebecca, während sie sich auf den Stuhl vor dem Schreibtisch setzte.

Viktor Popescus Miene entspannte sich. »Also gut. Ich werde sehen, was ich hinsichtlich einer anderen Unterkunft tun kann.« Er setzte sich hinter seinen Schreibtisch. »Aber jetzt warten Sie draußen, außer Sie haben noch etwas zu sagen, was Sie bisher verschweigen.«

Marius' Miene wirkte wie versteinert, als er Rebecca in die Augen schaute, bevor er zur Tür ging.

Du fürchtest, dass ich die Wahrheit sage, dachte sie, während sie hinter sich das Öffnen und Zufallen der Tür hörte.

Kommissar Viktor Popescu beugte sich auf dem Stuhl zu ihr vor. »So und jetzt sagen Sie mir, wer dieser Mann wirklich ist. Erpresst er Sie? Schützen Sie ihn deshalb?« Das Klingeln des Telefons auf seinem Schreibtisch ließ ihn zu dem Hörer greifen. »Da, Nicolae, ce este?«

Rebeccas Gedanken kreisten, während er Rumänisch sprechend telefonierte und sie das Wechselspiel von Gefühlen in seinem Gesicht beobachtete.

Es dauerte, bis das Telefonat beendet war und er sie wieder ansah. »Das Kennzeichen des Lieferwagens hilft uns nicht weiter. Es wurde als gestohlen gemeldet. Und die Leichen aus der Hütte im Wald sind jetzt in der Gerichtsmedizin. Ein Geschoss hat dem Mann die Schädeldecke zerfetzt, und ein weiteres steckt in seiner rechten Herzkammer.« Er atmete tief durch. »Und der jungen Frau, höchstens siebzehn Jahre alt, wurde eine Niere entnommen. Verblutet ist sie aber an einem vermutlich angeborenen Aneurysma der Hauptschlagader, das während der Operation geplatzt sein muss. Beide müssen noch identifiziert werden.« Er lehnte sich über den Schreibtisch vor und kam ihr ganz nah. »Also? Was haben Sie mir über Ihre deutsche Klinik zu erzählen? Und wer ist dieser Marius de Pol?«

*****

Zwei Stunden später schwirrten Rebecca Marius' Worte im Kopf herum. *Sie kann nicht in dem Hotel bleiben. Die werden sie finden und vermutlich auf der Stelle erschießen.*

Daniel war in Köln ebenfalls erschossen worden, einfach so. Dennoch hatte sie darauf bestanden, ihr Gepäck selbst aus dem Hotel zu holen, bevor sie zu der neuen Unterkunft fuhr, die Viktor Popescu ihr besorgt hatte.

Wieder ein Fehler?

Die Abenddämmerung senkte sich über den von erleuchteten Fenstern umringten Platz namens Piata Mica vor dem Hotel Villa Astoria in der Altstadt von Hermannstadt.

Hier und da sah sie ein Liebespärchen, und von irgendwoher hallte ein Lachen über den Platz. Romantischer hätte ein Ort trotz der Eiseskälte des Abends nicht sein können, und dennoch überfiel Rebecca das Gefühl einer sich nähernden neuen Katastrophe.

Unsinn, dachte sie. *Das rede ich mir ein.*

Marius schwieg, als sie im Schutz der Dämmerung am Rande des Platzes aus seinem Geländewagen stiegen. Jeder, der sie nicht kannte, hätte sie für ein Paar gehalten, ein schönes Paar, das sich in Wahrheit fremder nicht hätte sein können.

Sie hatte ihn *nicht* verraten.

Also warum schwieg er?

Warum sah er sie nicht einmal an?

Schweigend betraten sie die Lounge des Hotels und gingen die Treppe hinauf, nachdem der Hotelportier sie lächelnd auf Deutsch mit »Guten Abend, Frau Belmont.« begrüßt hatte.

In dem schummrigen Flur deutete Rebecca nach rechts. »Dort ist mein Zimmer. Nummer 10.«

»Sie bleiben hier, Rebecca.«

»Aber …«

»Geben Sie mir den Schlüssel.«

Sie hielt den Atem an, als er die Pistole aus seiner Jackentasche zog, die er vor ihrer Begegnung mit der Polizei zwar weggeworfen, sich aber inzwischen wiedergeholt hatte.

Langsamen Schrittes ging er zu der Tür und horchte daran, während sie mitten im Flur stehen blieb. Lautlos steckte er den Schlüssel in das Loch und drehte ihn, und ebenso lautlos drückte er die Klinke nieder.

Der Knall, als er mit dem Fuß die Tür aufstieß, bevor er das Zimmer betrat, ließ Rebecca zusammenzucken.

Sie wartete.

Stille. Nichts als Stille.

Das machte sie verrückt.

Schritt für Schritt näherte sie sich dem Zimmer. Warum hatte sie dieses untrügliche Gefühl, dass dort etwas anders sein musste als zuvor? Und warum kam Marius nicht mehr heraus? Das sollte er doch. Er sollte ihr doch sagen, dass die Luft rein war.

Vor der offenen Zimmertür blieb sie stehen.

Marius stand neben dem Bett und schickte sich an, die Bettdecke hochzuheben.

Nein!

Sie krallte sich an den Türrahmen und fühlte ihr Herz rasen.

Nein!

Kalter Schweiß brach ihr aus.

Schritt für Schritt ging sie auf das Bett zu.

Das konnte, das durfte nicht sein!

Blut!

Die Bettdecke war gewölbt, so als läge etwas darunter, und auf dem Kopfkissen war dunkles lockiges Haar zu sehen, das sie zu kennen glaubte.

»Dajana!« Von Grauen erfüllt, riss sie die Bettdecke weg und fing an zu schreien.

»Rebecca.« Marius' Stimme drang nicht zu ihr durch.

Sie hörte nicht auf zu schreien. Sie konnte nicht. All

die Qualen, der Schmerz, die Trauer der letzten Wochen suchten einen Ausweg, wollten aus ihr hinaus.

»Rebecca. Beruhigen Sie sich!«

Erst, als er sie von dem Bett weg und zur Tür hinausdrängte, spürte und hörte sie ihn, nahm sie ihn wahr. »Beruhigen Sie sich«, sagte er sanfter.

Dennoch krümmte sie sich und fing haltlos an zu weinen.

18

Zur gleichen Zeit verstummten die Rotoren des Hubschraubers, der vor der Klinik in der rumänischen Hauptstadt Bukarest gelandet war.

»Asystolia!«

Herzstillstand! Nikolas Albrecht wusste nicht, wer das schrie, während sein kleines Mädchen auf die Bahre gelegt wurde und in dem Pulk von rumänischen Ärzten und Krankenschwestern verschwand. Beinahe rennend schoben die es von dem Hubschrauber zur Notfallambulanz der Klinik.

Die Finsternis drohte, die Menschen in den weißen Kitteln vor ihm zu verschlucken. Nur links von ihm erhellten die erleuchteten Fenster der mehrstöckigen Klinik den kalten Abend.

»Beatmung! Herzmassage!« Das war es, was beim letzten Mal in Deutschland gerufen worden war, als das Herz seiner zehnjährigen Tochter Julia versagt hatte. Und heute geschah es wieder.

Eine durch eine Infektion ausgelöste dilatative Kardiomyopathie. Julias Herz wurde schwächer und schwächer, ein aufgeblähtes Herz, das am Ende war, das keine Kraft mehr hatte, ein Leben zu erhalten.

Das Rattern der Rotoren des Hubschraubers war wieder zu hören und wurde lauter und lauter, während er startete und davonflog.

Den Flug mit der Privatmaschine von Deutschland nach Rumänien hatte Nicolas Albrecht selbst bezahlt und den Transport mit dem Hubschrauber vom Flughafen bis hierher zu der Klinik in Bukarest ebenfalls. Als Juwelier mit Filialen in mehreren Städten spielte Geld für ihn keine Rolle. Und dennoch hatte das viele Geld vor Jahren nicht retten können, was er mehr als alles andere geliebt hatte: seine Frau.

Aber dieses Mal würde es anders sein. Seine Tochter würde leben. Ihr Herz musste durchhalten.

Nicht gerade jetzt durfte es aufgeben! Nicht jetzt, wo es durch ein neues Herz ersetzt werden würde. Denn dieser Mann hatte es versprochen. Seit mehr als neun Monaten stand Julia auf der regulären Warteliste für Herztransplantationen. Doch bisher erfolglos.

Aber dieser Mann, dessen Namen er nicht einmal kannte, hatte es möglich gemacht. Sie würde ein Herz erhalten.

Durchhalten, Julia!

Niemand hätte Nicolas abhalten können, den Ärzten und Schwestern in den Raum der Notfallambulanz zu folgen, in den sie seine Tochter schoben. Zwei Schwestern hoben Julia an und legten sie auf ein Bett.

Der Überwachungsmonitor zeigte eine Nulllinie, als er angeschlossen wurde. Julias schmächtiger, ausgezerrter Körper wirkte so blass und starr wie der einer bereits Toten, während ein junger Arzt sich immer wieder auf ihre Brust stemmte und die Herzdruckmassage durchführte und ein anderer mit dem Blasebalg Luft in ihre Lunge pumpte.

»Julia, du musst kämpfen!« Nicolas schrie es. »Kämpfeeee!«

Eine Krankenschwester reichte dem Arzt die Elektroden des Defibrillators und der befestigte sie an Julias Körper. »Zurück!«, sagte die Schwester auf Deutsch und zog Nicolas von dem Bett weg. »Atentie! Electricitate!«

Der Körper seines Kindes bäumte sich auf, als der Strom hindurchfloss. Jeder Muskel schien zu krampfen.

Nicolas starrte auf den Monitor neben dem Bett. Der monotone helle Ton wandelte sich zu einem Piepsen und zeigte eine große gezackte Linie, was einem Herzschlag gleichkam. So viel wusste er. Noch eine gezackte Linie und noch eine und noch eine. Und jede gezackte Linie bedeutete Leben, besagte, dass wieder Blut durch Julias Adern floss.

Noch immer presste der Arzt mit dem Blasebalg Luft in ihre Lunge.

Warum intubieren die denn nicht?, dachte Nicolas. *Sie atmet nicht selbstständig. Mein Gott, sie atmet nicht! Aber ihr Herz schlägt doch.* Sein Blick glitt zurück zu dem Monitor. Keine großen gezackten Ausschläge mehr, sondern viele kleine.

Kammerflimmern!

Und das bedeutete Kreislaufstillstand.

Juliaaaa!

Die Panik in den Gesichtern, die erneut aufwallende Hektik, das schweißnasse Gesicht des Arztes, der den Blasebalg betätigte und von einer Schwester abgelöst wurde, machten ihn beinah wahnsinnig.

Julia starb!

Sein kleines süßes Mädchen starb, und er hatte das verschuldet. Die deutschen Ärzte hatten ihm abgeraten, sein Kind transportieren zu lassen, und er hatte es dennoch getan.

Ihr Herz kämpfte, obwohl es offenbar am Ende war, unfähig noch einen lebenserhaltenden Schlag zu tun.

Neeeeiiiin!

Eine Ärztin füllte eine Spritze und jagte deren Inhalt durch den bereits gelegten Zugang in Julias Arm.

Erneut wurde Nicolas Albrecht von dem Bett seiner Tochter weggezogen. »Atentie!« Und wieder ließ der Strom den Körper seines Kindes bizarr zucken.

Doch der Monitor beharrte weiterhin auf den winzigen Ausschlägen.

Kammerflimmern!

»Juliaaaa!«

*****

Eine halbe Stunde später spürte Nicolas Albrecht die Tränen nicht, die über seine Wangen liefen.

Sein geliebtes Mädchen sah so blass aus, so winzig in dem großen weißen Krankenhausbett des mondhellen

Einzelzimmers.

Julias von dunkelblondem Haar umrahmtes Gesicht wirkte eingefallen, und das Licht der Lampe über dem Bett zeichnete die tiefen Schatten rings um ihre geschlossenen Augen nach.

Ihre kleine Hand fühlte sich kalt an, als er sie in seine große nahm und an seine feuchte Wange drückte. *Was hast du gelitten, mein Kind. So viele Schmerzen, so viele Krankenhausaufenthalte. Und trotzdem warst du fröhlich und hast es ertragen. Ein paar Mal mussten sie dich zurückholen, und dieses Mal …*

Ich bin schuld.

In Deutschland, in der Lafayette Rheinland-Klinik, hatten sie ihr schwaches Herz mit einer Herzpumpe unterstützen wollen. Doch er hatte sich für einen anderen Weg entschieden und Julia hierher bringen lassen, sobald ihr Zustand das zugelassen hatte.

Aufatmend spürte er, dass ihre Finger an seiner Wange sich bewegten. Denn auch dieses Mal hatten die Ärzte es geschafft, obwohl er die Hoffnung beinah aufgegeben hatte. Aber die Ärzte hatten *nicht* aufgegeben, *nicht* aufgeben wollen. Einmal mehr hatten sie ihr das Leben geschenkt. Jedoch für wie lange?

Der Monitor auf der Halterung über dem Bett ließ ein gleichmäßiges Piepsen hören. Ein großer gezackter Ausschlag auf dem Bildschirm, ein zweiter, ein dritter und so weiter. Ihr krankes Herz schlug gleichmäßig. Es war ihnen gelungen, sie zu stabilisieren, zumindest für den

Moment.

Erst jetzt bemerkte er, dass Julia ihre blauen Augen bereits geöffnet hatte und ihn ansah.

»Papa?«

»He, mein Schatz.« Er beugte sich über sie und strich ihr über die Wange. »Wir sind in dem Krankenhaus, zu dem wir geflogen sind, und bald wirst du gesund sein. Das verspreche ich dir.«

»Warum weinst du dann?« Sie lächelte leicht. »Deine Haare sind schon ganz grau. Und runzelig wirst du auch, wenn du so viel weinst, und immer wegen mir.«

Fahrig wischte er sich über das Gesicht. »Es ist … Es ist nur vor Freude, weil du ein neues Herz bekommst.«

Augenblicke lang sah sie ihn schweigend an, so als gäbe es etwas, über das sie nachdachte. »Muss ein anderes Mädchen dafür sterben?«, flüsterte sie. »Für mein neues Herz?«

»Was?« Auf diese Frage war er nicht gefasst gewesen, nicht in diesem Moment. »Nein. Natürlich nicht. Jemand hat einen Unfall gehabt, und …« Er drückte ihre Hand. »Niemand muss sterben, nur weil du das Herz bekommst. Es wäre sowieso geschehen.«

»Sagt das dieser Mann, von dem du mir erzählt hast?«

»Ja.«

»Dann ist es gut.« Sie schloss die Augen. Sie war schwach. Sie war sehr schwach. Auf der Stelle schlief sie wieder ein, und er saß da und lauschte dem Piepsen des Monitors und ihren Atemzügen.

Eine heisere Stimme am Telefon. Mehr hatte er von demjenigen, der behauptete, sein Kind retten zu können, nie kennengelernt. Einzig dessen Kontaktmann kannte er. Schließlich hatten Blutgruppe und Gewebemerkmale von Julia weitergeleitet und ihr Transport nach Rumänien organisiert werden müssen, und das alles möglichst geschickt und unauffällig.

Anfangs hatte er gezögert, und das sehr, sehr lange. Doch dann hatte er Julia zum ersten Mal beinah verloren. Und ein neues Herz bedeutete ein neues Leben, ein echtes, ein richtiges Leben, ohne dauernde Klinikaufenthalte.

500.000 Euro für das Herz, und von wo und von wem das Organ kommen würde, wusste er nicht und wollte es auch nicht wissen. Allerdings war in schwachen Momenten genau diese Frage wie ein Gift, das sich in seine Gedanken schlich.

Unsinn. Rede dir nichts ein.

Völlig absurd, dass jemand dafür sterben würde, der nicht hätte sterben müssen. So weit würde hier in der zivilisierten Welt niemand gehen. Niemand!

In China, ja. Die hatten wohl Organe von Hingerichteten verkauft, hatte er gehört, und selbst in europäischen Ländern mit großer Armut boten manche der Ärmsten der Armen zumindest Organe wie Nieren und oder einen Teil ihrer Leber an. Aber …

Nein! Hör auf damit!

Julia lebte. Und mit ihren zehn Jahren hatte sie ein

Recht auf ein normales Leben ohne Maschinen. Und wenn er ihr dafür ein Herz kaufen musste, würde er es tun.

*****

Warum bin ich hier?, dachte Sabrina.

Ach ja, wegen Julia Albrecht.

Da sie sich nicht mehr auf den Beinen halten konnte, sackte die Stationsschwester der C1 der Lafayette Klinik bei Köln im Archiv der Klinik auf den Boden.

Inzwischen war die herzkranke Julia Albrecht längst von hier in ein anderes Krankenhaus verlegt worden, nach Rumänien. Das wusste Sabrina noch. *Und ich bin wegen Julias Patientenakte hier.* Das wusste sie auch noch. *Aber warum?* Das hatte sie vergessen. Mehr und mehr verblasste jegliche Erinnerung. Sie würde sterben wie Daniel. Sie spürte es.

Niemand würde sie hier im Archiv der Lafayette Rheinland-Klinik rechtzeitig finden. Der Tod war längst in ihrem Blut.

Schwitzend kniete Sabrina auf dem Boden und lehnte ihre Stirn an die kühle Wand neben der Tür des stickigen Kellerraums. Die Strähnen, die sich aus ihrem dunklen Zopf gelöst hatten, klebten ihr an den feuchten Wangen.

Eigentlich hätte sie gar nicht hier sein dürfen. Als Stationsschwester der C1 hatte sie hier nach Feierabend keinen Zutritt. Denn eigentlich war das Archiv mit den

Patientenakten seit Stunden geschlossen, und die Angestellten waren nach Hause gegangen. Doch heute war es anders. Heute war sie dennoch hier. *Wegen Julias Akte. Aber wieso?*

Die Spritze! Jemand hatte sie festgehalten und ihr eine Spritze gegeben. So war es doch gewesen? Und die injizierte Flüssigkeit hatte längst den Weg in die Zellen ihres Körpers gefunden, ließ die abgesperrte Tür vor ihren Augen verschwimmen.

Wenigstens schien es ein sanfter Tod zu werden. Wenigstens verursachte es keine Schmerzen. Eine Träne lief ihr über die Wange. *Ich will nicht. Ich will leben!* Ihre Fäuste schmerzten, so oft hatte sie bereits gegen die Tür geschlagen und dabei nach Hilfe gerufen. Wer war es überhaupt gewesen? Wer hatte sie hier eingesperrt? Auch das hatte sie vergessen.

»Sabrinaaaa.« Das Flüstern schien überall zu sein, aus den Wänden zu kommen, sie zu erdrücken, ihr die Luft zum Atmen zu nehmen. Doch vermutlich war es nur in ihrem Kopf.

Und irgendwo war da noch eine Stimme. *»Du hättest deine Nase nicht in Dinge stecken sollen, die dich nichts angehen.«* Wer hatte das gesagt? Sie selbst oder der andere? Sie konnte sich nicht erinnern.

Hilfe!

Das nachtdunkle Fenster hoch oben unter der Decke in der Wand hinter ihr schien völlig unerreichbar.

Wimmernd löste sie sich von der Wand, wandte sich

um und kroch über den Boden dorthin. Aber nicht einmal bis zu dem ersten Aktenschrank schien sie gelangen zu können. Dennoch schaffte sie es irgendwie und zog sich daran hoch.

Nicht ohnmächtig werden. Nicht!

Mit keuchendem Atem schwankte sie zwischen den Aktenschränken her. So schnell, wie sie dem Fenster näher kam, so schnell schien sich ihr Bewusstsein zu verfinstern. *Rebecca.* Warum dachte sie jetzt ausgerechnet an Rebecca?

Plötzlich war es, als hätte jemand das bereits verschwommene Bild vor ihren Augen noch unschärfer gestellt. Jäh schien sich der Raum zu drehen, schneller und schneller. Haltsuchend krallten sich ihre Finger an der Kante eines Schrankes fest, bevor ihre Glieder an zu zucken fingen, sie gegen den Schrank kippte und daran entlang zu Boden sackte.

Den wilden Tanz ihrer Arme und Beine und das Aufbäumen ihres Körpers spürte sie nicht mehr, während sie nicht mehr wusste, wer oder wo sie war.

»He, sind Sie da drin?«

Der Pförtner strich sich über den dichten Vollbart, während er auf dem beleuchteten Flur an der Tür zum Archiv lauschte. War da nicht ein Geräusch gewesen? Noch einmal rüttelte er an der Klinke, bevor er sich kopfschüttelnd abwandte. Warum hätte sie die Tür abschließen sollen, wenn sie da drin war?

Wut kochte in ihm hoch, während er über den Flur davonging. Obwohl er ihre unverhohlene Anmache und die Schmeicheleien durchschaut hatte, hatte er ihr einen der Schlüssel zum Archiv gegeben, weil er sie kannte, weil er ihr vertraut hatte. Und jetzt nutzte sie das schamlos aus.

19

Blut und dunkles lockiges Haar.

Der furchtbare Anblick in ihrem Hotelzimmer in Hermannstadt ließ Rebecca nicht mehr los.

Sie hatte Dajana in dem Zimmer tot auf dem Bett liegen sehen und noch immer das Gefühl, sie zu sehen, auch jetzt noch.

In Gedanken versunken stand sie vor der Terrassentür des einsam gelegenen Ferienhauses nahe Hermannstadt, das Kommissar Viktor Popescu für sie auf die Schnelle besorgt hatte, und blickte nach draußen in die abendliche Einsamkeit aus Büschen und Bäumen.

Dajana.

Ein Kind, das sich ihr anvertraut hatte.

Ein Kind, das sie wegen ihrer Besessenheit, unbedingt Leonie und Mila finden zu wollen, verloren hatte.

»Möchten Sie auch ein Glas Wasser, Rebecca?«

Der Mondschein, der durch das Fenster fiel, verlieh Marius' gut geschnittenen Zügen etwas Fahles, als er neben sie trat.

»Nein, danke.« Sie schüttelte den Kopf.

Nur das Feuer im Kamin spendete Licht. Die knisternden Flammen verliehen dem mit hellen Holzmöbeln eingerichteten Wohnraum eine angenehme Wärme.

Marius sagte nichts. Er sah sie nur an.

»Unsinnig, das Bett in meinem Hotelzimmer mit roter Farbe zu beschmieren«, sagte sie, während sie zu dem vollen Mond blickte. »Und dazu das lockige Haar auf dem Kopfkissen. Im ersten Augenblick dachte ich wirklich, es sei –«

»– dieses Mädchen, diese Dajana«, ergänzte er und nahm einen Schluck aus dem Wasserglas, das er in der Hand hielt. »Die perfekte Täuschung, um Sie zu schockieren, Rebecca.«

»Das ist denen gelungen. Aber warum?« Sie schaute ihn an. »Meine Aussage bei der Polizei habe ich doch längst ...«

»Eine Warnung an Sie, aus Rumänien zu verschwinden, sich nicht länger einzumischen.«

Sie fühlte ihre plötzliche Wut. »Sie kennen diese Männer.«

Er schüttelte den Kopf. »Nein.«

»Aber diesen Alexej kennen Sie auf jeden Fall. Besorg mir, was der Boss will, sonst bist du tot und die Schlampe auch. Genau das hat dieser widerliche Kerl in dem Parkhaus in Köln doch zu Ihnen gesagt. Nur deshalb sind Sie mir nach Rumänien gefolgt. In Wahrheit haben Sie niemals gewusst, wo Mila und Leonie sind.«

Unbewusst näherte sie sich ihm und fühlte seine aufkeimende Unruhe, als sie ihm so nahekam, dass sie sich beinah berührten.

»Wenn ich die geringste Ahnung hätte«, sagte sie, »was

Peter gestohlen hat und wo es ist, hätte ich es Ihnen längst gegeben.« Einen Moment hielt sie inne. »Das Lächeln des Todes. So hat er das Bild in seinem Büro genannt, und ich dachte wirklich, das wäre ein Hinweis, weil ich nichts anderes gefunden habe.« Sie blickte ihm in die Augen. »Dieser Alexej ist es nicht, oder? Er ist nicht der Kopf der Bande. ›Besorg mir, was der Boss will.‹ Sonst hätte er das so nicht gesagt.«

Marius schwieg.

»Was haben Sie mit denen zu tun, Marius? Erklären Sie es mir endlich.«

»Das kann ich nicht.«

»Warum nicht? Wer sind Sie?«

»Hören Sie auf, Rebecca.«

»Erst erpressen Sie mich. Dann folgen Sie mir und helfen mir, und alles ohne Erklärung.«

»Ich sollte jetzt gehen.« Hastig ging er zu dem niedrigen Tisch vor dem grauen Sofa mitten in dem recht großen Raum. Das Wasser schwappte über, als er das Glas darauf abstellte und seine Jacke von dem Sofa nahm.

Sie wandte sich zu ihm um und sah ihn an. »Nein, bleiben Sie.« Warum sagte sie das?

Ihre Blicke trafen sich, während er sich die Jacke überzog.

»Bitte bleiben Sie«, sagte sie beinah gegen ihren Willen.

»Diese Männer werden Sie hier nicht finden.«

»Trotzdem.«

»Sie wissen nichts von mir, Rebecca.«

»Sie beantworten mir ja keine Fragen.«

»Besser, ich gehe.«

»Marius de Pol«, sagte sie. »Unverheiratet, keine Kinder und Unternehmer. Zumindest haben Sie das der Polizei erzählt, und mehr muss ich auch nicht wissen. Sie machen mir keine Angst. Bitte, helfen Sie mir. Ich weiß nicht mehr weiter.«

»Wieso vertrauen Sie mir?«

»Das tue ich nicht. Aber immerhin haben Sie mir heute das Leben gerettet.«

Der Widerstreit seiner Gefühle spiegelte sich in seiner Miene, während er den Reißverschluss seiner grauen Lederjacke schloss. »Es stimmt. Ich weiß nichts über Ihre Kinder, nicht mal, ob sie noch leben.«

»Und wie kommen dann die Fotos von Mila und Leonie auf Ihr Smartphone?« Wieso fragte sie das? Es würde nicht antworten.

»Sie haben doch sicher auch Hunger«, sagte er stattdessen. »Ich hole uns etwas zu essen. Sind Sie Vegetarierin?«

Das entlockte ihr ein Lächeln. »Nein.«

Regungslos blickte sie ihm hinterher, als er beinah fluchtartig den Raum verließ.

Warum rannte er vor ihr davon?

Sie hatte nicht gelogen. Er machte ihr keine Angst. Ihre Gedanken, ihre Schuldgefühle waren das, was sie fürchtete, und die plötzliche Stille, die das Knistern des Kaminfeuers, das Surren des Kühlschranks in der Küche und das Knarren in der oberen Etage hören ließ.

Es sollte dort oben nichts knarren.

Niemand war dort.

Sie horchte.

Wieder ein Knarren.

Das Klingeln ihres Handys schien von weither zu kommen, obwohl es auf dem Sofatisch lag. Mit einem unguten Gefühl ging sie zu dem Tisch und nahm das Gespräch an. »Ja.«

»Kommissar Moreth hier.«

»Herr Kommissar.« Sie setzte sich auf das Sofa und spürte die Wärme des Kaminfeuers auf ihrer Haut.

»Ihre Haushälterin Isabell sagte, Sie wären in Rumänien. Was soll das? Was, zum Teufel, wollen Sie dort?«

Es dauerte, bis sie ihm alles erzählt hatte, und seine Antwort war betretenes Schweigen.

»Sie sind lebensmüde, Rebecca.«

Sie atmete tief durch. »Möglich.«

»Ich habe auch etwas für Sie. Ein Haar, das die Spurensicherung in Ihrer Kölner Villa gefunden hat, gehört einer international gesuchten Person. Gesucht wegen zweifachen Mordes und schweren Betruges vor zwei Jahren in den USA. Der Mann nennt sich Jackson.«

Es dauerte einen Augenblick, bis sie fähig war, umzuschalten, bis die Bilder von jenem Abend in der Villa wieder lebendig wurden. Also doch! Jetzt war es bewiesen. Und es stimmte, einer der Männer hatte mit amerikanischem Akzent gesprochen.

»Und da ist noch etwas«, sagte Moreth. »Ihre Kollegin aus der Lafayette Rheinland-Klinik, die Stationsschwester der C1, Sabrina Scholz.«

»Was ist mit ihr?«

»Hypoglykämischer Schock«, sagte er. »Sie wurde im Patientenarchiv aufgefunden.«

»Aber Sabrina ist keine Diabetikerin.«

»Eine Überdosis Insulin, die ihr direkt in die Vene gespritzt wurde.«

»Aber wieso?« Rebecca erschauerte. Ihre Finger krallten sich um das Handy. »Ist sie …? Ist sie tot?«

»Nein. Aber nur deshalb, weil der Pförtner sie noch heute Abend im Patientenarchiv gefunden hat. Weil er hartnäckig den Zweitschlüssel zum Archiv gesucht hat, den er Frau Dr. Irena Calescu geliehen hatte. Bis morgen hätte Sabrina Scholz die Unterzuckerung wohl kaum überlebt. Frau Dr. Calescu ist seitdem verschwunden.«

»Ist Sabrina bei Bewusstsein?«

»Nein.«

Sekundenlang machte Rebecca das sprachlos. »Eigentlich hatte ich eher Angst um Ann-Katrin«, sagte sie dann.

»Um die blonde Assistenzärztin der C1?«

»Ja. Sie hat mich angerufen, wegen angeblich manipulierter Laborwerte, wodurch bevorzugte Patienten ein Spenderorgan erhalten haben sollen, natürlich gegen Geld.«

Moreth atmete hörbar aus. »Das wäre ein Skandal.

Aber in der Lafayette Klinik werden keine Transplantationen durchgeführt.«

»Nein. Aber vermitteln kann man die Patienten doch.«

Innerlich noch mehr aufgewühlt als zuvor, saß Rebecca Minuten später da, als das Gespräch beendet war.

»Sie riskieren Ihr Leben, Rebecca. Lassen Sie die rumänische Polizei die Arbeit tun und kommen Sie zurück nach Hause«, waren Moreth' letzte Worte gewesen.

Sie schüttelte den Kopf. Das konnte sie nicht. Sie konnte nicht einfach so zurück nach Köln fliegen. Und trotz ihrer mangelnden Sympathie für Frau Dr. Irena Maria Calescu – einen Mord traute sie dieser Frau einfach nicht zu. Irena ging in ihrer Arbeit als Chirurgin voll und ganz auf, war ein Mensch, eine Ärztin, der ein Menschenleben alles bedeutete.

Wieder das Knarren.

Niemand konnte in der oberen Etage sein. Niemand!

Also war es so, wie sie befürchtet hatte. Die Stille machte sie verrückt.

Wie benommen stand sie von dem Sofa auf, ging quer durch den Raum in die angrenzende Küche, öffnete eine Schublade nach der anderen und suchte, bis sie ein scharfes Haushaltsmesser fand. Mühsam kämpfte sie gegen ihre Furcht, kehrte in den Wohnraum zurück, schaltete die Deckenleuchte ein und ging die Treppe hinauf, die von der Mitte des Raums zu Flur, Bad und

Schlafzimmer in der oberen Etage führte.

Warum sich fürchten? Was bedeutete ihr Leben schon noch? Alles war kaputt. Alles.

Das Knistern des Kaminfeuers paarte sich mit dem Knarren in der oberen Etage und das Licht der Flammen mit den Schatten, die über die Wände huschten.

Ihre Finger krallten sich um das Messer. Anscheinend war doch jemand da oben. Vorhin hatte sie ein Fenster geöffnet, um frische Luft einzulassen. Ein Leichtes, dort einzusteigen.

Je näher sie dem oberen Treppenabsatz kam, umso deutlicher hörte sie es. Ein Windhauch glitt über ihr Gesicht. *»Willst du sterben? Willst du das?«* Das war die Stimme des Mannes, der sie in der Kölner Villa immer wieder unter Wasser gedrückt hatte. Bisher war sie nur in ihren Gedanken. *Bisher!*

Und dann sah sie es.

Die Tür zum Schlafzimmer knarrte und schwang einen Spaltbreit auf. Wieder ein Knarren und der dunkle Spalt verschwand. Und das wiederholte sich.

»Was tun Sie da?«

Hastig fuhr sie herum.

Am Fuß der Treppe stand Marius und blickte zu ihr hoch, eine Tüte in der Hand.

Augenblicke lang sahen sie einander an. Dann ließ sie das Messer fallen und setzte sich auf die Treppe. »Ich dachte nur … Da oben war ein Geräusch. Aber es ist offenbar nur die Tür, die hin und her schwingt. Im

Schlafzimmer ist das Fenster offen.«

Es dauerte kaum zwei Minuten, bis er mit gezogener Pistole die Treppe hinaufgerannt war und Flur, Schlafzimmer und Bad inspiziert hatte.

»Nur der Wind«, sagte er, stieß das Messer mit dem Fuß weg und setzte sich neben sie auf die Treppe. »Das Fenster habe ich geschlossen.«

»Ja, nur der Wind«, sagte sie, ohne ihn anzusehen. »Ich glaube, ich werde verrückt.« Sie senkte den Kopf. »Wenn … Wenn Dajana etwas zustößt, dann …« Die Worte waren kaum mehr als ein Flüstern. »Wenn sie ihr etwas antun. Damit könnte ich nicht leben.«

Sie sah das kurze Aufflackern in seinen Augen, als sie den Kopf hob und ihre Blicke sich trafen. »Es ist wahr«, sagte er leise. »Es gibt Dinge, mit denen man nur schwer leben kann. Aber Sie sind nicht die Erste, die einen schweren Fehler gemacht hat, Rebecca. Und ich kenne kaum jemanden, der sich so für andere einsetzt wie Sie.«

Die Worte berührten sie, und nur mit Mühe widerstand sie dem Impuls, ihre Hand nach ihm auszustrecken. »Leonie und Mila sind wie meine Kinder. Ich liebe sie beide, auch wenn Mila in ihrer pubertären Trotzphase nicht selten rotzfrech war.« Blicklos schaute sie zum Fuß der Treppe. »Und meinen Mann habe ich auch geliebt. Das dachte ich jedenfalls. Aber jetzt denke ich, ich kannte ihn nicht einmal.« Sie sah ihn an. »Genauso wenig, wie ich Sie kenne.« Ihre Mundwinkel zuckten. »Ich habe begriffen, dass Sie nichts von sich preisgeben. Ich will nur eines wissen. Haben Sie meinen Mann tatsächlich nicht ermordet?«

Sein Kopfschütteln war kaum merklich. »Nein, habe ich nicht.«

»Haben Sie etwas mit dem Verschwinden der Kinder zu tun?«

»Nein.«

»Werden Sie erpresst? Tun Sie deshalb, was Sie tun?«

Sein Blick verdunkelte sich.

»Okay.« Sie lächelte schwach. »Das war eine Frage zu viel. Aber eines ist klar. Ihnen geht es nicht gut, ebenso wenig wie mir.« Ihr Blick glitt über die Schatten unter seinen Augen. »Das sieht man Ihnen an. Sie schlafen schlecht.« Sie fühlte seine Anspannung, als sie ihre Hand auf seine legte. Seine Finger spielten mit ihren, und trotz allem, trotz der Situation hatte das etwas Elektrisierendes.

Er drückte ihre Hand und kam ihr so nah, dass ihr der Atem stockte. Warum ließ sie das zu?

Tief durchatmend legte er seine Wange an ihre Schläfe und verharrte sekundenlang, bevor sein Mund zu ihrem glitt. Doch anstatt sie zu küssen, hielt er in der Bewegung inne, so als kämpfte er dagegen, das zu tun, wonach er sich sehnte. Zärtlich strichen seine Finger über ihre Wange, und von einer Sekunde zur anderen besann er sich, löste sich von ihr und stand auf. »Das Essen, das ich mitgebracht habe, ist sicher längst kalt«, sagte er rau, während er die Treppe hinabging. Am Fuß der Treppe blieb er stehen und drehte sich zu ihr um. »Kommen Sie.

Sie müssen etwas essen.«

Schweigend sah sie zu, wie er die Tüte, die er zuvor auf dem Boden abgestellt hatte, auf den Sofatisch stellte. Jäh war der Zauber verflogen und das Entsetzen wieder allgegenwärtig.

Ihr Magen schien wie zugeschnürt, als sie aufstand. Langsam ging sie ebenfalls die Treppe hinab. *»Vielleicht kannst du mich ja auch mögen wie diese Leonie«*, sagte Dajanas leicht kratzige Stimme in ihren Gedanken, während Marius in die Küche ging und das Klappern von Besteck zu hören war.

Was habe ich dir nur angetan, Dajana?

20

Hellrotes Blut spritzte aus Dajanas Nase.

Der brutale Schlag katapultierte sie gegen die raue Wand des schwach erhellten Kellergangs.

Das war die Strafe dafür, dass sie sein warmes Blut auf ihren Lippen schmeckte, weil sie ihm in die Hand gebissen hatte, und dennoch würde sie es wieder tun.

Sie schrie, als er sie an den Haaren packte und sie erneut auf die Wand zuraste. Ihr Schädel würde daran zerschmettern.

»Nein!« Es geschah in letzter Sekunde, dass jemand dazwischen schnellte und sie mit weichen Armen auffing. Weinend klammerte sie sich an den einzigen Menschen, der ihr zu Hilfe kam.

»Hör auf, Rasvan!« Obwohl Joanas Stimme einen festen Klang hatte, spürte Dajana, dass diese Frau, deren Arme sie umfingen, sich ebenso fürchtete wie sie selbst. Dennoch hatte Joanas gleichmäßiger, wenn auch jagender Herzschlag etwas Beruhigendes.

»Die Scheißgöre hat mich gebissen«, ätzte Rasvan.

»Aber tot bringt sie uns nichts ein.«

Rasvans nach Schweiß stinkender Körper kam ihnen ganz nah. Dajana spürte seinen Atem über ihr Haar streichen. Ihre Angst schien ihn zu berauschen.

»Du hast uns an diese Deutsche verraten«, schnauzte

er sie an. »Deine Tante Emilia wusste, was ihrer Familie zustoßen würde, wenn sie uns verrät. Darüber hätte sie dich lieber aufklären sollen.«

»Tante Emilia …« Mutig sah Dajana ihn an. »Tante Emilia ist an dem Fieber fast gestorben. Und die Narbe an ihrem Bauch war entzündet und hat immer wieder geblutet.«

»Es war ein Geschäft, weiter nichts.« Er lächelte. »Eine Niere gegen Geld.«

»Sie hat es getan, damit sie Essen kaufen kann. Sie hatten ihr viel mehr Geld versprochen. Und Lukas haben Sie auch mitgenommen.«

»Wie alt bist du?« Ein Nerv zuckte unter Rasvans Auge, und sie schrak zusammen, als seine Fingerspitzen über ihre Brust glitten.

»Vier… Vierzehn.«

»Hm. Dafür bist du gut entwickelt.« Er lächelte. »Für dich gäbe es auch noch andere Möglichkeiten, Geld für deine Familie zu verdienen. Was hältst du davon?« Seine Finger strichen ihr über die Wange, was sie heftig zurückzucken ließ. »Wirklich hübsch. Ein wahrer Leckerbissen.«

Joana ließ sie los. »Ich bring sie jetzt weg.«

»Wo …? Wo ist Lukas?« Dajana sah sie an.

»Komm jetzt.«

»Wo ist er? Was haben Sie mit ihm gemacht?« Nur widerwillig ließ Dajana sich von Joana zu den zwei Türen vor ihnen am Ende des Gangs ziehen. »Lukaaaas!«

»Sei lieber still«, zischte Joana. »Rasvan ist zu allem fähig.«

Bevor sie richtig begriff, was geschah, fühlte sie sich von Joana durch die rechte der beiden Türen gestoßen. Das Vorschieben eines Riegels war zu hören, und das Erste, was sie sah, war der Mondschein, der durch das lächerlich kleine Fenster in der hinteren Wand fiel. Niemals würde sie aus diesem Raum fliehen können.

Rings um sie herum war feiner roter Staub. Vereinzelt lagen zerbrochene rote Ziegelsteine herum.

Lukas!

Es war, als bliebe ihr das Herz stehen.

Schmal und blass war das Gesicht, in das sie blickte, so blass wie der Tod.

Nein, sie hatte sich geirrt. Das, was sie auf einer der beiden Pritschen vor sich liegen sah, völlig reglos und bis zum Gesicht mit Wolldecken abgedeckt, war zwar ein Kind, aber nicht Lukas. In dem silbrigen Licht wirkte das bleiche Gesicht mit den geschlossenen Augen schauerlich.

Ist sie tot?

Erschrocken fuhr Dajana herum, als sie das Geräusch hörte. Ein Klopfen! Es kam von links, von der Wand aus roten Ziegelsteinen.

Sie horchte.

Wieder ein Klopfen.

»Dajana?«

»Lukas? Lukas, bist du das?«, schrie sie.

»Ja, ja, ich hab dich gehört.«

»Lukas!« Jäh begann die Wand in einem Tränenschleier zu verschwimmen, während sie sich davor niederkniete. Lukas lebte! Er lebte!

Manchmal hatte sie geglaubt, ihn zu hassen, weil Tante Emilia ihn ohne Frage viel mehr liebte als sie und ihm sogar mehr zu essen gab. Aber jetzt wusste sie, dass sie ihn vermisst hatte und froh war, seine Stimme zu hören. »Geht es dir gut? Haben sie dir wehgetan?«

»Und dir?« Lukas' Stimme klang dumpf.

»Alles okay«, log sie. »Wieso bist du …? Ich versteh es nicht. Haben die dich damals einfach mitgenommen?«

»Die Tür zum Laderaum des Lieferwagens stand offen. Und Mama hatte doch das schlimme Fieber. Und Oma sagte, die Männer und die Frau wären schuld, die Mama mitgenommen und wiedergebracht hatten. Ich wollte wissen, ob das stimmt.«

»Und bist deshalb in den Lieferwagen gestiegen und mitgefahren, und die haben das nicht mal gemerkt.« Dajana legte ihre Wange an die kalte Steinmauer. »Du dummer Junge.« Sie wischte ihre Tränen weg. »Es tut mir leid, dass ich manchmal so gemein zu dir war. Ich bin so froh, dass ich dich gefunden habe.«

»Chris ist hier bei mir, Dajana.«

Sie runzelte die Stirn. »Chris?«

»Ja. Er ist ein deutscher Arzt. Und die halten ihn hier fest wie mich.«

Ein deutscher Arzt? Dajana löste sich von der Mauer. Rebecca war auch eine deutsche Ärztin. Und plötzlich kam ihr ein Gedanke, ein grausiger Gedanke, der sie hinterrücks überfiel.

»Ist Chris ein Chirurg?«, sagte sie.

»Was ist ein Chirurg?«, erklang Lukas' Stimme durch die Wand.

Sie schwieg. Chirurgen schnitten Menschen auf und entfernten Organe. Das wusste sie. Denn es war ein Chirurg gewesen, der Tante Emilia eine Niere entfernt hatte. Heimlich hatte sie irgendwann mal ein Gespräch zwischen Tante Emilia und deren Mutter belauscht.

Erneut schaute sie zu der Pritsche mit dem bleichen Kind. *Ist sie tot?*

Angstvoll, aber entschlossen stand sie auf. Der rote Staub unter ihren Schuhen knirschte, während sie den Blick nicht von dem zarten Gesicht ließ und zu der Pritsche ging.

Sie zögerte.

Wie aus Stein gemeißelt lag das Kind da. Nicht mal ein einziges Zucken der Augenlider war zu sehen.

Das ist unheimlich.

Zögerlich streckte sie ihre Hand vor, zog sie aber hastig wieder zurück.

Was, wenn das Mädchen tatsächlich tot war?

Der Gedanke ließ sie erschauern. Dennoch streckte sie erneut die Hand vor. Das von blondem Haar umrahmte Gesicht fühlte sich kalt an, als sie es kurz berührte. Wieder zog sie die Hand zurück. »Leonie? Leonie, hörst du mich? Wach auf!«

Alle möglichen Bilder tauchten vor ihr auf, was sie finden würde, wenn sie die Wolldecken zurückklappte. Was hatten die Leonie angetan?

Vorsichtig zog sie Leonies Arm hervor. Er war eiskalt, und die Blutergüsse an der Ellenbeuge waren nicht zu übersehen. Sie hob den Arm an, um es besser erkennen zu können. *Einstiche.* Leblos fiel der Arm zurück auf die Pritsche, als sie ihn losließ.

»Bitte, Leonie, nicht tot sein.« Fröstelnd zog sie ihre dunkle Jacke enger um den Körper und wischte sich mit dem Ärmel das Blut von ihrer noch immer schmerzenden Nase. »Nicht tot sein. Rebecca sucht dich doch so sehr.«

Was war unter den Wolldecken?

Der Gedanke machte sie verrückt.

Vorsichtig hob sie noch einmal Leonies Arm an, der noch so dalag, wie sie ihn zuvor hatte fallen lassen, und hob die Wolldecken hoch. Schwer atmend blickte sie darunter auf das weiße Nachthemd, das Leonie trug.

Die Erinnerung an Tante Emilias schlimme lange Narbe am Bauch, die sich anfangs immer wieder entzündet hatte, hielt sie gefangen. Dennoch klappte sie die Wolldecken ganz zurück und schob mit beiden Händen das Nachthemd hoch.

Sie sah es sofort.

Im Mondlicht dunkel glänzend zog sich der lange Streifen senkrecht über Leonies Brust, genau dort, wo sie in ihrer eigenen Brust ihr Herz schlagen fühlte.

*****

Gott, vergib mir!, dachte Chris.

Der mit ihrem Urin volle Eimer in der Ecke neben der Tür stank. Wie ein giftiges Parfüm hing der Geruch von Ammoniak in der Luft, während die Sonne des nächsten Morgens erste Frühlingswärme durch das winzige Fenster in den engen Raum schickte.

Lukas schlief, und Chris saß auf seiner der beiden Pritschen und musterte das zarte schmutzige Kindergesicht.

Draußen zwitscherte ein Vogel.

Frühling. Was bedeutete Frühling schon noch für ihn? Nichts. Das, was er fühlte, war nur noch Schuld und Entsetzen.

Gott vergib mir!

Was habe ich getan?

Nur wegen des Kindes lebte er noch. Nur wegen Lukas hatte er sich noch nicht die Finger an den Wänden des engen stinkenden Raumes blutig gekratzt oder war mit dem Kopf gegen die Wand gerannt. Nur wegen ihm hatte er sich noch nicht die Pulsadern aufgeschnitten.

Die blutverkrustete Narbe auf Lukas' linker Bauchseite unterhalb des hochgerutschten blauen Pullovers war nicht zu übersehen.

Meine Schuld, auch wenn er selbst es nicht gewesen war, der dieses Kind verstümmelt hatte.

Dennoch fraß ihn die Schuld auf, machte ihn irre. Ein unschuldiger Junge, der noch nichts vom Leben wusste; ein Kind, das nicht einmal alt genug war, um zu begreifen, dass ihm ein Teil seines Körpers, offenbar eine Niere, genommen worden war. Und rechts im Nebenraum war jetzt auch noch ein anderes Kind. Dajana hieß sie, hatte ihm Lukas erklärt. Vermutlich würden sie ihr das Gleiche antun.

Lukas regte sich, und gleich würde er aufwachen und ihn mit leuchtenden Augen ansehen. Unmöglich, diesen Blick zu ertragen. *Du solltest mich hassen, statt dich zu freuen, mich zu sehen.*

Doch dieses Mal war es anders.

Dieses Mal war es der Riegel der Tür, der beiseitegeschoben wurde, noch bevor Lukas aufwachte.

Aufgeschreckt schnellte der Junge hoch, als dieser Rasvan den Raum betrat. Das Licht des Fensters spiegelte sich auf dessen Glatze. Hektisch sah Lukas von Rasvan zu Chris und wieder zu Rasvan.

»Kommen Sie, Chris.« Rasvan schenkte Lukas keine Beachtung.

»Wohin?«, sagte Chris.

»Zeit zu gehen.«

»Nein!« Mit aufgerissenen Augen stand Lukas auf, setzte sich neben Chris auf die Pritsche und umklammerte dessen Arm. Sein Blick hatte etwas Flehendes. »Nicht gehen! Nicht!«

»Lass ihn los!« Rasvans Augen funkelten.

Heftig schüttelte Lukas den Kopf, bevor Rasvans grober Schlag ihn rückwärts schleuderte.

»Sie Schwein!« Die Hände zu Fäusten geballt sprang

Chris von der Pritsche hoch. Doch sofort spürte er die Mündung von Rasvans Pistole an seiner Schläfe.

»Mitkommen!«

Chris schaute zurück zu Lukas, während er von Rasvan zur Tür hinausgedrängt wurde. Der Junge hielt sich den Kopf. Seine Wange schimmerte rot. »Du nicht gehen!«, schrie das verzweifelte Kind. »Du nicht zurückkommen!«

Das Zufallen und Verriegeln der Tür war, als schlösse sich das Tor zur Hölle. Eine der Deckenlampen knisterte, während Rasvan Chris geradeaus durch den schummrigen Kellergang schob.

»Erschießen Sie mich einfach. Dann ist es vorbei. Sie tun mir damit einen Gefallen.«

»Das könnte dir so passen.«

Der weiß geflieste Raum hinter der offenen Tür auf der linken Seite war warm und hell beleuchtet.

Das Gesicht des Kindes, das völlig nackt auf dem Tisch lag, war mit einem weißen dünnen Tuch abgedeckt.

Das nackte Mädchen atmete nur schwach, und Chris' Blick glitt zu dem senkrechten roten Strich, der mit einem breiten Filzstift auf die blasse Haut über dem Herzen des Kindes eingezeichnet war.

Er gab einen hämischen Laut von sich und schüttelte den Kopf. »Nein. Niemals. Das ist absurd.«

Rasvans Stimme an seinem Ohr war nur ein Zischen. »Doch du wirst das tun.«

Chris fühlte seine wachsende Panik. *Ein Ausweg.*

Irgendeinen Ausweg musste es geben. »Eine mediale Sternotomie habe ich noch nie gemacht.«

»Du bist Chirurg. Falls es dir gelingt, sind 50.000 Euro für dich drin. Der Kunde zahlt gut für das Herz. Dann kannst du deine Spielschulden begleichen. Aber falls es nicht gelingt, bist du tot.«

Chris widerstand dem Impuls, diesen Mann anzuspucken. »Sie sind gut informiert.«

»Jeder hat seine Schwächen, und deine sind Spielkasino, Poker, Pferderennen.«

Chris blickte ihm in die Augen. »Freiwillige Lebendspenden, Nieren, Lebern für bedürftige Patienten der Lafayette Rheinland-Klinik. Nur davon war damals die Rede. Unsere Aufgabe war die Vermittlung, weiter nichts.«

Rasvan lächelte. »Ein Leben gegen das andere. Den kleinen Lukas hast du doch sicher schon in dein Herz geschlossen und möchtest nicht, dass ich ihm etwas antue. Joana ist ausgebildete OP-Schwester und wird dir zur Hand gehen.«

Erst jetzt bemerkte Chris die dunkelhaarige Frau, die nach dem Tod dieses Adrian so verzweifelt gejammert hatte und jetzt neben Rasvan trat.

»Es ist bereits alles vorbereitet«, sagte sie und deutete auf die chirurgischen Instrumente auf dem kleineren Tisch neben dem großen. »Und alles ist vorhanden, auch eine Lösung zur Kardioplegie. Und gestern Abend hat das Mädchen bereits ein Schlafmittel erhalten und jetzt eine intravenöse Anästhesie. Sie wird nichts spüren.«

»Tröstlich, dass sie nicht merken wird, wenn ich ihr das Herz rausschneide«, sagte Chris höhnisch. »Das ist unmöglich, Mann. Dazu braucht man ein ganzes Ärzteteam. Niemals wird das Herz in dem Empfänger zu schlagen anfangen, selbst wenn der Transport gesichert ist. Sie beide sind völlig wahnsinnig.«

Im nächsten Augenblick fühlte er sich mit dem Rücken gegen die Wand geschleudert. Das schwitzende Gesicht des Glatzköpfigen kam ihm so nah, dass der zuckende Nerv unter dessen Auge deutlich zu sehen war. Rasvans Blick glitt zu Joana. »Hol den Jungen her.«

»Nein!« Keuchend lehnte Chris an der Wand. »Sie werden Lukas nichts antun. Welches Druckmittel haben Sie dann noch gegen mich? Mein eigenes Leben ist mir gleichgültig.«

Rasvan lächelte. »Lukas' Cousine Dajana. Eigentlich solltest du gemerkt haben, dass sie im Nebenraum des hübschen Zimmers ist, das du derzeit bewohnst. Damit stehen zwei Leben gegen eines.« Er deutete auf den Tisch. »Gegen das dieses Kindes.«

Chris schaute zu dem Tisch. Auch wenn das Gesicht des Mädchens noch immer unter dem dünnen Tuch verborgen war, das sich bei jedem Ausatmen aufblähte, ließ sich das Kind aufgrund des Körperbaus auf zehn bis zwölf Jahre schätzen. »Wer ist sie?«

»Niemand.«

»Weshalb dann das Tuch auf ihrem Gesicht? Glauben

Sie, das macht es einfacher?«

Rasvan ließ von ihm ab, und Chris lachte zynisch auf, während er auf den blauen OP-Kittel und den weißen Mundschutz starrte, die Joana ihm hinhielt. »Wozu das? Ist hier vielleicht irgendetwas steril?«

»Ziehen Sie das an.«

Er zögerte.

Er zögerte so lange, bis er die Mündung von Rasvans Pistole an seiner Wange spürte. Wie in Trance nahm er die OP-Kleidung entgegen und zog sie an.

Joana deutete nach links, während Rasvan die Waffe sinken ließ und sich im Türrahmen platzierte. »Da am Waschbecken können Sie sich die Hände desinfizieren«, sagte sie.

Die Transportbox auf der Kommode neben dem Waschbecken war nicht zu übersehen.

Chris blickte Joana an. »Selbst wenn es mir gelingt, wird es zu Ischämien kommen. Keine Chance, dass das Herz nach einer massiven Minderdurchblutung je wieder in einem anderen Menschen schlägt. Das ist lächerlich, nur eine Farce.«

Sie lächelte schwach. »Den gekühlten Transport lassen Sie unsere Sorge sein.«

»Warum machen Sie da überhaupt mit, Joana?«, sagte er, nachdem er sich die Hände desinfiziert hatte und die Latexhandschuhe anzog. Er deutete auf Rasvan. »Er hat doch diesen Adrian erschossen, Ihren Freund, oder nicht?«

»Halt's Maul!« Rasvan versteifte sich. »Nun mach schon. Joana hat alles vorbereitet.«

»Sie sind genauso wahnsinnig wie er, Joana.«

»Nein, ich will nur leben«, sagte sie so leise, dass nur Chris es verstehen konnte. »Rasvan ist unberechenbar. Niemand kannte ihn. Niemand hat zuvor geahnt, dass er so ist.«

»Dann beenden Sie es«, sagte Chris, während er das Skalpell von ihr entgegennahm.

Fast unmerklich schüttelte sie den Kopf. »Das kann ich nicht.«

Kalter Schweiß brach Chris aus, als er sich dem Kind zuwandte und das Skalpell in seiner Hand an der vorgezeichneten Stelle über dem Herzen ansetzte. Sekundenlang verharrte er regungslos, während er schwer atmend auf die scharfe Klinge starrte.

»Tu es endlich!« Rasvans Stimme schien aus weiter Ferne zu kommen.

Mit einem Ruck riss Chris das dünne Tuch von dem Gesicht des Kindes und der Atem stockte ihm. *Leonie! Nein, das kann nicht sein. Leonie! Rebeccas Stieftochter!*

»Was soll das? Tu es endlich!« Mit erhobener Waffe kam Rasvan näher. »Wenn nicht, ergeht es dir wie Adrian.«

O mein Gott! Für den Bruchteil einer Sekunde schloss Chris die Augen, bevor er die Spitze des Skalpells in die zarte helle Kinderhaut drückte. Hellrotes Blut quoll heraus.

*****

»Nicht weinen, Lukas. Bitte hör endlich auf.«

Dajana kniete auf dem Boden und legte ihre Wange an die linke Wand des engen Raums, in dem sie eingesperrt war.

»Ich will nach Hause«, klang Lukas' Stimme durch die Mauer.

»Ich weiß, Lukas, ich auch.«

»Sie haben Chris weggebracht, Dajana.«

Dajanas Blick glitt zu den beiden Pritschen. *Und Leonie haben sie auch weggebracht,* dachte sie. Als sie aufgewacht war, hatte sie das sofort bemerkt. Beide waren weggebracht worden, und Chris war ein Arzt, vielleicht sogar ein Chirurg. Und das konnte nur eines bedeuten.

»Nein! Neeeeiiiin!« Sie schrie es bereits, während sie aufstand, zu der Holztür lief und dagegen trat, wieder und wieder und wieder. »Nein, nein!« Wie eine Furie hämmerte sie mit den Fäusten gegen die Tür.

»Was tust du, Dajana?«, war Lukas zu hören.

»Leonie! Sie haben Leonie!«, schrie sie.

»Wer ist das?«

Sie hörte Lukas nicht mehr. Nichts außer Leonie hatte in diesem Augenblick noch eine Bedeutung. »Leoniiieee!« Der Gedanke, was sie ihr antun würden, war nicht zu ertragen.

Sekunden schienen zu Minuten zu werden, bis endlich der Riegel beiseitegeschoben wurde und sich die Tür öffnete.

Vor ihr stand der Mann mit dem schwarzen Vollbart, der sie in das Erdloch unter der Hütte im Wald gestoßen hatte. »Was soll der Scheiß?« Die Wut stand ihm ins Gesicht geschrieben. Aber selbst das hatte jetzt keine Bedeutung. Ohne zu zögern, biss sie ihm in die Hand, als er sie packen wollte und rannte an ihm vorbei, als er aufbrüllend zurückzuckte.

»Bleib stehen!«, schrie er, bevor er ihr folgte.

Der Weg durch den Kellergang war kurz, bis sie eine offene Tür in der linken Wand erreichte und stehen blieb. Und das, was sie in dem Raum hinter der Tür sah, peitschte sie so sehr auf, dass sie sogar ihren Verfolger vergaß.

Auf einem Tisch in dem weiß gefliesten Raum lag Leonie, und zwar völlig nackt. Aus einer klaffenden Hautwunde lief Blut über Leonies Brust, und hinter dem Tisch stand ein schwitzender blonder Mann, mit einem blauen Kittel bekleidet, und drückte diese Joana an sich.

Ein Messer. Nein! Ein Skalpell. So nannte man das, was er Joana so fest gegen die Kehle drückte, dass sie ebenfalls blutete. Und vor den beiden stand dieser glatzköpfige Rasvan und zielte mit seiner Pistole auf den Kopf des blonden Mannes.

Im nächsten Moment fühlte sich Dajana von ihrem Verfolger gepackt. Doch statt sie mit sich zu zerren, verharrte er und blickte ebenfalls auf die Szene in dem Raum.

Rasvan streckte die Pistole vor und trat einen Schritt

auf den Mann in dem blauen Kittel zu. »Lass Joana los, Chris. Auf der Stelle.«

»Dachten Sie wirklich auch nur eine Sekunde, ich könnte dieses Kind töten, ja?« Chris' Lippen bebten, während er Joana das Skalpell noch fester gegen die Kehle drückte. »Dachten Sie das? Nur weil Sie sich einreden, eine Herzexplantation könnte man hier an diesem Ort durchführen? Aber das geht nicht, Mann! Das funktioniert nicht.«

»Was tust du da, Rasvan?«, hörte Dajana den bärtigen Mann sagen, der sie festhielt. Unbewusst grub sie sich tiefer in dessen Arme, als Rasvan sich von Chris abwandte und auf sie zukam.

Rasvans eiserner Griff, als sie sich von ihm am Arm gepackt fühlte, ließ sie aufschreien. »Lass sie los, Silviu«, sagte er.

»Bei so etwas mach ich nicht mit.« In Silvius Stimme schwang Zorn mit. »Lebendspenden. Nieren. Lebern. Das war die Abmachung. Es reicht schon, dass du Adrian erschossen hast und das, was du Lukas angetan hast.«

»Lass sie los, Silviu.«

Einen Moment lang hatte Dajana das Gefühl, dass dieser Silviu sich weigern würde, sie loszulassen. Aber dann fand sie sich doch in Rasvans Armen in dem Raum wieder, mit der Pistole an ihrer Schläfe, und das Entsetzen ließ sie haltlos zittern.

»Du hast die Wahl, Chris«, sagte Rasvan scharf. »Dajana oder das Mädchen auf dem Tisch.«

Sekundenlang starrten die beiden Männer einander an.

»Sie werden uns doch sowieso alle töten.« Trotz seiner ausweglosen Lage klang Chris' Stimme ruhig. »Jeder von uns kann Sie und Ihre Männer identifizieren.«

»Aber Dajana stirbt jetzt auf der Stelle.« Die Mündung presste sich fester gegen Dajanas Schläfe. »Jetzt sofort.« Nie zuvor hatte sie solche Angst gehabt.

»Rasvan.« Das war Silvius Stimme. »Lass es gut sein. Lass uns abhauen.«

»Abhauen?« Rasvans Blick schnellte zu Silviu. »Mit welchem Geld denn? Was wir haben, ist zu wenig. Aber das hier ändert alles. 500.000 Euro für ein gesundes Herz, Mann. Eine halbe Million reicht für uns alle, um zu verschwinden. Als Kind hab ich Scheiße fressen müssen, verstehst du? Abfälle, Dreck, weil wir nichts hatten. Zwei meiner Geschwister sind an Lungenentzündung krepiert, weil wir nicht mal heizen konnten, und niemanden hat es interessiert. Niemanden!«

»Der Boss will nicht, dass das Mädchen stirbt.« Silvius Kopf ruckte in Richtung Leonie.

»Der Boss oder Alexej interessieren mich einen Dreck!«, brüllte Rasvan. »Alles passt, Blutgruppe, Gewebemerkmale. Der Käufer und die Ärzte warten auf die Ware und der Helikopter auf den Transport. Also was willst du?«

Einen Moment lang sahen sie einander an, einen Moment kämpften ihre Blicke miteinander. Der Widerstreit seiner Gefühle spiegelte sich in Silvius bärtiger

Miene. Doch er unternahm nichts. Er griff nicht ein. Er hinderte Rasvan nicht daran, das zu tun, was er tat.

»Also gut.« Chris nahm das Skalpell von Joanas Kehle. »Aber lassen Sie das Mädchen frei.«

Rasvan zögerte, als schiene es ihm unmöglich, an den unerwarteten Sinneswandel zu glauben.

Niemand sagte ein Wort. Aber dann spürte Dajana, dass sich die Pistole von ihrer Schläfe löste.

Doch im nächsten Augenblick geschah es.

Chris schubste Joana einfach beiseite und schrie auf, während er sich das Skalpell, ohne zu zögern, tief in die rechte Handfläche rammte und es sich vor Schmerz bebend durch sein blutendes Fleisch zog.

»Nervus medianus Läsion!«, brüllte er und lachte irre, als er das Skalpell herauszog und die verletzte Hand hochhielt. Blut lief ihm über den Arm. »Unmöglich, damit zu operieren.«

»Das hättest du nicht tun sollen.« Rasvans Stimme glich einem Fauchen.

Stille herrschte, während Chris die Hand sinken ließ. Er schien sich vor Schmerz kaum aufrecht halten zu können. Aber er jammerte nicht. Er sagte nichts. Er ertrug es. Kein Schmerz konnte so beißend sein wie die Schuld in seinem Innern.

Barsch stieß Rasvan Dajana beiseite und ging zu ihm. Die Wut verzerrte sein Gesicht zu einer geifernden Fratze.

»Das hättest du nicht tun sollen«, wiederholte er und

drückte Chris die Pistole gegen das Kinn. »Das hättest du nicht.«

21

»Ich besorg uns etwas zum Frühstück.« Marius schloss den Kühlschrank in der Küche des Hauses und drehte sich zu Rebecca um. »Und Sie bleiben hier.«

Mit ihrem weißen Morgenrock bekleidet und zerzaustem Haar stand sie im Türrahmen und blickte ihn an. Die Sonne, die durch das Fenster über der Küchenzeile fiel, erhellte ihr Gesicht. »Hier eingesperrt zu sein, macht mich verrückt, Marius.«

»Ich dachte, Sie hätten die Warnung gestern in Ihrem Hotelzimmer verstanden.«

»Natürlich habe ich das.« Sie blickte auf den Boden, bevor sie ihn wieder ansah. »Aber wie soll ich das Nichtstun aushalten, während …?«

»Kommissar Popescu hat zugesagt, sich zu melden, sobald die Kriminaltechnik weitere Ergebnisse liefert. Und ich denke, das wird noch heute sein.«

Sie hielt den Atem an, als er vor sie trat und ihr zärtlich eine rotblonde Haarsträhne aus dem Gesicht strich. »Ich will doch nur nicht, dass Ihnen etwas zustößt, Rebecca.«

»Und warum?«, sagte sie ungewollt hart. »Weil Sie dann Ihren Auftrag nicht erfüllen können? Weil Sie, falls mir etwas zustößt, nie finden werden, was mein Mann unterschlagen haben soll?« Sofort bereute sie das, als er seine Hand zurückzog.

»Nein. Nicht deswegen.« Ohne ein weiteres Wort ging er an ihr vorbei durch die Tür.

»Sie sind Polizist, nicht wahr?«, sagte sie.

Da sie sich nicht umdrehte, sah sie nicht, dass er stehen blieb, doch seine Schritte verstummten.

»Man merkt es manchmal, Marius, zum Beispiel daran, wie selbstverständlich Sie Worte wie Kriminaltechnik nutzen. Arbeiten Sie verdeckt. Ist es das?«

Sekundenlang herrschte Stille. Dann hörte sie erneut seine Schritte und das Zufallen der Haustür. Durch das Fenster sah sie ihn in seinen Geländewagen steigen. Die noch winterkahlen Büsche hinter der Auffahrt bewegten sich im Wind, während er davonfuhr.

Unmöglich, sich selbst zu verstehen, dass sie sich zu ihm hingezogen fühlte, dass sie es genoss, wenn er sie berührte. Sie wusste nichts von ihm, und doch waren sie sich irgendwie nah.

Verdammt, Peter.

Nie hatte sie geglaubt, so wütend auf ihren verstorbenen Mann sein zu können. Aber sie war es, und die Wut und Enttäuschung zerstörten die Zuneigung, wandelten das, was sie gemeinsam gehabt hatten, zu einem Scherbenhaufen. *Du hast mir dein Leben verschwiegen. Du hast mich belogen.*

Sie strich sich das Haar zurück und spürte die Wärme der Sonne auf ihrem Gesicht. Von einem Tag auf den anderen kündigte sich draußen der Frühling an. Aber was bedeutete das in diesem Moment für sie? Nichts.

Während sie in den Wohnraum ging, fiel ihr Blick auf die Wolldecke, die Marius zum Schlafen auf dem Sofa benutzt hatte. Ordentlich gefaltet lag sie auf der Rückenlehne.

Er würde doch zurückkommen?

Das würde er doch?

Wieso wollte sie das?

Und warum fürchtete sie sich so davor, dass er es nicht tat?

Sie steuerte die Treppe an. Geduscht hatte sie bereits. Sie musste sich nur noch ankleiden.

*****

Das Handy auf dem Sofatisch klingelte, während sie zehn Minuten später vollständig bekleidet die Treppe hinab wieder in den Wohnraum ging.

Vielleicht war es Kommissar Viktor Popescu. Vielleicht hatte er die Kinder gefunden, obwohl das nicht wirklich zu hoffen war.

Schnellen Schrittes lief sie zu dem Tisch und nahm den Anruf an. Doch wenn sie geglaubt hatte, dass sie bereits an dem Gipfel ihrer Sorgen und Ängste angekommen war, dass eine weitere Steigerung ausgeschlossen war, irrte sie sich.

»Sergiu Constantin hier.«

Der Name sagte ihr nichts.

»Kommissar Sergiu Constantin.«

Aus ihrem Unterbewusstsein stieg jäh ein Gesicht auf, glattrasiert, mit ausgeprägten markanten Zügen und vorspringendem Kinn. Ein dunkelhaariger Mann zwischen vierzig und fünfzig in der gleichen blauen Uniform wie Kommissar Viktor Popescu, nur schlanker und breitschultriger.

»Fahren Sie nach Hause«, hatte er gesagt, als er sie an ihrem ersten Tag in Rumänien im Kreispolizeirevier arrogant abserviert hatte. Zu diesem Zeitpunkt hatte sie Viktor Popescu noch nicht gekannt.

»Ich erinnere mich an Sie«, sagte sie.

»Es geht um eines der Mädchen, die Sie suchen, um Leonie Belmont.«

Die in gebrochenem Deutsch gesprochenen Worte ließen Rebecca hörbar einatmen. »Ich dachte, Kommissar Viktor Popescu würde mich deswegen anrufen.«

»Ich bin sein Vorgesetzter. Wir haben etwas gefunden, das wohlmöglich Leonie gehört.«

»Etwas gefunden?«

»Ich bin gleich bei Ihnen«, sagte er.

*****

»Ja, das hat Leonie gehört«, sagte Rebecca Minuten später. Das glänzende Goldarmband mit den zwei winzigen gelben Schmetterlingen schimmerte auf ihrer Handfläche.

Ihr Blick glitt zu dem Mann, der sie mit seinem Anruf überrascht und kurz darauf vor der Haustür gestanden hatte.

Jetzt und hier, wo er in dem Wohnraum vor ihr stand, wirkte Kommissar Sergiu Constantin noch breitschultriger als in seinem Büro. Die blaue Uniform saß ebenso perfekt wie die von Viktor Popescu.

Liebevoll strich Rebecca über das zarte Schmuckstück.

»Es lag in dem Lieferwagen«, sagte er.

Rebecca sah ihn an. »Der weiße Lieferwagen? Den haben Sie gefunden?«

Er nickte. »Darin lag das Armband, das Sie dem Kind geschenkt haben, und ein paar Kleidungsstücke. Ich möchte, dass Sie mit mir kommen, um die Sachen zu identifizieren.«

Schweigend sah sie ihn an. Es war wie ein Schlag ins Gesicht, als sie von einer Sekunde auf die andere begriff, was hier vor sich ging, in welcher Gefahr sie sich durch das Erscheinen dieses Mannes befand.

Verstohlen warf sie einen Blick auf ihre Armbanduhr. Ungefähr zwanzig Minuten war Marius weg.

»Erwarten Sie jemanden?«

»Nein.« Sie zwang sich zu einem Lächeln. Darauf war sie nicht gefasst gewesen. Ohne Argwohn hatte sie ihn ins Haus gelassen, geblendet von der Uniform und von der Hoffnung auf Informationen über Leonie. Und ebenso arglos hatte ihm Viktor Popescu wohl verraten, dass sie hier in diesem Haus untergeschlüpft war. Die Wölbung durch das Waffenhalfter unter seiner Jacke war nicht zu übersehen.

»Also.« Sein Blick ließ keinen Widerspruch zu. »Wir

sollten gehen.«

»Ich hol nur eben meine Jacke von oben.«

»Nehmen Sie die, die an der Garderobe vor der Haustür hängt.«

»Die andere ist wärmer.« Sie wandte sich der Treppe zu.

»Woran haben Sie es gemerkt?« Seine Stimme klang ruhig, aber die Worte waren wie ein Peitschenhieb.

Langsam drehte sie sich wieder zu ihm um.

Seine Waffe hatte er noch nicht gezogen, doch sein Blick sagte alles. »Sie sind keine sehr gute Schauspielerin, Rebecca Belmont.«

Sie atmete tief durch, ohne einen Ausweg zu finden, sosehr sie auch danach suchte. »Was soll ich gemerkt haben?«

Seine Antwort war nur ein frostiges Lächeln.

Sie trat einen Schritt auf ihn zu. »Weil Sie wussten, dass ich Leonie das Armband geschenkt habe«, sagte sie. »Daran habe ich es gemerkt. Das können Sie nur von Leonie wissen.«

»Kommen Sie, Rebecca.«

Sie verharrte regungslos. »Und wenn ich es nicht tue?«

Seine Hand glitt zu der Wölbung unter seiner Jacke. »Sie wissen, was dann geschieht. Ein Risiko für eine Frau wie Sie, sich in Dinge einzumischen …«

»Lebt Leonie noch? Und ist Mila …? Ist sie auch bei Ihnen?«

»Bei mir ist niemand.«

»Dann bei Ihren Leuten.«

»Das sind nicht meine Leute. Allerdings bin ich denen auf die Spur gekommen.« Seine Mundwinkel zuckten. »Dieses Mädchen, diese Dajana, hatte sich damals das Kennzeichen des Lieferwagens gemerkt. Wirklich eine Dummheit, das echte Nummernschild für den Lieferwagen zu nutzen, statt ein gestohlenes. Aber eine kleine Aktennotiz hat gereicht, um das zu ändern.«

»Und dafür wollten Sie von diesen Männern eine Gegenleistung. Ihr Schweigen gegen Geld, gegen viel Geld.«

»Alles verlief reibungslos, bis Sie aufgetaucht sind. Sie würden nicht lockerlassen. Das war Ihnen anzusehen, als Sie in meinem Büro waren. Kommen Sie.«

Sie fühlte ihre Glieder kalt werden. Er konnte sie nicht leben lassen. Sie wusste zu viel.

*****

Die wehenden Büsche hinter ihnen verbargen den Blick zur Straße, während Sergiu Constantin Rebecca draußen vor dem Haus frontal gegen die Hintertür des Polizeiwagens drückte.

Kein Laut kam Rebecca über die Lippen, als er ihr die Arme auf den Rücken drehte. Die Handschellen klickten, als sie sich um ihre Handgelenke schlossen.

Die Einsamkeit rings um das Haus, das ihre Zuflucht hatte sein sollen, wurde jetzt zum Fluch. Egal, was sie tat, selbst wenn sie schrie, niemand würde sie hören.

»Steigen Sie ein.« Er stieß sie beiseite und öffnete die Hintertür.

Nicht einsteigen. Wenn sie es tat, würde sie sterben.

Wie von selbst setzten sich ihre Beine in Bewegung, und sie schrie auf, als er sie bereits an der Motorhaube wieder packte und zurück zu der offenen Hintertür zog. »Bisher war ich hin und her gerissen, ob ich Sie nicht doch leben lassen soll, Rebecca.« Seine Stimme war ganz nah an ihrem Ohr. »Gute Ärzte sind nützlich. Hätten Sie sich nur ein wenig kooperativer gezeigt. Obwohl ich …« Der süffisante Klang seiner Stimme erweckte ihren Ekel. »Obwohl ich Wildkatzen, wie Sie eine sind, eigentlich mag.«

Er verzog keine Miene, als sie ihn anspuckte.

Kalt starrte er sie an, während er ein Taschentuch aus seiner Jackentasche zog und sich den Speichel von seiner Wange wischte. Dann stieß er sie so grob auf den Rücksitz, dass sie mit der Stirn gegen die Rücklehne des Beifahrersitzes stieß, bevor sie mit der Schläfe gegen das Seitenfenster kippte.

Der Schmerz raubte ihr die Sinne, und Augenblicke lang erlebte sie alles wie durch einen Schleier. Erst das Ruckeln, als der Wagen die Ausfahrt entlangfuhr, brachte sie wieder zur Besinnung. »Es stimmt.« Ihr Mund schien trocken wie Pergamentpapier. »Ich bin eine gute Ärztin und kooperativ kann ich auch sein.«

Sein Auflachen klang hämisch, während sie die Straße

erreichten. »Sie können, aber Sie wollen nicht. Das hatten wir bereits. Ihr Kollege war genauso wenig kooperativ.«

»Welcher Kollege?«

»Das hat keine Bedeutung.«

Da er nicht antwortete, hörte sie auf, Fragen zu stellen, während sie Kilometer um Kilometer über die breite Hauptstraße fuhren. Es schien eine schier unendliche Anzahl von Feldern, Wiesen und Dörfern zu sein, die an ihnen vorbeiglitten, während Rebecca sich allein fühlte, allein mit ihrer Angst.

Wo bringt er mich hin?

Die engen Kurven, als sie erst nach links und dann in dem Dorf Reciu nach rechts abgebogen waren und jetzt ein Waldgebiet durchquerten, ließen sie die Übelkeit in ihrem Magen spüren. Kegel aus Sonnenlicht tanzten zwischen den Schatten der Bäume auf der Straße.

»Hören Sie, ich *werde* kooperativ sein. Bitte glauben Sie mir das. Ich will nicht sterben. Ich werde alles tun, was Sie sagen.«

Ihre Blicke trafen sich über den Rückspiegel, doch selbst das entlockte ihm kein Wort.

Ein Vorhang aus Licht und Schatten glitt über die Scheiben, während der Wald dichter und dichter wurde, und dennoch sah sie den Lieferwagen bereits aus einiger Entfernung. So wie sie ihn in Erinnerung hatte, stand er da, weiß, schmutzig und inzwischen ein wesentlicher Bestandteil ihrer Albträume.

Der Polizeiwagen hielt dahinter.

»Aussteigen!« Rabiat zerrte Sergiu Constantin sie von dem Rücksitz.

Der Mann, den sie aus dem Lieferwagen aussteigen sah, hatte eine Glatze. Doch es war nicht so sehr sein Anblick, der sie erschreckte, nicht allein der Ausdruck von Skrupellosigkeit in seinen Augen. Vor allem war es seine Stimme, als er Sergiu Constantin begrüßte.

Noch heute verfolgte sie diese Stimme. *»Was hat dein Mann dir erzählt?«*, hatte er damals geschrien, bevor er sie in der Kölner Villa in dem Swimmingpool mehrmals unter Wasser gedrückt hatte.

»Rebecca Belmont.« Sein kaltes Lächeln warf Falten rings um seine Augen. »Sie erinnern sich, denke ich.«

Aus dem Augenwinkel sah sie die Waffe in Sergiu Constantins Hand. Doch die Mündung war nicht auf sie, sondern auf den Glatzköpfigen gerichtet. In seinem tiefsten Innern musste er wissen, was er von diesem Mann zu erwarten hatte, obwohl sie sicher einen Deal miteinander hatten.

Das Gespräch auf Rumänisch zwischen den beiden Männern verlief ruhig, während Rebecca sich von ihnen nach rechts in den Wald gezerrt fühlte, und in dem Moment begriff sie es: Die würden sie *jetzt* töten! Jetzt auf der Stelle! Die würden sie exekutieren, sie hinrichten wie eine Verräterin, weil sie zu viel wusste, aber vor allem, weil sie sich eingemischt hatte. Hier würde niemand ihre Leiche finden, vielleicht niemals.

Wie die Arme eines Kraken schienen sich die Wurzeln

der Bäume um ihre Füße zu schlingen, und die Handschellen nahmen ihr jede Chance, sich auch nur im Ansatz zu wehren.

Hilflos stolperte sie zwischen den beiden Männern vorwärts. Unmöglich, sich vorzustellen, dass in Sekunden alles vorbei sein würde, dass sie einfach ausgelöscht sein würde.

Die Lichtung mit dem dichten Buschwerk, die sich vor ihnen auftat, war kaum mehr als ein paar Quadratmeter groß.

»Bitte. Ich tue alles, was Sie wollen.« Sie sah diesen Rasvan an, dessen Namen sie aus dem Gespräch der Männer herausgehört hatte. »Sie wollten doch damals in der Villa etwas von mir wissen. Und ich weiß es. Ich hab gelogen, als ich sagte, ich wüsste nichts. Wenn Sie mich töten, werden Sie es nie erfahren.«

Für den Bruchteil einer Sekunde war da etwas in seinem Blick, das ihre Hoffnung nährte, er würde darauf eingehen. Aber Rasvan schüttelte nur den Kopf. »Du lügst. Du lügst *jetzt*, nicht damals.«

Die verwelkten Blätter der kahlen Bäume und Büsche raschelten unter ihren Schritten, als Sergiu Constantin sie vorwärtsstieß, während er selbst und dieser Rasvan hinter ihr stehen blieben.

Sie hörte das Entsichern der Waffe, und in diesem Moment waren da nur noch unbändiges Grauen und die Erwartung der Kugel in ihrem Rücken.

Sie rannte nicht davon, obwohl ihre Beine sie mit

einem heftigen Kribbeln dazu zwingen wollten. Doch wozu? Bei dem ersten Schritt würde er sowieso schießen.

Nein! Nicht! In der nächsten Sekunde würde sie ausgelöscht sein, einfach so, als hätte es sie nie gegeben, und was sie in ihren Gedanken sah, war nur ein einziges Gesicht. *Leonie!* Benommen wankte sie vorwärts. *»Mama!«*, hörte sie Leonies Stimme.

Und dann fiel der Schuss.

22

»Rebeccaaaa!«

Nichts. Keine Antwort.

Es war nur seine eigene Stimme, die Marius in den Räumen des Ferienhauses widerhallen hörte, während er mitten in dem Wohnraum stand.

Rebeccas Handy lag auf dem Sofatisch.

Überall hatte er sie gesucht, im Haus und draußen, einfach überall, diese Frau, die ihn faszinierte, von der er nicht lassen konnte, seit er in dem Restaurant des Hotels am Kölner Dom mit ihr gesprochen hatte.

Die haben sie.

Freiwillig wäre sie niemals ohne ihr Handy gegangen, also war sie dazu gezwungen worden. Die hatten sie, und die würden sie töten und damit eine lästige Zeugin aus dem Weg räumen, die ihnen gefährlich werden konnte.

Und vielleicht … Der Gedanke ließ ihn erschauern. Vielleicht hatten sie es bereits getan.

Hektisch zog er sein Handy aus seiner Jackentasche und wählte eine Nummer. »Ja, Marius de Pol hier«, sagte er in einwandfreiem Rumänisch, als er eine Frauenstimme hörte. »Ich möchte Kommissar Viktor Popescu sprechen.« Die Worte der Frau klangen ruhig, während er aufgebracht vor dem Sofatisch hin und her lief. »Es ist mir völlig egal, ob es im Moment schwierig ist. Ich möchte ihn sprechen, auf der Stelle.«

Sekunden wurden zur Ewigkeit.

»Ja?«, erklang Viktor Popescus Stimme.

»Marius de Pol hier. Wem, verdammt noch mal, haben Sie gesagt, wo Sie Rebecca Belmont untergebracht haben?«

»Wie bitte?«

»Sie ist verschwunden und ganz sicher nicht freiwillig. Also? Wem haben Sie von diesem Haus erzählt?«

»Niemandem.«

»Völlig unmöglich. Also wem?«

»Meinem Vorgesetzten.«

»Wo ist er?«

»Unterwegs.«

»Dann funken Sie ihn an.«

»Das habe ich bereits. Er meldet sich nicht.«

»Wer ist es?«

»Oberkommissar Sergiu Constantin.«

»Können Sie sein Handy orten?«

»Möglich.«

»Dann tun Sie das.« Marius drückte den Anruf weg, und es dauerte, bis Viktor Popescu sich wieder meldete.

»In dem Waldgebiet nahe dem Dorf Reciu.«

»Wo dort?«

»Es führt nur eine Straße hindurch.«

Ein Wald. Die sich aufdrängende Vorstellung, dort nur noch Rebeccas Leichnam zu finden, setzte Marius zu. Unmöglich, einen Blick in ihr erloschenes Gesicht zu ertragen, falls es so war.

Das nagte an ihm, als er sich draußen vor dem Haus in den Geländewagen setzte und losfuhr. Trotz ihres Irrsinns, ihre Kinder auf eigene Faust finden zu wollen, hatte er gehofft, sie schützen zu können.

Ich habe versagt. Und in der nächsten halben Stunde wucherte dieser Gedanke weiter, während er erst die breite Hauptstraße und dann eine schmale Straße entlangfuhr, bis er endlich das Dorf Reciu und die nachfolgenden Felder und Wiesen hinter sich gelassen hatte.

Büsche und Bäume säumten die kurvige, enge Straße. Sonnenlicht tanzte zwischen den Schatten der Bäume auf dem rissigen Asphalt. Der Wald wurde dichter und die Bäume höher, der ideale Ort, um jemanden verschwinden zu lassen. Ein sinnloses Unterfangen, Rebecca hier finden zu wollen, obwohl es nur die eine Straße gab.

Da erschien es fast surreal, dass er hinter der nächsten Kurve den Polizeiwagen mit der blauen Aufschrift »Politia« am rechten Straßenrand parken sah. Der Anblick des Wagens ließ seine Hände schwitzen, während er dahinter anhielt.

Er kam zu spät. *Sie ist tot.* Der Gedanke machte ihn wahnsinnig.

Mit klammen Fingern fischte er seine Pistole aus der Jackentasche und stieg aus. Nichts als Stille. Nichts, außer dem Zwitschern von Vögeln und dem Geräusch seines eigenen Atems.

Wohin?

Wohin sollte er sich wenden?

Irgendwo raschelte etwas.

Ein Tier?

Rechts war der Wald besonders dicht, und er suchte hinter den Bäumen Deckung, als er sich hineinarbeitete. Die welken Blätter raschelten unter seinen Schuhen, und er blieb stehen und blickte umher. Die Äste des toten Baumes vor ihm waren abgeknickt.

Und dann sah er es.

Die helle Lichtung war kaum ein paar Quadratmeter groß, und der Anblick dessen, was er dort auf dem Boden liegen sah, schnürte ihm die Kehle zu. *Ein Mensch!* Die Zweige der laublosen Sträucher verbargen den Körper größtenteils, und noch dazu hatte ihn jemand mit welken Blättern abgedeckt.

Es ist zu spät!

Wie von selbst setzten sich Marius' Beine in Bewegung. Das Motorengeräusch eines Wagens hinter ihm an der Straße war nicht zu überhören. Er war nicht mehr allein, aber in diesem Moment hatte das keine Bedeutung. Nichts hatte eine Bedeutung.

Rebecca!

Wie in Trance blieb er stehen und blickte reglos zu der Leiche mit der blutgetränkten Kleidung vor seinen Füßen hinab, deren leerer Blick gen Himmel gerichtet war. Die Kugeln hatten sich in Brust und Bauch gebohrt, und für den Bruchteil einer Sekunde schloss Marius die Augen und spürte den Schauer der Erleichterung, dass es nicht so war, wie es aus der Entfernung den Anschein gehabt hatte. Unvermittelt schnellte er herum und zielte mit seiner Pistole auf den Mann, dessen raschelnde Schritte er hinter sich gehört hatte.

Sekundenlang starrten sie einander an.

»Waffe runter!«, sagte Viktor Popescu.

»Warum sollte ich, Kommissar? Wer sagt, dass Sie nicht auch in die Sache verwickelt sind«, Marius' Kopf ruckte in Richtung der Leiche, »wie Ihr toter Kollege hier?«

»Ich sagte, Waffe runter.«

Mit Blick auf die drei uniformierten Polizisten, die hinter Viktor Popescu durch den Wald auf sie zukamen, ließ Marius die Pistole sinken.

Schweigend schaute Viktor Popescu zu seinem Chef Sergiu Constantin hinab. Augen und Mund des Toten waren aufgerissen. Vereinzelt krabbelten noch winterstarr wirkende Ameisen über die kalkig aussehende Haut.

»Die Frage ist doch wohl eher, ob *ich Ihnen* trauen kann, Marius de Pol.« Viktor Popescu sprach den Namen langsam und zynisch aus. »Falls das tatsächlich Ihr Name ist. Gestern hatten Sie noch keine Waffe. Oder täusche ich mich da?«

Marius ließ die Pistole in seiner Jacke verschwinden. »Ich habe Ihren Kollegen nicht erschossen«, sagte er, während er neben dem Toten in die Hocke ging. »Zwei Einschüsse, und das Blut ist bereits getrocknet.

Vermutlich hat er ein falsches Spiel betrieben und wurde dafür bestraft.«

»Vorerst ist das nur Spekulation.« Viktor Popescus ausdruckslose Miene verbarg seine Gedanken. »Wo ist Rebecca Belmont?«

Marius schüttelte den Kopf, während er wieder aufstand. »Ich weiß es nicht.« Mit einem Schlag wich die kurze Erleichterung wieder den erdrückenden Gedanken an Rebecca. Denn nur, weil die Leiche auf dem Boden nicht Rebecca war, konnte sie dennoch hier irgendwo sein.

In der Stille des Waldes hatte das jähe Klingeln von Viktor Popescus Handy etwas Unwirkliches. »Ja?« Er hielt es ans Ohr. »Nein, Sergiu Constantin ist nicht zu sprechen. Sie können es genauso gut mir sagen.« Er horchte. »Was soll das? Es interessiert mich nicht, welche Anweisungen Sie von ihm haben. Ich sagte, Sie können es auch mir sagen. Auf der Stelle! Sonst werde ich Sie dafür verantwortlich machen, wenn …« Wieder horchte er, und Marius sah die Erschütterung in seiner Miene, bevor das Gespräch beendet war.

»Was ist?«

»Es stimmt.« Viktor Popescus Stimme klang zornig. »Sergiu hat ein falsches Spiel betrieben. Die Obduktion der beiden Toten aus der Holzhütte im Wald hat bereits heute Morgen einen Hinweis auf den Aufenthaltsort der Täter ergeben. Doch Sergiu hat es mir verschwiegen. Selbst dieser Anruf gerade galt nicht mir, sondern ihm.«

Sein Kopf ruckte in Richtung des Toten.

Marius spürte seine Hände kalt werden. »Dann hat er die Täter also gewarnt, um ihnen Zeit zu verschaffen, zu verschwinden.« Er atmete einmal tief durch. »Und was ist es? Was hat die Obduktion ergeben?« Über Viktor Popescus Schulter hinweg glitt sein Blick in den Wald, und schlagartig konnte er sich nicht mehr auf den Kommissar konzentrieren. Denn der Anblick dessen, was er in gut zwanzig Metern Entfernung liegen sah, ließ seinen Puls rasen.

Halb hinter Büschen verborgen lag sie auf dem Waldboden. Deshalb hatte er sie zuvor nicht gesehen. *Nein!*

23

Lukas weinte.

Durch die Wand drang das nur dumpf zu Dajana in den Nebenraum. Immer wieder hatte sie versucht, ihren kleinen Cousin zu beruhigen.

»Atmet Chris denn noch, Lukas?«, sagte sie, während sie ihre Wange gegen die Steinwand des muffigen engen Raumes presste, in den dieser bärtige Silviu sie zurückgebracht hatte. Aus dem Augenwinkel sah sie, dass Rebeccas Stieftochter Leonie sich auf der Pritsche, auf der sie mit Wolldecken zugedeckt lag, bewegte.

»Ja, ja, natürlich atmet er«, erklang erneut Lukas' Stimme von nebenan. »Und aufgewacht ist Chris auch. Aber er hat nur gestöhnt. Und jetzt sitzt er in diesem blauen Kittel auf dem Boden und starrt vor sich hin. Das ist unheimlich. Nicht mal das viele Blut wischt er sich vom Gesicht.«

Tief durchatmend schloss Dajana die Augen, und für einen Moment waren da wieder die grausigen Bilder von vorhin. Dieser Rasvan hatte Chris nicht erschossen, nachdem der sich geweigert hatte, Leonie zu operieren. Aber er hatte ihn beinah zu Tode geprügelt.

»Dann sprich mit ihm, Lukas.«

Leonies deutliches Stöhnen ließ Dajana zu ihr blicken, und im nächsten Augenblick setzte Leonie sich auf der

Pritsche auf und schaute orientierungslos umher. Das zerzauste blonde Haar hing ihr wirr ins Gesicht, und in dem weißen Nachthemd wirkte sie wie ein blasser Engel.

»Leonie.« Mit ein paar Schritten war Dajana bei ihr. »He, alles gut. Keine Angst. Alles gut.« Vorsichtig setzte sie sich neben Leonie auf die Pritsche.

»Mein Mund ist so trocken.«

»Hier.« Mit einem Griff fischte Dajana die Plastikflasche mit trübem Wasser vom Boden, die Silviu dort hingestellt hatte, und drehte den Deckel ab.

Es war ein großer Schluck, den Leonie trank.

»He, langsam.« Dajana nahm die Flasche wieder an sich und drehte sie zu.

Erneut blickte Leonie umher. »Bin ich immer noch hier, ja? Wochenlang war ich in einem anderen Raum, glaub ich. Ich dachte …« Sie senkte den Kopf. »Ich hab geträumt.«

»Was denn?«

»Ich hab geträumt, ich wäre wieder zuhause.«

»Das wirst du auch bald sein.« Sanft strich Dajana ihr über den Arm. »Ganz sicher.«

»Wer bist du?«

»Ich heiße Dajana und kenne Rebecca.«

»Rebecca?« Leonies blaue Augen leuchteten auf. »Ist sie hier?«

»Nein. Aber sie sucht dich. Wir beide haben dich gesucht.«

»Bestimmt wegen meiner Mama«, sagte Leonie. »Ich

hab es geschafft, weißt du? Ich hab es geschafft, meine Mama mit Joanas Handy anzurufen, als die mal nicht aufgepasst hat. Rasvan hat Joana dafür ins Gesicht geschlagen. Meine richtige Mama sitzt im Rollstuhl und kann nichts machen. Bestimmt hat sie Rebecca von dem Anruf erzählt.«

»Und deine Schwester? Mila heißt sie, hat Rebecca gesagt.«

Leonie senkte den Kopf. »Ich … Ich weiß nicht.«

»Wenn du zu müde bist, dann … Vielleicht ist es zu anstrengend.«

»Nein. Ich weiß es nur nicht. Wir waren in Brasilien auf den Klippen. Es war so schön. Der Himmel war blau und das Meer auch. Aber dann waren da diese Männer. Die haben mich weggezerrt.« Ihre Blicke trafen sich. »Mein Papa. Was ist denn mit meinem Papa? Peter Belmont heißt er.«

Dajana zuckte mit den Schultern. »Ich weiß nur von dir und deiner Schwester. Vor ein paar Wochen hab ich dich vorne in dem Lieferwagen sitzen sehen.«

Leonie nickte. »Mit dem Wagen haben die mich vom Flughafen hierhin gebracht, von der Stadt aus. Sibiu stand auf dem Ortsschild und darunter Hermannstadt. Meine Brust tut so weh.« Sie starrte auf den Blutfleck auf ihrem Nachthemd. »Was ist das?«

»Nichts.« Dajana nahm sie in die Arme, aber Stimmen vor der Tür ließen sie aufhorchen, zwei Männer, die Rumänisch sprachen. Jäh fühlte sie ihre aufkeimende

Furcht, ging zur Tür und lauschte.

»Wir haben keine Zeit mehr. Wir müssen hier verschwinden«, sagte die Stimme.

»Die Kinder wissen zu viel, Silviu.«

»Es sind nur Kinder, Rasvan.«

»Willst du dich wegen denen etwa von den Bullen schnappen lassen?«

Die Worte jagten Dajana einen Schauer über den Rücken. Dieser Rasvan war total verrückt, so wie der Hund der Nachbarin, der sie früher einmal gebissen hatte. Der war auch verrückt gewesen. *Rasvan will uns loswerden,* dachte sie. *Wir wissen zu viel. Der wird uns* … Nein! Lieber nicht daran denken. Vielleicht durften sie ja doch leben. Stattdessen lauschte sie erneut, und zum Glück war es nur ein Auswuchs ihrer Fantasie, dass sie glaubte, Rasvan hinter der Tür stehen zu sehen, seine Pistole auf sie gerichtet. Denn die Tür blieb verschlossen und die Stimmen wurden leiser.

Sie gehen weg. Aufatmend lehnte sie die Stirn gegen die Tür. Alles war gut, wenigstens im Moment. Aber die würden zurückkommen und *etwas* würde geschehen, etwas Schlimmes, da war sie sich sicher.

Schweigend gingen die Männer nach links in einen anderen Kellergang. Stille herrschte hinter der Tür, vor der sie nach einer Weile stehen blieben.

»Schieb den Riegel beiseite, Silviu.«

*****

Zusammengerollt lag sie hinter der Tür auf dem kalten Boden und starrte frierend vor sich hin. Denn hier in der totalen Finsternis gab es nichts, an dem ihr Blick sich hätte festhalten können.

Sie wartete.

Doch worauf? Denn noch war es still. Die Stimmen der Männer in dem Gang vor der Tür drangen nicht in ihr Bewusstsein.

Kein Fenster, nur raue Wände, die sie fühlen konnte, sobald sie die Hand ausstreckte. Aufwirbelnder Staub, der sich in ihrer Kehle festsetzte, sobald sie sich nur bewegte. Zumindest hatte dieser Silviu sie von den Handschellen befreit und ihr eine Jacke gegeben.

Ein Grab, so kam es Rebecca hier vor.

Leonie, Mila, Dajana. Vielleicht waren die ja auch hier irgendwo, zumindest Dajana. Fast war sie sich sicher, dass es so war.

Immer wieder gingen ihr die Bilder von vorhin durch den Kopf, vor allem Kommissar Sergiu Constantins erstaunter Blick im Wald, als dieser Rasvan anstatt auf sie auf ihn geschossen hatte. Nur ihre Jacke hatte Rasvan ihr entrissen, als sie doch hatte weglaufen wollen. Die lag noch dort auf dem Waldboden.

Männerstimmen.

Das schreckte sie auf.

Mit einem Quietschen wurde der Türriegel beiseitegeschoben.

Abrupt stand sie auf und wankte rückwärts bis zur

Wand. Das jähe Licht der Taschenlampe blendete sie.

»Komm raus, Schlampe! Mach schon!«

Vorsichtig machte sie ein paar Schritte, bevor sie sich plötzlich am Arm gepackt und in den Kellergang gezerrt fühlte.

Bereits der Anblick dieses Rasvan ließ ihre Nerven flirren. Vorhin im Wald hatte er sie leben lassen. Möglich, dass er seine Meinung geändert hatte.

Sein Gesicht kam ihr ganz nah. »Dein verdammtes Glück, dass der Boss dich lebendig sehen will, Rebecca Belmont. Sonst hätte ich dich schon in der Kölner Villa kaltgemacht, oder spätestens vorhin im Wald.«

»Der Boss?«, sagte sie zynisch. »Wer soll das sein? Dieser Alexej?«

Rasvan lachte auf. »Alexej? Wer ist Alexej? Ein Niemand. Ein Witz.«

Dieser Silviu mit dem schwarzen Vollbart, der sie einen Tag zuvor in der Hütte im Wald eingesperrt hatte, folgte ihnen, während Rasvan Rebecca durch den Kellergang vorwärts stieß.

Über ihnen war eine stillgelegte Fabrik. Das hatte sie begriffen, als sie vorhin hierher gebracht worden war; marode Lagerhallen aus teilweise mit Wellblech verkleideten mürben Mauern, rostende Rohre, die sich über die Dächer der Hallen schlängelten, Türme aus Stahl, die in den Himmel ragten, und in den Gassen dazwischen ätzender Staub und Berge aus Ziegelsteinen, auf denen sich müde Schneereste des ausklingenden

Winters ausruhten.

Die Fabrik über ihnen war eine riesige verrottete Ruine, und hier unten war diese ganz eigene Welt aus Kellerräumen und Gängen. Fahle Lampen knisterten an der Decke. *Strom!* Sogar einen Generator hatten die hier.

Der Gang machte einen Knick nach rechts, und Rasvan stieß Rebecca um die Ecke dorthin. »Geh!«

In der rechten Wand sah sie zwei Türen und nach links führte ein weiterer beleuchteter Gang.

»Dajana! Leonie!«, rief sie. »Leoniiieee!« Ihre Stimme brach, als sie sich gegen die Wand zwischen den beiden Holztüren gestoßen fühlte.

»Lass das!« Rasvan drehte sie zu sich herum und kam ihr so nah, dass sie seinen Atem auf ihrem Gesicht spürte.

Mit zitternden Lippen sah sie ihn an. »Ich hab keine Angst mehr vor dir«, zischte sie, und er zuckte heftig zurück, als sie ihm mitten ins Gesicht spuckte. Sie lächelte kalt. »Dein Boss sagt, er will mich lebendig sehen. Deine Worte. Dajana!«, rief sie erneut.

Der Schlag gegen ihre Schläfe katapultierte sie zu Boden, und aufstöhnend ertastete sie mit den Fingern das Blut an ihrem Kopf, bevor sie es in der nächsten Sekunde hörte: »Rebecca! Hier sind wir!« Das war Dajanas Stimme hinter der rechten der beiden Türen. »Leonie ist bei mir! Und Lukas ist hier und Chris!«

»Leonie!« Auf Knien kroch Rebecca zu der Tür und betastete das raue Holz mit den Händen.

»Mama! Mama! Hier bin ich!«

»Leonie! O mein Gott, Leonie!«

»Ich sagte, lass das.« Mit einem Tritt stieß Rasvan Rebecca beiseite. »Aber du willst es ja nicht anders.«

»Nein!« Rebecca schrie auf, als er seine Pistole auf die Tür richtete, den Abzug durchzog und schoss.

»Nein!« Der Knall des Schusses schien sich zu vervielfachen und das Holz der Tür splitterte, als die Kugel hindurchglitt.

»Neeeeiiiin! Leonie!« Rebecca kroch erneut zu der Tür. »Bitte, Leonie, sag was! Bitte! Was ist mit dir? Bitteeee!« Sie spürte die Tränen nicht, die ihr über die Wangen liefen.

»Hören Sie auf!« Es war dieser Silviu, der sie am Arm packte und grob über den Boden von der Tür wegzerrte. »Hören Sie auf damit!«, zischte er. »Oder wollen Sie, dass er nochmal schießt?«

Das ließ sie verstummen, und keuchend blieb sie sitzen. Stille. *Warum sagt ihr nichts?*, rief sie jetzt innerlich. *Leonie! Sag was! Dajana! Bitte! Sag doch was! Sie fürchten sich. Sie trauen sich nicht mehr.* Nur das konnte es sein. Nichts anderes.

»Hol ihn raus, Silviu.«

Rebecca schmeckte das Blut auf ihren Lippen, das von ihrer Schläfe über ihr Gesicht lief, und sah diesen Silviu zu der linken der beiden Türen gehen. Das geschah doch alles nicht wirklich. Sie träumte. Diese Männer und die Unwirklichkeit dieser unterirdischen Welt. Das alles träumte sie doch nur!

Das Beiseiteschieben des Riegels ließ ein Knarzen hören. Schwaches Tageslicht fiel in den Gang, als Silviu die Tür geöffnet hatte und in den Raum dahinter trat. Und das, was dann geschah, grub sich für den Rest ihres Lebens in Rebeccas Gedächtnis ein.

Ein Wutschrei, und zuerst war es kaum mehr als ein Schatten, der vor Silviu in dem Raum auftauchte. Dann, jedoch, erkannte sie ihn. »Chris!«

Sie sah ihn, konnte es aber kaum glauben.

Sein Gesicht war blutverschmiert und der blanke Hass stand darin geschrieben. Mit einem blauen OP-Kittel bekleidet stach er mit etwas Spitzem auf Silviu ein, und am Arm getroffen wankte Silviu zurück in den Gang, dicht gefolgt von Chris.

Mit aufgerissenen Augen verfolgte Rebecca die bizarre Szene und schrie auf, als erneut ein Schuss ertönte.

Chris verharrte in der Bewegung, so als hätte jemand einen Schalter umgelegt. Das Skalpell ließ ein Klirren hören, als es aus seiner Hand auf den Boden fiel, weil seine Finger es nicht mehr halten konnten. Krampfhaft rang er nach Atem, während sich der blaue OP-Kittel auf seiner Brust rot färbte, und im Bruchteil einer Sekunde war Rebecca bei ihm und umklammerte ihn, als seine Beine einknickten. Gemeinsam sackten sie zu Boden.

»Chris.« Sie hörte das Rasseln seines Atems. Sein Kopf sank auf ihre Schulter.

»Rebecca.« Seine Stimme war nur ein Keuchen. »Ich … Es tut mir … Das mit Daniel in Köln tut mir leid. Ich wusste nicht, dass sie ihn töten würden. Sonst hätte ich ihn nicht verraten. Ich ...«

»Ja, Chris. Ja.« Sie umklammerte ihn noch fester, als er heftig zuckte, bevor sein Körper erschlaffte, bevor er auf ihr hing wie eine Marionette, an deren Fäden niemand mehr zog.

Er atmete noch! Ja, natürlich tat er das! Sie spürte es doch. »Nein! Bitte!« Sie strich ihm über das blonde Haar, während die Tränen in Strömen über ihre Wangen liefen. *Nicht sterben! Bitte!*

Fast nur unterbewusst nahm sie den Jungen wahr, der plötzlich aus dem offenen Raum wie ein Blitz an ihnen vorbei und geradeaus den Gang englangrannte.

»Nein.« Silviu stellte sich Rasvan in den Weg. »Lass ihn. Lukas ist doch nur ein Kind. Lass uns einfach verschwinden.« Er hielt seine Hand auf. »Gib mir die Wagenschlüssel.«

Rasvan verzog keine Miene. »Damit du ohne mich abhauen kannst, ja?«

»Das könnte ich sowieso.«

Rasvan lächelte. »Zu Fuß? Wie weit willst du denn kommen?«

Sekundenlang hingen ihre Blicke ineinander. »Lass sie einfach, Rasvan. Lass die Kinder.« Mit regungsloser Miene wandte Silviu sich ab. »Ich warte auf dich am Wagen.«

Den Wortwechsel auf Rumänisch hatte Rebecca nicht verstanden. Nur dass Silviu Rasvan daran gehindert hatte, dem Jungen zu folgen, hatte sie begriffen, während sie noch immer Chris' leblosen Körper umklammerte.

»Kommen Sie!«, sagte Silviu auf Deutsch zu ihr. »Kommen Sie mit!«

»Nein!«, hörte Rebecca ihr eigenes Wimmern, als er sie an der Schulter berührte. »Nein!« Sie wollte und konnte Chris nicht loslassen. Aber als Silviu ihr unter die Achselhöhlen griff und sie zwang aufzustehen, gelang es ihr nicht, Chris festzuhalten. Schlaff und schwer entglitt er ihr und sackte auf die Seite. Reglos blieb er liegen, den Blick starr ins Leere gerichtet.

Gegen Silvius Kräfte hatte sie keine Chance, als er sie geradeaus den Gang englangzerrte und Rasvan keines Blickes mehr würdigte.

»Nein!« Ihre Stimme überschlug sich. »Das können Sie nicht machen. Sie können ihn hier nicht allein zurücklassen. Dieser Rasvan ist ein Irrer. Das müssen Sie doch merken. Er ist verrückt. Er wird die Kinder töten. Alle!«

»Wenn Sie nicht endlich vernünftig sind, wird er das Gleiche mit uns machen, Rebecca.«

»Sie haben Angst«, fauchte sie. »Sie haben Angst vor ihm.«

Mit jedem Schritt wurde der Gang enger. Die Taschenlampe in Silvius Hand war längst das einzige Licht.

»Nein!« Mit einem kräftigen Tritt gegen sein Schienbein und indem sie ihm ins Gesicht schlug, gelang es ihr, sich loszureißen und ein Stück zurückzulaufen. Doch Silvius Gewicht, als er sich von hinten auf sie stürzte, ließ sie hart auf dem Boden aufschlagen. Der Schmerz nahm ihr den Atem, und der harte Schlag gegen ihren Hinterkopf raubte ihr die Sinne.

24

Blind vor Tränen lief Lukas den Gang entlang, ein kleiner Junge, der so schnell lief, wie seine Beine ihn trugen. *Chris.* Er hatte Chris gemocht. Da war es nicht mal schlimm gewesen, dass der ein Doktor gewesen war.

Wie eingefroren hatte er das Bild vor Augen, diese Frau mit dem rotblonden Haar, die er nicht kannte, und Chris, der sterbend in ihren Armen lag. *Und Dajana.* Er hatte sie im Nebenraum zurückgelassen. Er hatte sie einfach im Stich gelassen, und bestimmt würde Rasvan mit ihr das Gleiche machen wie mit Chris. Rasvan war böse, und erst jetzt fühlte Lukas, wie sehr er Dajana nicht verlieren wollte. Aber ein Zurück gab es nicht. Rasvan war viel größer und stärker als er.

Keuchend blieb er stehen und wischte sich über das Gesicht. Jetzt waren es nicht nur seine Tränen, die ihn blind machten. Jetzt war es auch noch finster. In diesem Teil des Ganges gab es keine Lampen mehr.

Hinter sich hörte er etwas. *Ratten,* versuchte er sich einzureden, nicht Rasvan.

Dahinten links oben in der Decke war ein Licht. Eine eiserne Wendeltreppe führte dort hinauf, erkannte er beim Näherkommen, und das verheißungsvolle Licht war Tageslicht.

Nach oben. Dann würde er frei sein. Endlich!

Aber der Treppe fehlten einige Stufen. Ganz vorsichtig betrat er die erste Stufe. Sie hielt, und irgendwie schaffte er es, sich am Geländer festzuhalten und nach oben zu hangeln, obwohl nicht selten sogar zwei oder drei Stufen fehlten.

Oben angekommen stand er mitten im Licht. Ein kalter Wind ließ ihn frösteln.

»Nein!«

Der Schock war groß.

Der Schock war so schlimm, dass er vor Enttäuschung am liebsten geschrien hätte.

Deshalb waren es so viele Stufen gewesen. Ein *Turm!* Eine zu allen Seiten offene eiserne Plattform, deren Dach von Stahlstreben getragen wurde. Er saß in der Falle, und die Sonne an dem blauen Himmel tauchte die Welt unter ihm in gleißendes Licht.

Eine stillgelegte Fabrik. Ein Ort, so riesig, dass es eine ganz eigene Welt war. Zum ersten Mal begriff er das, obwohl er bereits so lange hier war. Links in der Ferne sah er Häuser und rechts nur Felder und Wald.

Hastig lief er zurück zu der Treppe und die ersten Stufen hinab. *Weg hier! Nur weg!* Doch, als er die Hälfte der Stufen bewältigt hatte, hörte er Stimmen. *Rasvan!* Wer sonst sollte ihn verfolgen?

»Da, der Junge«, hörte er die Männerstimme, und in blinder Panik übersah er eine Lücke zwischen den Stufen, fiel hinein und konnte sich soeben noch unten am Geländer festklammern. Aber seine abgemagerten

Kinderarme waren zu schwach. Er würde fallen. Sein Herz hämmerte gegen seine Rippen und seine klammen Finger drohten abzurutschen.

Der metallene Klang der Schritte auf der Eisentreppe war nicht zu überhören. Von Sekunde zu Sekunde kamen sie näher, und halb irre vor Angst horchte er. Für die langen Beine eines Erwachsenen war es sicher ganz einfach, die Lücken zwischen den Stufen zu überwinden.

»Lukas«, sagte die Stimme.

Das war nicht Rasvans Stimme.

Das war ein Wunder!

Er kannte diese Männerstimme. Sie war ihm vertraut. Ganz oft hatte er sie bereits gehört.

»Lukas«, sagte sie ein zweites Mal, und voller Erleichterung fühlte Lukas sich am Arm gepackt und nach oben auf eine der Treppenstufen gezogen. Erbärmlich zitternd hob er den Kopf und schaute im Schein einer Taschenlampe in Kommissar Viktor Popescus Gesicht.

»He, Junge.«

Mit beiden Armen umklammerte Lukas den Mann in der blauen Uniform, den er so gut kannte und der ein Freund seines Vaters gewesen war, und schluchzte haltlos.

»Ist ja gut.« Viktor Popescus Hand, die über Lukas' Haar strich, hatte etwas Beruhigendes. »Bin ich froh, dich gefunden zu haben.«

»Dajana. Bitte, bitte, bitte, Viktor! Sie müssen

mitkommen. Bitte!«

Am Fuß der Treppe standen zwei Männer und blickten zu ihnen hoch. Einer trug eine Polizeiuniform und der andere eine graue Lederjacke und Jeans.

»Keine Angst«, sagte Viktor Popescu, während er Lukas über die fehlenden Stufen hinweg bis nach unten half. »Alles gut.« Sein Blick glitt zu dem Mann mit der grauen Lederjacke. »Kommen Sie, Marius. Lukas zeigt uns den Weg.«

*****

Die nächsten Minuten – nein, gefühlte Ewigkeiten – während sie alle den schummrigen Gang entlangliefen, waren angefüllt von der Ahnung, dass sie zu spät kommen würden.

»Da! Da ist es!« Lukas deutete nach vorn und blieb stehen, während Viktor Popescu und die beiden anderen Männer mit erhobenen Pistolen weitergingen.

Ein Stück vor sich sah Lukas Chris auf dem Boden liegen, und sein Innerstes zog sich zusammen, als er dessen starren Blick sah. Hastig guckte er woanders hin. Das konnte er nicht ertragen.

»Da. Hinter der Tür ist Dajana«, sagte er und ging zu Viktor Popescu und schob seine kleine Hand in dessen große. Energisch zog er ihn zur rechten der beiden Türen, und als er davorstand, glaubte er, ein leises Weinen zu hören.

Viktor Popescu atmete tief durch, als er seine Hände auf den eisernen Türriegel legte. Offenbar fürchtete sich sogar dieser große, starke Mann davor, die Tür zu öffnen, und Lukas spürte sein wachsendes Entsetzen, denn das Einschussloch in der Holztür war nicht zu übersehen.

»Geh besser beiseite, Lukas.« Viktor Popescu schaute zu ihm hinab.

Doch Lukas schüttelte den Kopf. »Nein.« Er wollte es wissen. Dennoch schloss er die Augen, als er das Knarren der Tür hörte, die sich öffnete. So fest, wie er konnte, presste er die Augenlider zusammen. Völlig unmöglich, hinzugucken. Allein der Gedanke, dass Dajana ihn mit einem ebenso leblosen Blick anschauen könnte wie Chris, war nicht auszuhalten. *Bitte nicht!* Manchmal war Dajana echt gemein zu ihm gewesen, aber manchmal auch so lieb wie eine große Schwester. Sie durfte nicht tot sein. Er hatte sie lieb. Erst jetzt wurde ihm das vollends bewusst.

Als er Viktor Popescus Aufstöhnen hörte, öffnete er doch die Augen, schloss sie aber sofort wieder. Denn das, was er kurz gesehen hatte, schockierte ihn. *Blut! Ganz viel Blut! Nein!* Das durfte nicht sein. *Bitte, bitte nicht!*

»Dajana, Leonie«, hörte er Viktor Popescu sagen und wild entschlossen, das zu ertragen, was er sehen würde, riss er doch die Augen auf.

*****

Es war vorbei!

Die Kinder.

Sie waren gefunden.

Leonie, Dajana und der kleine Lukas.

Seit einer knappen Stunde war es vorbei.

Dennoch fühlte Marius beim Anblick von Lukas, der in der schattigen Gasse zwischen den Fabrikhallen in einen Polizeiwagen stieg, seine innere Zerrissenheit. Größer hätte der Abgrund zwischen Freude und Entsetzen nicht sein können.

Wie lange hatte Rebecca die Kinder gesucht?

Und jetzt …?

Tanzend spiegelten sich die Blaulichter der Polizeiwagen in den halbblinden Scheiben der Gebäude, und ringsherum waren menschliche Stimmen zu hören. Doch er nahm das kaum mehr wahr.

Marius setzte sich auf eine Palette mit Ziegelsteinen und senkte den Kopf. Das Gefühl, versagt zu haben, war wie ein Geschwür, und die Sorge, Rebecca nicht mehr finden zu können, wie Gift.

Wozu denn? Wozu war er nach Rumänien gekommen? Um zu versagen, und zwar auf ganzer Linie? Rebecca hatte ihm vertraut, diese Frau, die … Er schüttelte den Kopf. Gegen alle Vernunft hatte er sich zu ihr hingezogen gefühlt und so war es noch immer. Wie ein Besessener hatte er ihre Nähe gesucht. Und jetzt …

Er vergrub das Gesicht in den Händen.

Ziegelstaub. Bei der Obduktion der Leichen aus dem Erdloch unter der Waldhütte hatte sich Ziegelstaub gefunden. Das hatte sie hierher zu dieser verlassenen Ziegelfabrik bei Baru Mare geführt. Doch jetzt war die Kette zu Ende, kein weiteres Glied mehr, kein Hinweis, kein Weg, der noch zu Rebecca führte.

Nur ihre zerrissene helle Jacke war von ihr geblieben, die er vorhin in dem Wald gefunden und in der ersten Schrecksekunde für Rebecca selbst gehalten hatte.

Das Geräusch der platschenden Schritte in dem Matsch vor ihm ließ ihn aufblicken. Viktor Popescu setzte sich neben ihn auf die Ziegel. »Wir müssen sie finden.«

Marius knetete seine Hände und schüttelte den Kopf. »Ich weiß nicht mehr weiter.«

Viktor Popescu lächelte. »Ein alter Freund von Rebecca Belmont, ja? Dachten Sie wirklich, Sie könnten mir diese Geschichte auftischen? Wie stehen Sie tatsächlich zu dieser Frau?«

»Welche Bedeutung hat das jetzt noch?«

Die Resignation in der Miene des Mannes neben ihm entging Viktor Popescu nicht.

»Entweder die töten Rebecca«, sagte Marius dumpf. »Oder …«

Viktor Popescu hob die Augenbrauen. »Oder was? Was wissen Sie darüber?« Er beugte sich vor. »Was verschweigen Sie mir? Und warum haben Sie eine Pistole, die ich Ihnen eigentlich schon längst hätte abnehmen müssen? Und für einen angeblich in Köln geborenen Mann sprechen Sie auffällig akzentfrei Rumänisch.«

Ohne zu antworten, heftete Marius seinen Blick an

eine junge dunkelhaarige Frau, die in Handschellen zu einem der Polizeiwagen geführt wurde. »Wer ist sie?«

»Joana Ivanovic. Wir haben sie in einer der Fabrikhallen entdeckt. Laut Lukas ist sie eine von denen. Aber sie selbst behauptet, zu allem gezwungen worden zu sein, ebenso wie ihr Freund, der erschossen worden sei. Angeblich hätte Rasvan Dumitru gedroht, ihren Familien etwas anzutun, falls sie ihm nicht gehorchten.«

»Glauben Sie das?«

Viktor Popescu zuckte mit den Schultern.

Marius stand auf. »Wieso ist sie als Einzige noch hier?«

»Angeblich konnte sie Rasvan Dumitru entkommen, bevor der mit den anderen geflohen sei.«

Marius fühlte Wut in sich aufwallen. »Hätte Ihr korrupter Kollege Sergiu Constantin diese Typen nicht gewarnt, wären sie nicht geflohen.« Mit wenigen Schritten war er bei Joana, umfasste ihr Handgelenk und hielt sie davon ab, in den Polizeiwagen zu steigen, ihren erstaunten Blick und ihren leisen Aufschrei ignorierend. »Sie wissen es, Joana. Sie wissen, wo Rebecca Belmont ist. Sagen Sie es mir.«

»Hören Sie auf, Marius!« Viktor Popescu war ihm gefolgt. Doch Marius stieß ihn von sich, als er dessen Hand auf seiner Schulter spürte.

»Sagen Sie es mir!«

»Hören Sie auf, Mann!« Viktor Popescus Miene ließ keinen Widerspruch zu. »Das hat keinen Sinn. Das haben wir bereits versucht. Sie weiß es nicht.«

»Doch sie weiß es. Sie muss es wissen. Wenn die Ihren Freund erschossen haben, müssen Sie diese Männer doch hassen, Joana.«

Joanas innerer Kampf spiegelte sich in ihrem hübschen Gesicht. »Ja, ich hasse ihn! Ich hasse Rasvan!«, schrie sie. »Rasvan Dumitru ist ein Schwein. Und es stimmt. Vorhin hat er diese Frau mit hierhin gebracht. Wegen ihr war er auch in der Kölner Villa, im Auftrag …«

»Im Auftrag?« Jetzt war es Viktor Popescu, der vor sie trat. »In wessen Auftrag?«

Joana hielt seinem Blick stand. »Niemand weiß, wer er ist, obwohl er alles organisiert hat. Nur über Alexej läuft der Kontakt zu ihm. Aber Rasvan wollte sich keine Vorschriften mehr von ihm machen lassen. Ein paar Nieren oder Lebern von dafür bezahlten freiwilligen Spendern waren ihm nicht einträglich genug.«

»Und das heißt?« Viktor Popescu kam ihr ganz nah.

»Unser Auftrag lautete, die kleine Leonie hier nur festzuhalten, um eine Handhabe gegen diese Rebecca Belmont zu haben, falls die ihr Wissen nicht preisgeben würde.«

»Was soll sie wissen?«

Joana zuckte mit den Schultern. »Keine Ahnung.« Ihr kurzes Auflachen hatte etwas Hysterisches. »Jedenfalls, als sich herausstellte, dass Blutgruppe und Gewebemerkmale von Leonie mit denen der herzkranken Julia Albrecht übereinstimmten, hatte Rasvan plötzlich andere Pläne mit

Leonie.« Ihr Blick glitt zu Marius, der bleich geworden war. »Verstehen Sie es jetzt?« Tränen liefen ihr über die Wangen. »Rasvan ist ein Schwein. Adrian konnte doch nichts dafür, und trotzdem hat Rasvan ihn erschossen. Einfach so. Dieser Chirurg aus Deutschland könnte es besser. Adrian sei ein Stümper.« Brüsk wischte sie sich die Tränen weg, als Viktor Popescu sie am Arm berührte.

»Wo ist Rebecca Belmont?«

»Die werden Sie nicht finden.«

»Wo ist sie?« Bevor jemand es verhindern konnte, stieß Marius sie gegen den Polizeiwagen und packte sie bei den Schultern. »Wo?«

»Rasvan hat sie mitgenommen. Er meinte, angesichts der Umstände dürfte die Schlampe dem Boss einiges wert sein.« Ihr Auflachen glich einem hysterischen Glucksen. »Rasvan glaubt, er könnte ihn erpressen. Entweder er zahlt oder Rebecca Belmont stirbt und nimmt ihr Wissen mit.«

»Wohin ist dieser Rasvan geflohen?« Marius bebte vor Zorn.

Joana blickte ihm in die Augen. »Was immer Ihnen diese Frau offenbar auch bedeutet, Sie werden sie nicht finden.«

25

»Nimm mich mit! Bitte, bitte!« Dajanas feucht schimmernde Augen ähnelten zwei tiefen Seen, die sie gefangen hielten.

Irritiert schreckte Rebecca aus dem Traum hoch, spürte das aggressive Ruckeln und blickte in nichts als bleierne Schwärze. Wie ein Speer schien sich jeder einzelne Stoß in ihren pochenden Schädel zu bohren.

Ein Wagen! Sie lag in dem Laderaum eines fahrenden Lieferwagens.

»Mama! Mama! Hier bin ich!« Das war Leonies Stimme hinter der Kellertür gewesen, bevor dieser Rasvan auf die Tür geschossen hatte. Allein der Gedanke daran war eine Qual.

Verzweifelt schlang Rebecca die Arme um sich, rollte sich auf dem ruckelnden Boden zusammen und ersehnte sich in diesem Augenblick nichts mehr, als selbst auch zu sterben. Denn mit Sicherheit hatte dieser Rasvan die Kinder erschossen, nachdem Silviu ihn in dem Keller zurückgelassen hatte.

Doch ihr schmerzender Kopf zwang sie zu akzeptieren, dass sie noch lebte. Nicht selten machte der Wagen einen solchen Satz, dass sie aufstöhnte. Wo fuhr dieser Silviu mit ihr hin?

Stimmen. Offenbar war Silviu nicht der Einzige im

Cockpit des Wagens.

Das Motorengeräusch hatte etwas Krankes, und die Hecktür des Laderaums klapperte. Eine alte Schrottkarre.

»Mist!«, fluchte sie, als sie zu der Tür gekrochen war und alles Rütteln daran nichts half. Vor Wut aufheulend schlug sie gegen die Tür. »Lasst mich raus!«, brüllte sie, während sie mit den Fäusten dagegen trommelte. Und endlich irgendwann, als sie das Trommeln längst aufgegeben hatte, verstummte der Motor mit einem Röhren.

Das einfallende Licht ließ sie blinzeln, als sich die Doppeltür öffnete. Hastig kauerte sie sich an die Wand. Der Mann in dem hellen Rechteck war dieser bärtige Silviu.

»Kommen Sie!«, deutete er ihr auszusteigen. »Machen Sie schon! Stehen Sie auf!«, sagte er, kletterte in den Lieferwagen und packte sie am Arm, als sie sich nicht rührte.

Schweigend ließ sie sich auf die Beine ziehen und zur Tür zerren. Nach allem, was geschehen war, hatte sie keine Worte mehr.

»Mach endlich!«

Im nächsten Moment sah sie Rasvan draußen auftauchen und blickte in dessen ausdrucksloses Gesicht, bevor sie sich von ihm mit roher Gewalt von der Ladefläche gerissen fühlte. Mit einem Aufschrei fiel sie nach draußen auf die mit Steinen durchsetzte Wiese.

»Steh auf!«

Allein der Klang seiner Stimme ließ wilden Hass in ihr

aufwallen, und der Schmerz in ihrem rechten Knie, als sie aufstand, war wie der Biss eines Tieres. In ihrem Hosenbein klaffte ein Loch, und auf einem der Steine klebte ihr Blut.

Eine sonnenhelle Lichtung. Ringsherum war nichts als winterlicher Laubwald und Felsen, und vereinzelt fanden sich ein paar immergrüne Tannen, auf denen sich Schneereste ausruhten. Dazu wehte ein kalter Wind, der ihr ins Ohr zu flüstern schien, dass sie aus dieser Wildnis nie würde entkommen können. *Aber wozu auch? Was erwartete sie denn nach dem Tod der Kinder noch? Und vor allem, wer?*

Nur ein Traum! Ein Albtraum, und gleich würde sie aufwachen; Leonie würde zu ihr ins Bett kriechen; Peter würde schlafend neben ihr liegen und Mila würde Kaugummi kauend zur Tür hineinschauen und fragen, ob es nicht endlich an der Zeit war, aufzustehen.

»Steig in den Wagen, Rasvan!«, sagte Silviu.

Nicht die rumänischen Worte, die sie nicht verstanden hatte, sondern der harsche Klang von Silvius Stimme ließ sie sich umwenden.

Sie sah es, aber sie konnte es nicht glauben.

Mit der Leichtigkeit einer Katze sprang Silviu aus dem Laderaum, die Mündung seiner Pistole auf Rasvan gerichtet, und plötzlich schien die Luft zu knistern. Denn mit einem Schlag waren diese Männer keine Verbündeten mehr, sondern wie zwei Raubtiere, die sich feindlich gesinnt waren. Ein Nerv unter Rasvans Auge zuckte.

Seine Hände waren zu Fäusten geballt, und es tat so unendlich gut, diesen Mann so verunsichert zu sehen.

Wie von selbst liefen Rebeccas Beine mit einem Mal rückwärts, Meter für Meter, bevor sie sich umdrehte und über die matschige Wiese davonrannte.

Der kalte Wind machte sie blind vor Tränen, und die Angst saß ihr wie eine Faust im Nacken. Die würden auf sie schießen, und die Kugel würde sich in ihren Rücken bohren, so wie es bei Daniel geschehen war, und sie würde fallen und verbluten.

Während sie sich die Tränen wegwischte, blickte sie über ihre Schulter zurück und sah in ein vor Anstrengung verzerrtes Gesicht, das sie aber nicht kannte. Offenbar waren Silviu und Rasvan nicht allein gewesen. Mit seinen langen Schritten drohte der junge Mann, sie einzuholen.

Das Blut rauschte ihr in den Ohren. Angst und Schweiß umfingen sie wie ein kühlender Kokon, und ihre Füße rutschten auf den Schneeresten aus, ließen sie straucheln.

Noch ein paar Meter. Nur ein paar! Der Wald würde ihr Schutz bieten. Hier auf der Lichtung war sie wie ein Reh, das seinen Jägern ausgeliefert war.

Die Zweige der Sträucher zerkratzten ihr das Gesicht, als sie in das Dickicht eintauchte. Aber wider Erwarten war hinter dem Dickicht nichts – kein Versteck! – nur ein Baumstamm neben dem anderen.

Ich kann nicht mehr. Sie strauchelte, fing sich wieder, strauchelte, fing sich erneut.

Hinter ihr knackte etwas und sie sah die Gestalt ihres Jägers. Panisch sprang sie nach rechts und presste sich mit dem Rücken gegen einen abgestorbenen Baum. Hatte er sie gesehen?

Nicht keuchen. Am besten nicht einmal atmen. Aber beides ließ sich nicht vermeiden. Ihr Körper gierte nach Sauerstoff.

Von ihrem Blickrand sah sie ihren Verfolger links vorbeilaufen und tiefer in den Wald gehen. Im Gegensatz zu Rasvan und Silviu hatte er jugendlich schöne Gesichtszüge, fast noch ein Kind. Ihr Herz trommelte so laut, dass sie glaubte, er müsste es hören. Aber er lief weiter, ohne sie zu bemerken.

Je mehr er sich entfernte, umso mehr schien er mit den Baumstämmen zu verschmelzen. Nervös grub sie die Fingerspitzen in das faulige Holz des toten Stammes und wartete, bis sie sich in Sicherheit wähnte. Dann lief sie geduckt nach rechts. Vorhin hatte sie das Rascheln und Knacken ihrer Schritte nicht wahrgenommen. Doch jetzt kam es ihr vor wie ein Trommelfeuer, das ihre Jäger zu rufen schien.

Gleißende Sonnenstrahlen tanzten vor ihr auf dem Waldboden. Wenige Meter weiter war der Wald zu Ende, und der Blick in die unerwartete Tiefe ließ sie abrupt stehen bleiben.

Eine Schlucht.

Ein Abgrund voller glitschiger, teils noch mit Schnee bedeckter Felsen, und irgendwo dort unten erklang das

Rauschen von Wasser.

Bestürzt wich sie zurück. Doch ein Rascheln hinter ihr ließ sie herumschnellen.

Blanke Wut entstellte Silvius bärtiges Gesicht, als er sie am Arm packte und rückwärts zu dem Abgrund drängte. Was sie sah, waren seine weit aufgerissenen Augen und seine verkniffenen Lippen, bevor ihre Füße den Halt verloren.

Aufschreiend rutschte sie ab.

*****

Die Finsternis war wie in einem Grab und das stete Wassertropfen das einzige Geräusch.

Zitternd huschte das Licht der Taschenlampe über die feuchten Felswände der Höhle. Die Luft war zum Ersticken, und das Rauschen des Wildbaches draußen in der Schlucht wurde leiser, je tiefer sie vordrangen.

Rebecca fühlte sich erschöpft, so unendlich erschöpft. Ihr Kopf und ihr rechtes Knie schmerzten, und sie hasste ihn, sie verabscheute ihn.

Mit Leichtigkeit hatte dieser Silviu sie an der Schlucht festgehalten, als sie abgerutscht war und sich an den scharfen Kanten der Felsen die Beine aufgeschrammt hatte. Und mit Leichtigkeit hatten seine muskulösen Arme sie wieder hochgezogen, bevor sie hatte fallen können.

»Ich hoffe, das wird Ihnen eine Lehre sein, nicht noch

einmal abzuhauen, Rebecca«, waren seine Worte gewesen, bevor er sie gezwungen hatte, an einer besser zugänglichen Stelle in die Schlucht zu klettern und durch das eisige Wasser des Wildbachs zu waten. Wie ein Höllenschlund hatte sich dort auf der rechten Seite der Eingang der Höhle aufgetan, durch die sie jetzt liefen.

»Sie sind nicht besser als er.« Ihre Stimme triefte vor Abscheu, während sie jetzt hinter Silviu her durch die von Felsen umfangene feuchtkalte Einsamkeit der Höhle ging.

»Geh!«, fühlte sie sich von dem jungen Mann hinter ihr vorwärts gestoßen.

»Besser als wer?« Über seine Schulter blickte Silviu zu ihr zurück.

»Besser als dieser Rasvan. Warum ist er nicht hier? Was haben Sie mit ihm gemacht? Ihn totgeschlagen? Ihn erschossen? Warum jetzt? Warum nicht schon vorhin in der Fabrik, bevor er die Kinder …? Warum denn erst jetzt?«

Unbedacht wich sie einen Schritt zurück und prallte gegen den noch kindlichen Mann hinter ihr, als Silviu stehen blieb und sich zu ihr umdrehte. »Rasvan ist nicht tot«, sagte er. »Ich bin kein Mörder. Und vorhin in der Ziegelfabrik hatte ich keine Chance. Er hätte mich einfach abgeknallt.« Der Zug um seinen Mund war voller Verachtung. »Was wissen Sie denn schon? Sie wohnen in einer Villa …«

»Die Villa hat mir nie das Geringste bedeutet, nur meine Familie.«

»Denken Sie, meine Familie bedeutet mir nichts? Wissen Sie, wie es sich anfühlt, wenn man hier in Rumänien keine Arbeit hat? Wenn die eigenen Kinder hungern müssen?« Seine Miene entspannte sich. »Niemand hat sterben sollen. Das habe ich nie gewollt.«

Sie fühlte die aufsteigenden Tränen. »Aber es ist geschehen.« Sie atmete einmal tief durch. »Was hatte mein Mann damit zu tun? Ich verstehe das noch immer nicht?«

»Das weiß ich nicht. Passen Sie lieber auf, wo Sie hintreten.«

Der Schreck durchzuckte sie, als er in den scheinbar bodenlosen Abgrund rechts von ihnen leuchtete, bevor er weiterging. »Bleiben Sie direkt hinter mir, Rebecca.«

Die Höhle wurde breiter und wuchs zu der Größe einer Halle an. Der Abgrund rechts wandelte sich zu festem Boden, und ein Flattern ließ Rebecca zur Decke blicken.

»Fledermäuse.« Silviu leuchtete nach oben.

»Ihre Beute, ja?«, sagte sie zynisch, als sie ihn einen Rucksack hinter einem Felsen hervorholen sah. »Deswegen sind Sie hier. Blutgeld. Zu einer Bank konnten Sie es ja wohl kaum bringen.«

»Halten Sie den Mund«, sagte er, während er zu dem jungen Mann ging.

Etwas stimmte nicht. Sie spürte es, obwohl die beiden Männer sich auf Rumänisch unterhielten.

»Was ist?«, sagte sie, als sie den jungen Mann mit einer Taschenlampe den Weg zurückgehen sah, den sie gekommen waren.

»Mein Sohn, er …«

»Ihr Sohn?«

»Ja, Finn ist mein Sohn. Er glaubt, etwas gehört zu haben.«

»Rasvan.«

»Unsinn.« Das Licht der Taschenlampe flackerte über die Wände, als Silviu sich den Rucksack umschnallte. »Rasvan ist in dem Lieferwagen eingesperrt.«

»Ihr weißer Lieferwagen ist eine verdammte Schrottkarre, Mann! Auch die Tür. Wenn man sich an dem Schloss zu schaffen macht, bekommt man die auf. Ganz sicher. Selbst ich hätte beinah …«

Sie sah das Begreifen und die abrupt aufflackernde Panik in Silvius Augen, bevor er sich abwandte und seinem Jungen hinterherlief.

O mein Gott! Sie wusste es. Sie ahnte es, während sie Silviu folgte und den Abgrund links von ihr nicht aus den Augen ließ.

Ein Schrei! Ein Schrei voller Todesangst, ein gellender Schrei, bevor das Geräusch des nachfolgenden dumpfen Aufpralls ihr die Kehle zuschnürte.

Vor sich sah sie Silviu stehen. Wie ein Suchscheinwerfer glitt das Licht seiner Taschenlampe durch die Höhle, aber niemand war zu sehen. Dann leuchtete er in den Abgrund.

»Silviu, he«, sagte sie. Ihre sanfte Berührung ließ ihn zusammenzucken. Sie fühlte sein Zittern, und ihr Herz setzte einen Schlag aus, als ihr Blick dem seinen in den Abgrund folgte.

Seltsam verdreht lag Finn in der Tiefe. Das junge Gesicht mit den weitoffenen Augen schimmerte im Licht der Taschenlampe, und im nächsten Augenblick zog Silviu seine Pistole und schoss in die Richtung, aus der sie anfangs gekommen waren. »Du verdammtes Schwein! Wo bist du?« Er schrie es nicht; er brüllte seine Wut und seinen Schmerz hinaus, während er schoss – einmal, zweimal, dreimal.

»Hören Sie auf!« Jetzt war sie es, die brüllte. Doch der heftige Stoß, den Silviu ihr versetzte, als sie ihn erneut anfasste, ließ sie wanken. »Hören Sie auf, Silviu!«

»Ein Seil.« Langsam ließ er die Pistole sinken und wandte sich zu ihr um. »Im Rucksack ist ein Seil. Wir müssen … Wir müssen Finn helfen.«

»Das hat keinen Sinn, Silviu. Er ist tot.« Mit Bedacht legte sie eine Hand auf seinen Arm.

»Nein. Was reden Sie da? Das ist er nicht.« Hastig streifte er den Rucksack ab. »Hier drin ist ein Seil.«

»Silviu. Hören Sie. Wie viel Meter ist er gefallen? Zehn? Fünfzehn? Denken Sie an Ihre Familie. Sicher haben Sie doch weitere Kinder. Die sollen doch nicht ihren Vater verlieren. Für Finn können Sie nichts mehr tun, glauben Sie mir.« Mit beiden Händen umfasste sie seine Hände, welche die Taschenlampe und die Pistole umklammerten, als wären die sein einziger Halt. »Das mit Finn tut mir so unendlich leid, Silviu. Aber wir müssen hier raus. Gibt es hier noch einen weiteren Ausgang? Gibt es den?«

Tränen schimmerten in seinen Augen, als sein glasiger Blick endlich klarer wurde. »Kommen Sie mit.« Der Schmerz in seiner Miene war unsäglich, als er an ihr vorbeiging. »Möglich, dass Rasvan Finns Waffe hat, falls sie miteinander gekämpft haben.«

»Das heißt, wir sind mit den Lampen das ideale Ziel«, sagte Rebecca.

Silviu begann, schneller zu laufen. Nur mit Mühe gelang es ihr, Schritt zu halten.

Wieder wurde die Höhle breiter, und bei dem geringsten Geräusch leuchtete Rebecca mit Finns Taschenlampe, die sie vom Boden aufgesammelt hatte, hinter sich, während sie über Felsen kletterten und durch enge Gänge liefen. Rasvan war hier, ganz sicher, irgendwo verborgen in der Finsternis.

»Wohin jetzt?« Vor der Felswand blieb sie stehen. *Eine Falle. Kein Ausgang. Nirgendwo!*

Silviu deutete auf den Fuß der Felswand. »Kriechen Sie in das Loch.«

»Sind Sie verrückt?« Allein der Modergeruch des seit Jahrhunderten oder Jahrtausenden feuchten Gesteins, der ihr aus dem Loch in der Felswand entgegenschlug, ließ sie zurückweichen. Der bloße Gedanke daran, da hineinzukriechen, war völlig unvorstellbar. »Das ist ein Wurmloch. Darin erstickt man.«

»Machen Sie, was ich sage. Ihre einzige Chance, hier

rauszukommen, bevor ich Rasvan suche und erledige. Ich geh vor«, beschloss er, als sie sich nicht rührte, und nahm den Rucksack von seinem Rücken.

Ich kann das nicht. Sie sah, wie Silviu niederkniete und den Rucksack in das Loch schob, dann verschwand sein Kopf darin, danach sein Körper und zuletzt seine Beine. Staub rieselte auf ihn hinab.

O mein Gott! Kalter Schweiß brach ihr aus, und das Rauschen ihres Blutes übertönte das Geräusch der Schritte hinter ihr, als sie sich ebenfalls niederkniete und selbst in das Loch kroch.

Ruhig atmen, redete sie sich zu. Aber der Geruch, der Staub und die Enge ließen sie keuchend nach Luft schnappen. Gegen ihre Panik kämpfend robbte sie vorwärts, Stück für Stück, während der ätzende Staub ihre Augen tränen und den Anblick von Silvius Schuhsohlen vor ihr verschwimmen ließ.

»Nein! Nein, bitte!« Etwas umklammerte jäh ihr Fußgelenk und hielt sie fest. *Rasvan!* »Nein!« Sie schrie. Sie konnte nicht anders, als zu schreien, während dieses Etwas, das nur Rasvans Hand sein konnte, an ihr zerrte und versuchte, sie aus dem Loch zu ziehen.

Wimmernd hielt sie sich an Silvius Beinen fest und trat mit ihrem freien Fuß aus, wieder und immer wieder. Ihre klammen Finger drohten abzurutschen, und ihre Tränen vermischten sich mit dem Staub, bevor ihr Bein plötzlich wieder frei war. *Frei!*

»Weiter!« Mit den Ellbogen schob sie sich vorwärts,

und irgendwann war die Enge nicht mehr so schlimm. Irgendwann öffnete sich der Kriechgang zu einem Gewölbe, in dem man stehen konnte, dunkel, kalt und voller Spinnweben. Voller Panik stand sie hinter Silviu vom Boden auf, tastete sich rechts an der Wand entlang und lehnte ihre schweißnasse Stirn dagegen.

Der krachende Knall des Pistolenschusses ließ sie sich umwenden. Aber erst im zweiten Augenblick verstand sie, was geschah, erst, als sie in Silvius Gesicht blickte. Reglos stand er da und starrte ins Leere. Hellrotes Blut sabberte über seine Unterlippe, bevor es in einem Schwall aus seinem Mund auf den Boden spritzte. Röchelnd sackte er auf die Knie, bevor er leblos zur Seite kippte.

Noch benommen von dem Anblick sah sie Rasvan aus dem Kriechgang robben, durch den sie hierher gelangt waren. Natürlich war *er* es gewesen. Natürlich hatte *er* geschossen. Blitzartig schnellte sie vor, um an Silvius Pistole zu gelangen, die der hatte fallen lassen. Doch einen winzigen Moment war Rasvan schneller. Geschickt griff er sich Silvius Rucksack und schob dessen Pistole in die Innentasche seiner Jacke und stand auf. Sein Gesicht war blutig, sein rechtes Auge geschwollen. Ihre Tritte in dem Kriechgang hatten Spuren hinterlassen.

»Komm!«, sagte er, und sie wehrte sich nicht, als er sie am Arm packte und sie erst den mit Spinnweben verhangenen Gang entlang und dann nach links in eine lichtdurchflutete Freiheit führte, eine Freiheit, die keine war.

Sie hatte keine Kraft mehr. Sie war leer. »Sie töten jeden, aber nicht mich.« Ihr Auflachen klang hysterisch. »Warum? Warum ausgerechnet mich nicht?«

Der Himmel zwischen den Baumwipfeln schimmerte azurblau, und das jähe Tageslicht ließ sie blinzeln. Es dauerte, bis sie sah, dass sie noch immer in einem Wald waren. Allerdings war die Anzahl der Bäume hier spärlich. Rechts neben ihnen war sogar eine Lichtung und links war die Schlucht, durch die der rauschende Wildbach floss.

»Jetzt ist es so weit, Rebecca.« Rasvans blutiges Gesicht nahm einen verklärten Ausdruck an. Momente lang verschwand seine kalte Maske, spiegelten sich Glück und Hoffnung in seinen von ihren Tritten geschundenen Zügen.

Schlagartig war dieser Mann ein Mensch mit Gefühlen, Wünschen und Sehnsüchten. Ein vermutlich vom Leben misshandelter Mensch, der deshalb jegliche Menschlichkeit mit Füßen trat. Aber deshalb hasste sie ihn nicht weniger.

»Jetzt bin *ich* dran«, sagte er, während er sie noch immer festhielt. »Verstehen Sie? Nie habe ich etwas besessen. Nie.« Und plötzlich erkannte sie die unendliche Wut, die sein Wesen bestimmte, die ihn so sinnlos töten ließ. »Sie hätten die Warnung ernst nehmen sollen, Rebecca. Sie hätten das Land verlassen sollen, bevor mir die Idee kam, Sie an ihn zu verkaufen. Jetzt sind Sie mein Pfand. Ihr Wissen ist ihm jeden Preis wert.«

Reflexartig wich sie zurück. »Von wem reden Sie? Ich weiß nichts, Mann. Gar nichts! Bereits in der Kölner Villa habe ich Ihnen das gesagt, immer wieder. Warum? Warum denkt jeder, ich wüsste …?«

Sein spöttisches Auflachen klang hässlich. »Wen interessiert das? Hauptsache, *er* glaubt, dass es so ist.« Mit regungsloser Miene steckte er die Waffe weg, zog stattdessen ein Handy aus seiner Jackentasche, wählte eine Nummer und hielt es ans Ohr. »Ja, wir sind jetzt am Treffpunkt.«

»Was ist mit den Kindern?«, sagte sie, während sie gemeinsam auf etwas warteten, von dem nur er wusste, was es war. »Bitte sagen Sie es mir. Haben Sie …?«

Der plötzliche Lärm verschluckte ihre Worte. Denn nicht allmählich an dem azurblauen Himmel heranschwimmend, sondern von einer Sekunde auf die andere war es da, *etwas*, das in den Tiefen des Waldes bereits mit Ungeduld darauf gelauert haben musste, sich ihnen endlich zeigen zu können.

Wie ein Insekt glitt der weiße Hubschrauber über die Baumwipfel hinweg und schreckte eine Schar Vögel auf, die heftig mit den Flügeln schlagend davonflog. Bunte Blätter tanzten in dem Wind der dröhnenden Rotoren, als die Maschine auf der Lichtung landete.

»Kommen Sie!« Rasvan zog Rebecca mit sich zu der Lichtung.

»Nein!« Mit jeder Faser ihres Seins stemmte sie sich gegen Rasvan und den peitschenden Wind der Rotoren, vor allem aber gegen die unerträgliche Aussicht, mit dem Helikopter endgültig verschleppt zu werden.

»Er wird sich nicht erpressen lassen!«, schrie sie gegen den Lärm an. »Er wird Ihnen kein Geld für mich geben! Er wird Sie töten!«

Der Tränenschleier vor ihren Augen und ihre überreizte Fantasie wandelten die beiden Männer, die über die Lichtung auf sie zukamen, zu überdimensionalen Schatten. Die würden sie mitnehmen und am Ende sicher nicht leben lassen, egal wer sie waren.

Indem sie Rasvan ihre Faust ins Gesicht schlug, gelang es ihr, sich loszureißen und nach links zu rennen. Doch nach wenigen Metern war da der Abgrund. *Die Schlucht!* Die hatte sie vergessen.

Haarscharf kam sie davor zum Stehen, während sie sich bereits wieder von hinten gepackt fühlte. Mit einer Kraft, die sie aus dem Gleichgewicht brachte und beinah in den Abgrund stürzen ließ, wirbelte Rasvan sie zu sich herum.

Steine rieselten hinter ihr in die Tiefe, und im ersten Augenblick verstand sie nicht, was geschah, als der ihr so verhasste Mann jäh erstarrte. Mit weit aufgerissenen Augen sah Rasvan sie an und krallte seine Finger um ihre Handgelenke, und jetzt begriff sie es: Er war getroffen! Einer der Männer hatte ihm in den Rücken geschossen, und der Knall war von dem Lärm der Rotoren oder einem Schalldämpfer verschluckt worden.

Weg von dem Abgrund! Ihre einzige Rettung.

Doch sie hatte keine Chance.

Röcheln klammerte sich Rasvan an sie, und vereint drehten sie sich in einem tödlichen Tanz, bis es Rasvan war, der mit dem Rücken zum Abgrund stand. Sterbend kippte er haltlos nach hinten und riss sie unweigerlich mit sich.

Seinen glasigen Blick vor Augen hörte sie ihren eigenen gellenden Schrei, als sie gemeinsam in die Tiefe fielen.

*****

Nein!

Den Anblick hatte er nicht ertragen können.

So nah und doch so fern. Weil er sich auf der anderen Seite der Schlucht befand, hatte er Rebecca nicht helfen können.

Während er zu dem Abgrund gerannt war, hatte Marius sie fallen sehen, und verzweifelt versuchte er jetzt, einen Weg zu ihr in die Tiefe zu finden.

Es war ein Leichtes gewesen, mithilfe von Joanas Aussage die Höhle und die Schlucht zu finden. Doch dann waren er und die rumänische Polizei ziellos herumgeirrt und hatten die Umgebung absuchen müssen. Ein Prozess, der viel zu lange gedauert hatte, der sie hatte zu spät kommen lassen.

»Hier ist es viel zu steil, Marius. Sie können nicht zu ihr. Sie bringen sich um«, sagte die Stimme hinter ihm.

»Es *muss* einen Weg geben.« Aufgeheizt stieß Marius Viktor Popescu von sich, als er dessen Hand auf seiner Schulter spürte. Hinter dem Kommissar sah er dessen Männer auftauchen. »Ein Seil. Hat denn niemand ein Seil?«

Viktor Popescu schüttelte den Kopf. »Für solche unzugänglichen Gebiete sind wir nicht ausgerüstet. Der Rettungshubschrauber wird gleich hier sein.«

»Wann? Wie lange dauert das?« Marius sah ihn an. »Wie lange, frage ich Sie? Bis dahin ist sie …«

»Vermutlich ist sie das sowieso schon.«

Dröhnend hob der weiße Hubschrauber auf der anderen Seite der Schlucht von der Lichtung ab und flog über die Baumwipfel davon.

Natürlich flogen sie davon! Marius' Blick war voller Hass, als er die Maschine in der Ferne mit dem Blau des Himmels verschmelzen sah. Eine Tote war ihnen nicht nützlich. Eine Tote konnten sie nicht dazu zwingen, ihnen zu sagen, was sie wusste, falls Rebecca überhaupt etwas wusste, falls ihr Mann sie tatsächlich eingeweiht hatte. Denn davon war er längst nicht mehr überzeugt.

Der Anblick der beiden Menschen in der Schlucht schnürte ihm die Kehle zu. So sehr hatte Rebecca die Kinder gesucht, und gegen jede Vernunft hatte sie ihm vertraut, war ihrem Instinkt gefolgt, oder sie … Sie kannten sich kaum. Und dennoch. War da mehr gewesen? Der Gedanke an die kurzen Momente, in denen sie sich nahegekommen waren, durchzuckte ihn schmerzhaft, und halb wahnsinnig vor Entsetzen tigerte er vor dem Abgrund hin und her, während er den Blick nicht von ihr lassen konnte. Hatte sie sich nicht gerade bewegt? Oder war es nur das flache Wasser des rauschenden Wildbachs gewesen, neben dem sie lag, das ihren Arm hatte hochschwappen lassen? *Ich muss zu ihr. Ich muss.* Einfach abzuwarten, ging nicht. Das war nicht auszuhalten. Doch rechts und links von ihm führten nur unüberwindbare Steilwände in die Schlucht.

»Tun Sie das nicht, Marius«, sagte Viktor Popescu mit beruhigender Stimme und zog ihn von dem Abgrund weg.

»Es muss einen Weg geben.« Sich losreißend fühlte Marius sein Herz bis zum Hals schlagen. Dann lief er ohne ein weiteres Wort nach rechts am Rand der Schlucht entlang. *Es muss!*

26

Köln an diesem Tag war grauer Himmel und klamme Kälte. So hatte dieser Märztag begonnen und so würde er enden, nichts als wabernder Dunst, der durch die Straßen kroch.

Sabrina fröstelte, als sie im Erdgeschoss des Mehrfamilienhauses in Köln-Porz durch den Flur zu ihrer Wohnungstür ging. Der widerliche Dunst schien ihr noch in den Poren zu hängen.

Von dem tödlichen Hass, der in ihrer Wohnung auf sie lauerte, ahnte sie nichts.

Sie war nur müde, viel zu fix und fertig, um noch irgendetwas zu fühlen. Wenigstens war sie für einige Tage von ihrem Scheißjob befreit, Frühdienst, Spätdienst, nörgelnde Patienten, Tag für Tag, Woche für Woche.

Niemand ahnte, dass sie so dachte, und das bereits seit Jahren. Für alle war sie nur die gewissenhafte Stationsschwester der C1 der Lafayette Rheinland-Klinik, immer zu Diensten. Früher ein gutes Gefühl, doch längst hatte sie das alles satt; keine Zeit für Freunde, kaum Zeit für irgendetwas.

Und heute hingen ihr zusätzlich noch die Ereignisse von gestern nach.

Unterzuckerung.

Hypoglykämischer Schock.

Sie hätte sterben können. Nie zuvor war sie dem Tod so nah gewesen wie gestern Abend, eingesperrt im Archiv der Lafayette Klinik.

Sie hatte gekrampft und war bewusstlos geworden, und hätte der Pförtner sie nicht noch gerade rechtzeitig gefunden, dann … Sie schüttelte den Kopf. *Nicht daran denken.* Es war ja vorbei. Ihr Körper hatte sich erholt. »Keine bleibenden Schäden«, hatte Dr. Jung von der Station M1 gesagt.

Zielstrebig ging sie in ihr hellgrau gefliestes Badezimmer, setzte sich auf den Rand der Wanne und drehte das Wasser an. Das Rauschen entspannte sie bereits, und der belebende Duft von Holunder besserte ihre Laune, während sie das Schaumbad in das Wasser tropfen ließ.

Eines der Handtücher lag quer über dem grauen Waschbecken, obwohl das eigentlich nicht ihre Art war. Niemals hätte sie etwas so herumliegen lassen.

Sie schüttelte den Kopf, zu müde, um darüber nachzudenken. *Gestern Morgen war ich in Hektik,* sagte sie sich und hängte das Handtuch sorgsam zurück an den Haken, bevor sie sich entkleidete. Das lange dunkle Haar fiel ihr über die Schultern, als sie den Zopf gelöst hatte.

Ein wohliges Gefühl, als sie in das warme Nass in der Badewanne glitt. Sie schloss die Augen. *Nicht einschlafen.*

Jemand atmete.

Unsinn! Das träumst du.

Erst allmählich materialisierte sich die Gestalt im

Türrahmen vor ihr, als sie die Augen wieder öffnete. »Du?«, entfuhr es ihr.

Jäh verkrampfte sie sich. Den Schock musste sie erst einmal verarbeiten. »Die Polizei sucht dich«, sagte sie, während sie die Gestalt auf sich zukommen sah.

»Ja, ich weiß.«

Hastig zog Sabrina die Beine in der Wanne an, während sich die schwarzhaarige Frau mit dem strengen kurzen Haarschnitt neben sie auf den Wannenrand setzte.

»Wie kommst du in meine Wohnung, Irena?« Die Angst in ihrer Stimme ließ sich nicht unterdrücken, als sie in das vertraute Gesicht der Ärztin der C1 blickte.

»Wenn man im Parterre wohnt, sollte man seine Fenster nicht auf Kipp stehen lassen, zumindest, solange man nicht daheim ist.« Irena Maria Calescus Lächeln ließ erste Falten um ihre Augen sehen. Mit nachdenklichem Blick ließ sie ihre rechte Hand durch das Wasser gleiten und betrachtete den Schaum daran, als sie die Hand wieder rauszog. »Du hast mein Leben ruiniert, Sabrina.«

»Und *du* wolltest mich gestern umbringen«, sagte Sabrina.

»Nur eine Affekthandlung, als du bei unserer Rangelei im Archiv gestürzt bist. Die Ampulle mit Insulin ist dir aus der Kitteltasche gerollt.« Irenas Stimme klang erregt. »*Du* warst es doch, die *mir* ins Archiv gefolgt ist. *Du* wolltest *mir* doch die Patientenakte von Julia Albrecht entreißen. *Du* hattest doch Angst aufzufliegen.« Einen Moment hingen ihre Blicke ineinander. »Wie hast du das gemacht, Sabrina? Wie ist es dir gelungen, die Laborwerte zu fälschen, damit reiche Patienten bei der Organvergabe bevorzugt wurden? Und wer hat sich noch daran beteiligt? Jemand aus dem Labor und Chris Richter, ja? Wieder seine Spielsucht? Brauchte er Geld? Und wie lief das mit den Organen ab, die ihr illegal für Patienten der Lafayette Klinik besorgt habt?«

»Ich weiß nicht, wovon du sprichst.«

»Mach dich doch nicht lächerlich, Sabrina. Ich war bei Carmen Sachs. Die Niere, die ihr im Ausland implantiert wurde, hat sie bereits wieder abgestoßen. Vor mir hat sie zugegeben, dass ihr Mann für die Niere bezahlt hat und du einer der Mittelsmänner warst.«

»Unsinn.«

Irenas Lächeln hatte etwas Spöttisches, und der leise Unterton in ihrer Stimme klang gefährlich. »Plötzlich hattest du Angst, ja? Angst aufzufliegen, als erst Daniel und dann Ann-Katrin die Sache mit den gefälschten Laborwerten aufgefallen ist. Eine echte Frechheit von dir, die Dokumente der herzkranken Julia Albrecht zu fälschen und meine Unterschrift darunter zu setzen, so als hätte ich ihre Verlegung nach Rumänien veranlasst. Warum ausgerechnet ich? Warum wolltest du ausgerechnet mir das anhängen?«

»Was hast du jetzt vor, Irena?« Trotz des warmen Badewassers kroch Kälte in jede Zelle von Sabrinas Körper. Eissplitter manifestierten sich in ihrem Magen. Die rutschige Badewanne war wie eine Falle, und ihre

Nacktheit unterstrich das Gefühl, Irena ausgeliefert zu sein. »Du verabscheust mich, ja?« Ihre Lippen bebten. »Dabei hat er dich nie geliebt. Niemals! Ich hab ihn dir nicht weggenommen.«

»Doch das hat er.« Der seltsame Klang von Irenas Stimme ließ Sabrina erschauern. »Bereits, als wir beinahe noch Kinder waren, hat er mir das gesagt. Männer sind nur manchmal …«

»Und warum hat er dann Rebecca geheiratet, und zuvor diese Natalie?«, sagte Sabrina. »Wie naiv bist du eigentlich? Zu echter Liebe war Peter Belmont doch gar nicht fähig. Seine Modekette war fast pleite, Mann. Er brauchte Geld, und du und ich kamen ihm gerade recht, um ihm reiche Patienten zu beschaffen, die ein Organ benötigten. Und als du nicht mitmachen wolltest, hat er dich fallenlassen.«

Ein solches Aufflammen von Hass wie in Irenas Gesicht hatte Sabrina zuvor noch nie gesehen. »Weil du dich an ihn rangemacht hast, auf der Party in seiner Villa damals. Jede Sekunde, in der Rebecca außer Sichtweite war, hast du dich an ihn rangeschmissen.« Irenas Stimme glitt ins Hämische. »Oh, Ihre Villa ist ja so wundervoll, Herr Belmont. Und Sie sind ein wirklich gutaussehender Mann, Herr Belmont.«

»Was soll das noch, Irena?« Sabrinas Stimme überschlug sich. »Peter ist tot. Tooot! Verstehst du? Es ist vorbei. Alles ist vorbei.« Ihre Furcht mischte sich mit wildem Zorn. Irena hatte keine Waffe. Sie war ihr nicht völlig ausgeliefert. »Ja, es stimmt«, sagte sie. »Wegen der Sache mit den Organen hab ich kalte Füße bekommen. Und ja, ich wollte es dir in die Schuhe schieben, indem ich deine Unterschriften gefälscht habe. Aber jetzt ist es zu Ende. Kapier es endlich. *Du* bist eine Mörderin. *Du* wolltest mich gestern Abend umbringen. Das wissen alle. Der Pförtner hat der Polizei längst erzählt, dass du es warst, der sich gestern Abend nach Feierabend den Schlüssel zum Archiv geholt hat.« Ihr Versuch, an Irena vorbei aus der Badewanne zu steigen, scheiterte an Irenas brutalem Faustschlag gegen ihren Kiefer, der sie mit dem Kopf gegen die Wand katapultierte.

Es dauerte, bis sie sich wieder fing, bis sie die Orientierung wiederfand und der Schmerz endlich nachließ. Das Handy, das Irena plötzlich in der Hand hielt, verschwamm ihr vor den Augen. Wie ein Rächer stand diese Frau da. »Dein Geständnis, Sabrina. Alles, was du gerade gesagt hast, habe ich aufgenommen und bereits abgeschickt.« Irenas Stimme hallte in Sabrinas schmerzendem Schädel wider. »Kommissar Moreth wird sich darüber freuen.«

»Damit bist du auch dran!«, hörte Sabrina sich brüllen. *Raus hier!*, dachte sie, während sie sich in der Wanne hinkniete. Raus aus der Falle, aus dieser verfluchten Badewanne, raus aus ihrer Hilflosigkeit. Aber wie ein Bollwerk stand Irena vor ihr.

»In Wahrheit hat Peter dich verabscheut, Irena.« Warum tat sie das? Warum war es wie ein Zwang, Irena auch noch zu provozieren? »Schau dich doch an. Du bist alt. Du bist hässlich. Du bist verbraucht«, zischte sie. »Was hättest du ihm denn bieten können, das ich und Rebecca nicht haben? Wenn ihm überhaupt jemand etwas bedeutet hat, dann nur Rebecca. Dein Leben lang bist du dem falschen Mann hinterhergerannt.«

Der Tritt von Irenas Stiefel in ihr Gesicht katapultierte sie erneut gegen die Wand. Das Wasser schwappte über den Wannenrand, und auf ihren Lippen schmeckte sie Blut.

Noch benommen von dem Schmerz sah sie Irena zu dem Regal am Fußende der Wanne gehen.

Nein! Das Kabel des Radios auf dem Regal steckte in der Steckdose, wie immer, weil das normalerweise nicht schlimm war, weil das Gerät dort eigentlich sicher stand. Aber jetzt genügte eine kurze Handbewegung von Irena, um es zu Fall zu bringen.

Neeeeiiiin! Wie in Zeitlupe sah Sabrina es fallen. Und dennoch gelang es ihr nicht, sich schnell genug in der Wanne zu drehen und es zu fangen. Wasser spritzte, als es eintauchte.

*****

Irenas Herz raste.

Noch während das Radio in die Wanne gefallen war und sie Sabrinas Aufschrei gehört hatte, war sie geflüchtet und hatte die Tür hinter sich zugeschlagen.

Und jetzt, nur Minuten später, jagte sie ihren silbernen Volvo mit Vollgas über die A59 und überholte alle anderen Wagen.

Was habe ich getan? Das kreiste in ihrem Kopf. Aber irgendwo ganz leise war da auch der Triumpf, das Hochgefühl von Rache, die sich erfüllt hatte, in all ihrer Hässlichkeit.

Gott! Vergib mir! Das war die andere Seite, die sofortige Reue. Niemals zuvor hätte sie sich vorstellen können, einem Menschen etwas anzutun.

»Ich liebe dich, Irena.« Das war Peters Stimme in ihrem Schädel.

»Dein Leben lang bist du dem falschen Mann hinterhergerannt.« Das war Sabrinas Stimme.

Natalie, Rebecca und Sabrina. Drei Schlangen, die ihre Reize hatten spielen lassen, um sich an ihren Peter ranzumachen, wohingegen die Natur bei ihren eigenen Reizen gegeizt hatte. Niemals hatte Peter sie derart verliebt angesehen wie Rebecca. Nie!

Und dennoch. *»Du bist meine Zuflucht, Irena-Schatz«*, waren Peters Worte gewesen. *»Rebecca ist jung und ehrgeizig. Wie könnte sie mir das geben, was du mir gibst, Irena?«*

»Dann lass dich scheiden.«

»Die Kinder hängen an Rebecca, Irena. Es ist nur wegen der Kinder, glaub mir. Mein wahrer Schatz bist du«, und sein Kuss und seine Umarmung hatten ihr die Sinne geraubt und sie alles andere vergessen lassen.

Der schwarze Wagen hinter ihr ließ sich nicht abhängen. Kommissar Moreth folgte ihr. Sie hatte Moreth vor Sabrinas Haus gesehen, als sie es verlassen hatte. Offenbar hatte er Sabrina aufsuchen wollen, doch jetzt war *sie* es, die er verfolgte.

Der Anruf kam, als sie längst außerhalb Kölns waren. »Was haben Sie vor, Irena?«, erklang Moreth' Stimme aus der Freisprechanlage. »Sie wissen, dass das keinen Sinn hat.«

»Was hat denn noch einen Sinn?«, war ihre lakonische Antwort, während sie vor einem Tanklaster rechts einscherte. »Ich gehe nicht ins Gefängnis.«

»Machen Sie keinen Unsinn, Irena.«

Nein, das würde sie nicht. Das hatte sie gestern im Archiv bereits getan, als sie Sabrina das Insulin gespritzt hatte. Seit sie Ärztin war, hatte sie um Menschenleben gekämpft, aber jetzt hatte sie eines nehmen wollen, nur ein einziges, und damit war alles ausgelöscht, was sie zuvor getan hatte. Das zählte nicht mehr, war völlig bedeutungslos. Alle würden sie hassen. Ihr Weg war hier auf der Brücke zu Ende.

Statt weiterhin geradeaus zu fahren, riss sie das Lenkrad nach rechts und raste in die Absperrung.

Durch einen Unfall war das Brückengeländer ramponiert. Das wusste sie. Schließlich hatte sie die Insassen des Unfallwagens in der Klinik behandelt, und das Krachen und Knirschen der Karosserie hallte ihr in den Ohren, als jetzt ihr eigener Wagen das defekte Geländer durchbrach.

Kein Laut kam ihr über die Lippen, obwohl sie auf der Stelle bereute, das getan zu haben. Nie hatte sie etwas so sehr bereut! Erst den Tod vor Augen wünschte sie sich zu leben.

O Gott!

Einen Augenblick war es, als ob sie schwebte, bevor der Wagen in der Luft vornüberkippte. Und dann war da nichts, als das Geräusch ihres eigenen keuchenden Atems und der Boden, auf den sie zuraste. Und jetzt schrie sie doch.

Berstend schlug der Wagen auf; nur ein kurzer Schmerz, als er sie knirschend zerquetschte. Aber wenn sie geglaubt hatte, ihren eigenen Tod nicht mitzuerleben, hatte sie sich geirrt. Ihre Knochen brachen, und sie hörte es. Ihr Blut spritzte gegen die Scheiben, und sie sah es. Wimmernd rang sie nach Atem. *Bitte!* Ihre Hand krampfte sich um das Lenkrad, während die Umgebung verschwamm. Ihr Kopf sackte auf das Cockpit, als ihr Körper noch einmal krampfhaft zuckte, bevor sie starb.

*****

Selbst jetzt, Stunden später und obwohl er einiges gewohnt war, hatte der Schock über Irenas Selbstmord Kommissar Frederik Moreth noch im Griff.

Hilflos hatte er ihn mit ansehen müssen, und die Erschütterung darüber war bohrend. Einer der Gründe, warum er die hübsche Frau mit dem langen dunklen Zopf nicht beachtete, die jetzt vor seinem Schreibtisch im Kommissariat saß. Unmöglich, ihren Mitleid heischenden Blick zu ertragen, obwohl sie aufgrund der Blutergüsse in ihrem Gesicht tatsächlich etwas Mitleiderregendes hatte. Momente lang gönnte er sich die Freiheit, wortlos an dem Fenster neben seinem Schreibtisch zu stehen und auf den feuchten Dunst draußen zu starren. Vereinzelte Tropfen klatschten gegen die Scheibe.

Es hatte gedauert, bis er von der A59 abfahren und zu den Trümmern von Irenas Wagen hatte gelangen können.

Den Mund wie zu einem Schrei geöffnet, hatte ihr blutender Kopf auf dem Cockpit gelegen, während ihr Körper zwischen Metall und Kunststoff eingequetscht gewesen war. Von dem defekten Brückengeländer musste sie gewusst haben. Explizit hatte sie genau diese Stelle auf der Brücke ausgewählt.

»Aber verstehen Sie das denn nicht?« Sabrinas Stimme klang hell. »Zweimal hat sie versucht, mich umzubringen. Ohne mit der Wimper zu zucken, hat sie das Radio in die Wanne gestoßen. Vor dem Stromschlag hat mich nur die FI-Sicherung gerettet. 230 Volt, die sonst durch mich hindurchgejagt wären. Ich krieg jetzt noch eine Gänsehaut, wenn ich daran denke. Und sehen Sie sich mein Gesicht an. Mit ihrem Stiefel hat sie mich getreten. Ich musste doch sagen, was Irena hören wollte. Damit, dass sie das mit ihrem Handy aufnehmen und Ihnen schicken würde, hatte ich nicht gerechnet.«

»Natürlich hatten Sie das nicht.« Nur mühsam

bekämpfte Frederik Moreth seinen aufwallenden Unmut und beugte sich zu Sabrina vor. »Wir werden es Ihnen nachweisen, glauben Sie mir, jeden einzelnen Fall von Organhandel. Wie lange geht das schon? Wochen, Monate, Jahre? Wie viele Patienten waren es? Wer ist Ihr Kontaktmann? Woher stammen die Organe? An welchen Orten wurden sie explantiert und wieder implantiert?«

»Ohne einen Anwalt sage ich nichts mehr. Kümmern Sie sich lieber um Irena. Sie …«

»Angesichts der Umstände erscheint mir das unmöglich«, sagte er, während er seine Brille zurechtrückte und sich hinter seinen Schreibtisch setzte. »Sie hat sich umgebracht.«

»Wie bitte?« Zum ersten Mal sah er so etwas wie Bestürzung in Sabrinas braunen Augen. Sie war clever, aber vielleicht doch nicht so eiskalt, wie er angenommen hatte. Vielleicht öffnete ihm das eine Tür.

Er lehnte sich zurück, wobei sein Blick auf Sabrina ruhte. »Bereits das, was gestern Abend im Archiv geschehen ist, hätte Frau Dr. Irena Maria Calescus Karriere als Ärztin beendet«, sagte er. »Vermutlich hat sie keinen Ausweg mehr gesehen.«

Sabrina starrte auf ihre Hände. »Ihr Beruf hat Irena alles bedeutet.«

»Erzählen Sie es mir.« Er stützte die Ellbogen auf den Schreibtisch und lehnte sich vor. »Erzählen Sie mir alles. Die Staatsanwaltschaft wird es sowieso rausfinden, glauben Sie mir. Aber ein Geständnis könnte sich strafmindernd auswirken.«

Sabrinas Blick glitt an ihm vorbei zum Fenster. »Irena ist …« Sie schluckte. »Irena *war* eine gute Ärztin, aber arrogant und intrigant. Der Meinung waren alle. Der Einzige, der ihr wirklich etwas bedeutet hat, war Peter Belmont. Die beiden kannten sich seit ihrer Kindheit. Sie war total fixiert auf ihn.«

Frederik Moreth hob die Augenbrauen. »Aber statt Irena hat er erst Natalie und nach seiner Scheidung Rebecca geheiratet.«

Sabrina nickte. »Das hat Irena sehr verletzt, vermute ich. Und trotzdem hat er sie später wieder umworben.« Ihr Blick glitt zu Moreth. »Schließlich hat Irena von ihren Eltern drei Mietshäuser geerbt.«

»Sie meinen, es ging ihm nur um Geld?«

»Ja, natürlich. Seine Modekette war in den roten Zahlen. Jahrelang hat er Verluste gemacht.«

»Woher wissen Sie das?«

»Weil Peter mir das erzählt hat.«

Moreth lächelte leicht. »Weil Sie ebenfalls eine Affäre mit ihm hatten.« Er schob die Hände in die Hosentaschen, stand auf und ging zum Fenster. »Vermutlich hat Frau Dr. Irena Maria Calescu ihm ihr gesamtes Geld gegeben«, sagte er, als er sich wieder Sabrina zuwandte. »Aber für den Erhalt seiner Modekette reichte das natürlich nicht. Also sollte Irena ihm reiche Patienten zuführen, die ein Organ benötigten. Und als sie nicht mitmachen wollte, hat er sie fallenlassen. Ist es so?«

Sabrina senkte den Kopf. »Ja.«

»Und Rebecca Belmont?«, fragte er, während er sich zurück auf den Drehstuhl hinter seinem Schreibtisch setzte.

»Rebecca?« Sabrina lachte auf. »Natalie und Rebecca waren ihm heilig. Nicht einmal ansatzweise hätten die erfahren dürfen, dass er eigentlich pleite war. Das hätte ihn umgebracht.«

»Das heißt also, beide Frauen wussten von nichts?«

»Ich glaube nicht.«

»Wer sind sie? Wer sind die Hintermänner des Organhandels? Ich will Namen hören. Und woher hatte Peter Belmont die Kontakte?«

»Das weiß ich nicht. Anfangs lief alles nur über Peter.«

»Und später?«

»Später, als Peter in Brasilien umgekommen war, hat sich ein gewisser Alexej bei mir gemeldet. Mit ihm hab ich alles geregelt. Mehr weiß ich nicht.«

»Sie lügen.«

»Nein.« Sabrina schüttelte den Kopf. »Dieser Alexej war der Kontaktmann. Das ist alles.« Ihr Blick hing an den scharfen Falten in Frederik Moreth' Gesicht, während der sein klingelndes Handy vom Schreibtisch nahm und es ans Ohr hielt.

Eine Männerstimme sprach mit ihm. Das konnte sie hören, die Stimme von jemandem mit ausländischem Akzent.

»Ja«, sagte Moreth, während er sich mit dem Drehstuhl

zum Fenster drehte. »Wie bitte? Rebecca Belmont? Was …?« Erbleichend rückte er hektisch seine Brille zurecht und stand auf. »Wie bitte? Leonie Belmont? Ja, ich verstehe. Ja, vielen Dank dafür. Sie melden sich in Kürze wieder.«

Sabrina hob die Augenbrauen, als der Anruf beendet war.

Frederik Moreth sah sie an. »Ein Kommissar Popescu aus Rumänien, mit dem ich vor ein paar Tagen bereits einmal Kontakt hatte. Rebecca Belmont ist schwer verunglückt.«

»Verunglückt?« Sabrina erwiderte Moreth' Blick. »Und was heißt das? Lebt sie noch? Oder …? Oder ist sie …?«

27

So bleich.

So kalt.

So reglos lag sie auf dem Bett.

Sanft strich Marius über Rebeccas Wange.

Öffne deine Augen bitte, flehte er stumm.

Aber das würde sie nicht.

Das konnte sie nicht.

Erst, seit er sie hatte in die Schlucht fallen sehen, verstand er, was sie ihm bedeutete. Nie zuvor hatte er sich hilfloser gefühlt als in jenem Augenblick.

Ihre Hand war kalt, als er sie in seine nahm. Sie würde die Augen nicht öffnen, egal, was er tat oder sagte.

Sie würde ihn nicht ansehen.

Darauf zu warten, hatte keinen Sinn.

Dennoch streichelte er ihre Hand, weil es wie ein Zwang war, weil er nicht anders konnte.

Langsam beugte er sich vor und strich mit seinen Lippen zärtlich über ihre Wange und fand einen Moment lang ihren Mund, bevor er sich wieder aufrichtete und ihre Hand losließ.

Sekundenlang sah er sie noch an, bevor er sich zögerlich abwandte. Noch einmal blickte er zurück, als er ging.

*****

Am späten Abend war das nur noch eine Erinnerung, und doch ließ es Marius nicht los.

Selbst jetzt, Stunden danach und gut hundert Kilometer entfernt von ihr, ließ es sich nicht abschütteln, obwohl er sich eigentlich hätte konzentrieren müssen, obwohl die Gefahr ganz nah war.

Der Mond warf sein Antlitz auf das Wasser der Donau. Nicht mehr lange, und sie würden kommen.

Erst der Rettungsmannschaft war es gelungen, Rebecca aus der Schlucht in den karpatischen Bergen zu befreien. Mit einem Hubschrauber hatten die sie zur Hauptstadt Bukarest geflogen, und er war ihr dorthin gefolgt.

Doch jetzt war er hier, hörte das sanfte Plätschern des Flusses, wartete und wusste nicht, was geschehen würde. Ein leichteres Ziel, als hier in dieser Einöde an dem sandigen Ufer der Donau neben seinem schwarzen Geländewagen zu stehen, hätte er nicht abgeben können.

Sie kommen! Er konnte sie hören. Aus der Ferne schwamm das Geräusch heran.

Das Buschwerk hinter ihm war keine echte Zuflucht. Aber wenigstens war er dort nicht einfach so zum Abschuss freigegeben. Deshalb duckte er sich und huschte hinein.

Der Lärm schwoll an, und die Wellen der Donau fingen das Licht des Scheinwerfers ein. Tosend und Sand aufwirbelnd landete der weiße Hubschrauber an dem einsamen Ufer, und verborgen hinter den Sträuchern beobachtete Marius die Szenerie.

Das Rattern der Rotoren wurde leiser und verstummte, während er die Gestalt aussteigen und zu seinem Geländewagen gehen sah. Das Gesicht des Mannes in dem grauen Wintermantel lag im Dunkeln.

»Was soll das, Marius? Warum versteckst du dich?«, sagte er.

Obwohl er um die Gefahr wusste, obwohl es ihm widerstrebte und obwohl er jetzt noch hätte verschwinden können, richtete Marius sich auf, seine Pistole im Anschlag. »Wo ist er?«

Langsam drehte Alexej sich zu ihm um. Das Mondlicht ließ sein graues Haar silbrig glänzen und offenbarte sein kaltes Lächeln. »Dachtest du wirklich, er würde zu dir kommen, Marius? Hierhin?«

»Und warum dann das Treffen hier? Was soll das?«

»Das, was ich dir am Telefon gesagt habe. Er erwartet dich. Du gehst vor, und wir steigen gemeinsam in den Helikopter.«

»Und du denkst, das würde ich tun?«

»Das sollten Sie.« Die Männerstimme hinter ihm ließ Marius herumschnellen.

Regungslos stand Tomas Koslow da, der Mann, der Alexejs Fahrer, Scherge und Bluthund war. Der Anblick der Pistole in den Händen von Tomas ließ Marius' Puls rasen. »Was soll der Mist?«

»Werfen Sie Ihre Waffe weg, Marius!«, sagte Tomas.

»Zu viele Fehler.« Alexejs hämische Stimme hinter Marius war plötzlich ganz nah. »Zu viele Fehler, die du nicht hättest machen sollen. Rebecca Belmont ist tot, ja? Das ist doch so? In eine Schlucht gestürzt. Ts, Ts. Ich hätte dich für fähig genug gehalten, das zu verhindern.«

»Waffe weg, Marius!«

»Tu, was er sagt«, zischte Alexej.

Widerstrebend warf Marius seine Waffe in den Sand, bevor er die Mündung von Alexejs Pistole an seiner Wange spürte.

»So ist es gut.« Alexej atmete hörbar aus. »Du beschissener Verräter. Rasvan ist tot, und Silviu und die anderen sind geflohen, ja? Oder leben die auch nicht mehr? Aber auf jeden Fall sind du und diese Rebecca nicht unschuldig daran.« Die Mündung der Pistole glitt zu Marius' Schläfe. Blanke Wut verzerrte Alexejs Gesicht. »Wenn es nach mir ginge, würde ich es gleich hier tun.«

Der unerwartete brutale Schlag von Alexej in seine Magengrube ließ Marius sich vor Schmerz krümmen. »Du krankes Schwein«, sagte er, während er sich mühsam wieder aufrichtete und gegen den Drang kämpfte, Alexej ins Gesicht zu schlagen.

Die Handschellen, die Alexej plötzlich in den Händen hielt, klirrten. Voller Abscheu starrten sie einander an, bis Alexej hinter ihn trat.

Sekundenlang schloss Marius die Augen, um es ertragen zu können, um nicht auszurasten und sich dadurch eine Kugel von Alexejs Handlanger Tomas einzufangen, der sich wie ein Schatten gegen den vollen Mond abzeichnete. Deshalb ließ er sich von Alexej die Arme auf den Rücken drehen und die Handschellen anlegen.

Er hatte seine Gründe gehabt, hierhin zu kommen, obwohl er sich der Gefahr bewusst gewesen war. Alexej war nur eine Ratte, eine Kakerlake, die er längst hätte zertreten können.

Aber dich will ich nicht, dachte er und fühlte seinen schier unermesslichen Hass. *Ich will ihn. Und ich werde ihn kriegen.*

»Steig in den Hubschrauber«, sagte Alexej. »Er erwartet uns.«

*****

Das monotone Geräusch der Rotoren hatte etwas Beruhigendes, und dennoch waren da plötzlich die Zweifel. Die lange Zeit zum Nachdenken während des Fluges ließ Marius seine wachsende Panik fühlen.

Hatte er sich doch verrechnet?

Hatte er überhaupt eine Chance?

Konnte er das überleben?

Diese Gedanken setzten sich in ihm fest und trieben ihm den Angstschweiß auf die Stirn. War es doch ein verfluchter Fehler gewesen, sich mit Alexej zu treffen? Vielleicht der letzte und gravierendste seines Lebens?

Wie lange würde er noch leben?

Stunden? Minuten?

Lärmend flog der Hubschrauber über die Lichter der Städte und Dörfer hinweg. Die Handschellen fesselten Marius an den Sitz, und die beiden Männer vor ihm sprachen kein Wort. Tomas flog die Maschine, und irgendwann endlich setzte er zur Landung an.

Wie lange waren sie geflogen?

Und wie weit?

Und wo befanden sie sich?

Das Gefühl für Raum und Zeit war Marius verlorengegangen, und sein gesamtes bisheriges Leben schien in die Ferne zu rücken, während der Helikopter auf festem Boden aufsetzte.

Es dauerte, bis der Lärm der Rotoren verstummte. Tomas befreite Marius von den Handschellen, während Alexej ausstieg und aus sicherer Entfernung mit seiner Pistole auf ihn zielte.

»Steig aus, Marius!«

Nichts als Wald und Klippen.

Wo waren sie hier?

Der feuchtkalte Tannenwald, durch den er sich von Alexej gestoßen fühlte, verschluckte jede Form von Licht. Nur der Schein der Taschenlampen huschte über die Baumstämme, und die Klippen hinter dem Wald offenbarten sich ihm als gähnender Abgrund, der sich vor ihm auftat. Abrupt blieb er stehen.

»Geh weiter!«, sagte Alexej hinter ihm.

Der kühle Wind trocknete Marius' Schweiß. Wie viele

Schritte noch, bis seine Füße den Halt verlieren würden?

Sieben?

Acht?

»Weiter, Marius.«

Je näher er dem Abgrund kam, umso mehr war es wie ein Rausch. Die steilen Klippen, das mondhelle Wasser des Flusses in der Tiefe und die weiße Kapelle dort unten hatten etwas Märchenhaftes. Doch gerade das machte es so surreal. Auf die Art hatten sie Rebeccas Mann hingerichtet, weil er nicht mehr funktioniert hatte, weil er sie hintergangen hatte und vermutlich vor der Organisation hatte fliehen wollen. Mit zerschmetterten Knochen war Peter Belmont am Fuß der Klippen der Insel Fernando de Noronha in Brasilien aufgefunden worden.

Niemand konnte ihnen entkommen.

Niemand!

Wieder blieb er stehen.

»Du zitterst ja, Marius.«

Der Klang der Männerstimme hinter ihm ließ ihn sich umwenden.

Der amerikanische Akzent war nicht zu überhören gewesen. Allerdings war das nicht die heisere Stimme, die er erwartet hatte, die er von Telefonaten kannte. Und somit war das auch nicht der Mann, den er zu treffen gehofft hatte.

Im Licht des Mondes wirkten die kantigen Gesichtszüge des blonden Mannes in heller Jacke und dunkler

Hose fahl.

»Jackson.«

Wie Alexej kannte er Jackson als einen der Mittelsmänner der Organisation.

»Was soll das?«, hörte er sich sagen. »Wo ist er?«

Der Anblick der MP7 Schnellfeuerwaffen in den Händen der beiden Milchgesichter neben Jackson jagte ihm einen Schauer über den Rücken. Die jungen Männer in dunkler Kleidung, der eine ein Weißer, der andere ein Schwarzer, vermutlich beide Amerikaner, konnten nicht mal Mitte zwanzig sein. Und neben ihnen standen Tomas und Alexej.

Jacksons Auflachen klang spöttisch, während er sich über den blonden Bart strich. »Welche Arroganz zu glauben, ausgerechnet dir würde er sich zeigen.« Sein Blick glitt über die Landschaft. »Eine schöner Ort«, sagte er, als er näher kam. »Findest du nicht?« Seine Miene verhärtete sich. »Ein schöner Ort zum Sterben.«

Hastig wich Marius zur Seite aus. »Ich habe nur seinen Auftrag erfüllt.«

»Seinen Auftrag erfüllt? Rebecca Belmont ist tot, und mit ihr das Wissen, das Peter Belmont ihr hinterlassen hat. Ein unermesslicher Verlust für die Organisation.«

»Sie weiß nichts, Jackson.«

»Wie bitte?«

»Sie lebt. Sie ist schwer verletzt. Aber sie lebt. Und sie weiß nichts.«

»Eine Lüge.« Jacksons Augen verengten sich zu

Schlitzen. »Ein durchschaubarer Versuch davonzukommen.«

»Nein.«

»In welcher Klinik liegt sie?«

»Die werden dir keine Auskunft geben.«

»Selbst wenn es so sein sollte, Marius. Für dich ist es bedeutungslos.«

»Was soll das heißen?«

»Dachtest du wirklich, ich hätte dir je vertraut?« Jacksons Stimme vibrierte. »Ein Bulle. Von Anfang an war mir klar, dass du ein verdammter Cop bist. Deshalb bist du hier, weil du dachtest, auf die Art kämest du an *ihn* persönlich ran, an den Kopf der Organisation. Und deshalb hast du auch so bereitwillig dazu beigetragen, den Teil der Organisation hier in Rumänien zu zerschlagen.«

»Das ist absurd. Du sagtest, Alexej hätte diesen Rasvan und seine Männer nicht mehr im Griff, und deshalb müsste die Organisation hier in Rumänien zerschlagen werden. Das sind deine Worte, Jackson.« Marius' Blick glitt zu Alexej, der heftig zusammengezuckt war. »Davon hattest du keine Ahnung, ja? Wenn hier heute Nacht jemand stirbt, dann wir alle, Alexej. Deshalb wollten die uns hier treffen.«

Plötzlich kreidebleich und mit dem Blick eines scheuen Tieres wich Alexej zurück und hob nicht einmal seine Pistole. Einen Augenblick starrte er Jackson und dessen Schergen noch an, bevor er sich abrupt abwandte und in Richtung Wald davonrannte.

»Bleib stehen!«, brüllte Jackson. »Stehen bleiben! Sofort!« Blitzschnell entriss er dem Weißen seiner Männer die MP, zielte auf Alexej und schoss, wieder und wieder. Brennende Hitze jagte durch Marius' Körper, als er die Kugeln Alexejs Bein zerfetzen sah, während dieser zusammenbrach und wimmernd liegenblieb. Mindestens das Gleiche würde Jackson mit ihm machen, nur noch eine Frage von Sekunden.

Jacksons Miene glich einer blutleeren Maske. »Throw him over the cliffs!«, brüllte er mit kalifornischem Slang.

»Nein! Bitte!« Die Todesangst in Alexejs Stimme schnürte Marius die Kehle zu, als Jacksons Männer den blutenden Mann an den Armen packten und zum Abgrund zerrten.

Jacksons Blick folgte ihnen. »Du hättest deinen Job besser machen sollen, Alexej.«

Weder sah Marius Alexej fallen, noch hörte er dessen Schrei, als sie ihn von den Klippen in die Tiefe stießen. Schweißgebadet suchte er stattdessen nach einem Ausweg, und das Blut rauschte ihm in den Ohren, als er die Gunst des Augenblicks nutzte und Jackson von hinten packte. Mit aller Kraft gelang es ihm, ihn umzuwerfen und ihm die MP aus den Händen zu reißen.

»Weg mit der Waffe!«, schrie er, während er die MP auf den Schwarzen von Jacksons Männer richtete. »Throw the gun over the cliffs!«

Doch das geschah nicht.

Stattdessen sah er die Waffe plötzlich auf sich gerichtet

und schoss auf den Mann, um nicht selbst erschossen zu werden.

Der Rückstoß der MP hämmerte gegen seine Schulter, und wie in Zeitlupe sah er das Blut aus dem Arm des Schwarzen spritzen, ihn wanken und beinah nach hinten in den Abgrund kippen. Eine Sekunde lang war da nichts außer dem Geräusch ihrer keuchenden Atemzüge, bevor die MP seines Gegners krachend auf den felsigen Boden fiel.

»Take it away!«, brüllte Marius, und dieses Mal geschah es auch so. Dieses Mal fand die Waffe des Schwarzen ihren Weg in den Abgrund und Marius wandte sich Alexejs Handlanger Tomas zu. »Komm mit!« Während er den Rückzug antrat, wollte er Tomas mit sich ziehen, aber der rührte sich nicht. Kreidebleich und zitternd stand er da. »Tomas. Hörst du mich? Reiß dich zusammen!«

Es dauerte, bis Tomas reagierte und sie gemeinsam Schritt für Schritt zurückwichen. Der Wald bot Schutz. Doch die Schwärze war absolut, als sie sich umdrehten und in das Meer aus Tannen eintauchten. Unmöglich für das menschliche Auge, sie zu durchdringen und irgendwo einen Tropfen Helligkeit zu finden.

Zweige peitschten ihnen gegen die Körper und zerkratzten ihnen die Gesichter, während sie sich stolpernd vorwärts tasteten.

Marius' Brust hob und senkte sich krampfhaft, als er in dem Wald stehen blieb. Wie Säure brannte die kalte Luft in seiner Kehle. »Wo sind wir hier, Tomas?«

»In der Nähe des Eisernen Tors, dem Donaudurchbruch an der rumänisch-serbischen Grenze.«

»Das heißt, kilometerlang nichts als Wald und Felsen.« Erst jetzt wurde Marius bewusst, dass er Tomas trotz der Schwärze sehen konnte, wenn auch nur dessen Silhouette. »Hinter dir ist Licht.«

»Warum hast du Jackson nicht einfach abgeknallt?« In Tomas' Worten schwang ein Vorwurf mit. »Hat er recht? Bist du ein Cop?«

»Welche Bedeutung hat das noch?«

»Falls es so ist und falls ich sterbe …«

»Das wirst du nicht, Tomas.«

»Aber falls doch. Meine Frau lebt in Copsa Mica. Bitte, sag ihr … Sag ihr, ich hätte das für sie und unser Baby getan, das bald zur Welt kommen wird. Ich wollte ihm mehr bieten, verstehst du? Ein besseres Leben. Ich …«

*****

Der Anblick des weißen Hubschraubers auf der mondhellen Lichtung, mit dem sie zuvor hier gelandet waren, war wie eine Gnade, die ihnen zuteilwurde. Aber irgendwo warteten die Wölfe, lechzend und lauernd im Dickicht hinter den dichten Zweigen der Tannen: Jackson und seine Männer.

»Komm!« Noch im Schutz des Waldrandes wandte sich Marius zu Tomas um.

Nackte Angst erhellte Tomas' Gesicht. Sein stoßweiser

Atem klang gequält. »Sie sind hier. Das fühle ich. Sie werden uns erschießen. Die haben noch mehr Waffen.«

»Der Heli ist unsere einzige Chance, Tomas.«

»Aber das ist doch genau das, was die von uns erwarten.«

»Ich weiß.« Momente lang hingen ihre Blicke ineinander. »Okay«, sagte Marius. »Vermutlich hast du recht. Der Wald bietet uns Schutz. Wir bleiben heute Nacht hier.«

»Nein.« Der ängstliche Ausdruck auf Tomas' Gesicht wich einer wilden Entschlossenheit. »Du bist es, der recht hat. Ohne den Heli finden wir hier nicht raus, und wir sollten ihn nutzen, bevor die ihn zerstören.«

»Aber irgendwo muss auch eine Straße sein. Vermutlich sind Jackson und seine Männer mit einem Pkw gekommen. Warte.« Marius baute sich vor Tomas auf und legte die Hände auf dessen Schultern. »Lass uns erst nachdenken.«

»Da gibt es nichts nachzudenken. Es ist sowieso zu Ende, verstehst du? Meine Familie wird mich hassen.«

Schnellen Schrittes lief Tomas über die Lichtung, und Marius folgte ihm und nichts geschah. Jedoch spätestens der Lärm der Rotoren, als sie eingestiegen waren und Tomas den Helikopter mit zittrigen Händen zündete, lockte unweigerlich ihre Jäger an.

»Mach schon!« Marius' Nerven waren zum Zerreißen gespannt, während er die MP in seinen Händen auf den Waldrand richtete. »Schneller!« Er beobachtete die

Lichtung, während sie vom Boden abhoben. Alles schien gut. Noch.

Aber dann geschah es.

Verschluckt von dem Lärm der Rotoren war das Geräusch kaum mehr als ein leises Klirren, doch Tomas zuckte heftig zusammen und riss die Augen auf. Das Loch in dem Seitenfenster neben ihm war nur winzig, aber die Scheibe gesplittert.

»Die haben geschossen«, sagte Marius. »Du bist getroffen.«

»Ist nicht schlimm, glaub mir.« Angestrengt schaute Tomas nach vorn, während er den Hubschrauber steigen ließ und über den Wald hinwegflog. »Alles in Ordnung.«

Das war gelogen! Marius hörte Tomas' pfeifenden Atem und sah dessen Hand auf dem Steuerknüppel beben.

Die Maschine kippte leicht nach vorn.

»Tomas!«

»Ja.« Krampfhaft riss Tomas den Kopf hoch und richtete den Hubschrauber wieder aus.

Wie ein Silberstreifen zog sich unter ihnen die Donau durch die Landschaft, gesäumt von meterhohen Klippen.

»Du musst irgendwo landen«, sagte Marius. »Ich kann den Heli nicht fliegen.«

»Ich geh tiefer.« Die Worte waren kaum mehr als ein Röcheln. Tomas war bleich wie der Tod. Der peitschende Wind der Rotoren wühlte das Wasser des Flusses auf, als er den Heli sinken ließ. Schweißgebadet drückte er eine

Taste. »Der Eurocopter hat einen … Du musst …« Langsam sackte er in sich zusammen und kippte gegen die Tür.

»Tomas!«

Doch so als wäre nichts geschehen, flog die Maschine weiter, offenbar per Autopilot und direkt auf eine Klippenwand zu.

Wir werden sterben!

Mit aller Kraft kämpfte Marius gegen seine Panik, packte Tomas' leblosen Körper, zerrte ihn zu sich hinüber und ließ sich mit ihm nach draußen ins Ungewisse fallen.

Der Aufschlag auf die harte Wasseroberfläche war brennender Schmerz, und die Wucht des Aufpralls riss ihm Tomas aus den Armen, bevor das eisige Wasser sie beide verschlang.

Nein! Er versank und verlor die Orientierung. Da war nichts. Kein Licht. Nichts, wodurch er sich in der Schwärze des Wassers hätte zurechtfinden können, auch nicht die mondhelle Oberfläche. Die hätte er doch sehen müssen. Das hätte er doch! *Atmen!* Wohin musste er sich wenden? Seine Kraft schwand.

Und dann sah er es.

Plötzlich war da Licht, und die kalte Luft, als er nach einigen Schwimmzügen die Oberfläche durchstieß, war wie ein Geschenk, das er tief einatmete, bis er den Donner hörte.

Blitzschnell tauchte er wieder unter, als er die Trümmer des mit einem Feuerball an der Klippenwand explodierenden Hubschraubers umherfliegen sah.

Voller Panik tauchte er so tief, wie er konnte, während die Trümmer wie Geschosse über ihm in das Wasser einschlugen. Er wartete, und es dauerte, bis nichts mehr geschah und er erneut auftauchen konnte.

»Tomas!« Der fette schwarze Rauch, der über das Wasser hinwegzog, ließ ihn husten. »Tomas!« Ein verzweifelter, ein sinnloser Versuch, Tomas in der Finsternis des Wassers finden zu wollen, und dennoch tat er es. Mehrmals tauchte er unter. »Tomas! Nein! Verdammt noch mal! Nein!« Das Wasser spritzte, als er wieder aufgetaucht war und verzweifelt mit der Faust darauf einschlug. Es hatte keinen Zweck.

Raus hier. Sonst erfriere ich.

Links waren nur Felswände. Aber rechts sah er flaches Land. Das konnte er schaffen. Er musste!

Doch das Ufer, das beinah greifbar wirkte, schien kaum näher zu kommen, während er schwamm. Mehr als einmal verließen ihn die Kräfte. Mehr als einmal war er kurz davor aufzugeben, bis er plötzlich festen Boden spürte.

Erleichtert und keuchend sackte er am Ufer auf die Knie. Aber jetzt waren es der kalte Wind des ausklingenden Winters und die nasse Kleidung, die ihm zusetzten. *Nicht hinlegen. Nicht ausruhen. Weiter!* Frierend zog er die klamme Jacke enger um seinen Körper, stand auf und wandte sich dem Fluss zu. *Tomas.* Nichts als das Wasser und Trümmerteile, die darauf schwammen, und von Tomas keine Spur. *Natürlich nicht.* Er war bewusstlos gewesen. Er hatte sich nicht retten können. Er war ertrunken. *Deine Familie hätte dich nicht gehasst, Tomas. Niemals.*

Steine knirschten unter seinen Schuhen, als er sich vom Wasser abwandte und weiterging, wenn auch nur Schritt für Schritt, während die Kälte ihn haltlos zittern ließ.

Es war die schmale Uferstraße, die ihm den Weg zeigte, abwechselnd begrenzt von Leitplanken und niedrigen Mauern. Wie ein silbernes Band zog sich die Donau neben ihm durch die Landschaft, ein Band, das sich mehr und mehr zu Gold zu wandeln schien.

War das bereits der Sonnenaufgang? Oder war das nur eine Halluzination seines benebelten Gehirns, ebenso wie die weiße Kapelle am Ufer, die hinter der Kurve vor ihm auftauchte? Vor der Kapelle stand ein Haus. Ein Kloster?

Nein, keine Halluzination. Die weiß getünchte Steinmauer, die sowohl die Kapelle als auch das Haus umfing, gab ihm Halt, als er sie endlich erreichte und sich daran entlangtastete. *Eine Holztür!* Nie zuvor hatte er das Gefühl gehabt, Eis würde in seinen Adern fließen, doch jetzt war es so. Er war dabei zu erfrieren. Immer wieder schlug er gegen die Holztür. Nichts. *Bitte!* Es musste jemand da sein. Es musste!

Stimmen. Es waren Frauenstimmen, und eine davon erinnerte ihn an Rebecca, obwohl das absurd war. Sie war nicht hier, und dennoch war sie immer da, irgendwo in seinen Gedanken, selbst in diesem Augenblick.

Während er sich kaum noch auf den Beinen halten konnte, hörte er die Stimmen lauter werden. Die Tür knarrte, als sie sich öffnete, und die ältere Frau zog die Augenbrauen hoch, als sie ihn sah.

Eine Nonne.

»Ich brauche Hilfe.« Seine Stimme brach. Er war unfähig, noch deutlich zu sprechen. Aber das hatte keine Bedeutung. Nichts hatte noch eine Bedeutung. Das Gefühl, es geschafft zu haben, als sie sein Handgelenk umfasste und ihn durch die Tür zog, war wie ein neues Leben.

28

»Nein! Bitte!«, hörte Rebecca sich schreien.

Mühelos hob dieser Dämon Rasvan ihre kleine Tochter in die Luft und hielt sie über sich. Mit ihren zehn Jahren hatte Leonie das Gewicht einer Elfe. Und die Elfe quietschte fröhlich und breitete die Arme aus, als wäre sie ein Schmetterling. Das zitronengelbe Kleid und ihr flachsblondes Haar flatterten im Wind.

Aber Rasvan war plötzlich nicht mehr Rasvan, sondern ihr Mann Peter. Und Peter ließ seine Tochter Leonie einfach fallen und in tanzende Scherben zersplittern.

»Nein!«, hörte Rebecca ihr eigenes Wimmern.

»Rebecca«, sagte Peter mit der Stimme einer Frau. Sein Blick hatte etwas Kaltes. »Rebecca? Hörst du mich? Du träumst. Wach auf!«

Einen Wimpernschlag lang war es nur ein Schatten, als Rebecca die Augen aufschlug. Doch dann materialisierte er sich zu Leonies leiblicher Mutter Natalie, Peters Exfrau.

Mit sorgenvollem Blick beugte Natalie sich zu ihr vor und Rebecca atmete tief durch. Sie hatte also nur geträumt, und vermutlich war sie in einem Krankenhaus, denn die weißen Wände schienen sie anzuspringen.

»Rebecca? Verstehst du mich?« So nah wie möglich rollte Natalie mit ihrem Rollstuhl an das Bett heran, auf dem Rebecca lag, und die Wärme ihrer Hände tat gut, als Rebecca sie auf ihren eigenen fühlte.

»Ja, natürlich verstehe ich dich.« Rebecca hörte das Kratzen in ihrer Stimme. Rauer als ihr Hals hätte sich nicht einmal ein Reibeisen anfühlen können.

Erleichterung spiegelte sich in Natalies Miene. Ihre dunkelblonden Locken kringelten sich um ihr weiches Gesicht, und der Blick ihrer blauen Augen hatte etwas Fragendes. »Und du weißt, wer ich bin?«

»Natalie.«

Plötzlich standen Tränen in Natalies Augen. »Ich bin ja so froh. Das hätte ich mir nie verziehen. Schließlich war ich es, die dich dazu genötigt hat, nach Rumänien zu fliegen. Wenn du gestorben wärst oder …«

»Wo bin ich?«

»In einem Krankenhaus in Bukarest. Sie haben dich hierhin geflogen.«

Die Erinnerung durchzuckte Rebecca. Doch ihr schmerzender Körper und ihr pochender Kopf, als sie sich hastig aufrichtete, ließen sie zurück auf das Bett fallen. »Leonie? Was ist mir ihr?«

»Es geht ihr gut, Rebecca.«

»Aber dieser Rasvan. Er hat durch die Tür in dem Keller auf sie geschossen.«

Natalie nickte. »Die Kugel hat Leonies Bein getroffen. Leonie hat sehr viel Blut verloren. Es muss schlimm gewesen sein. Aber dieses andere Mädchen hat ihr das Bein abgebunden und ihr das Leben gerettet.«

»Dajana. Sie …«

»Dajana und ihrem Cousin Lukas geht es auch gut. Sie sind wieder bei ihrer Familie.«

Rebecca atmete auf. »Dann hat dieser Rasvan also nicht …« Sie schluckte. »Und Mila? Was ist mit Mila?«

Natalie senkte den Kopf. »Keine Spur von ihr. Absolut nichts. Vielleicht ist sie damals ja doch mit Peter in den Abgrund gestürzt. Schließlich haben die Brasilianer ihr Handy auf den Felsen am Fuß der Klippen gefunden.«

Rebecca sah den Schmerz in Natalies Augen, bevor sie Natalies Küsse auf ihren Händen spürte. »Danke, Rebecca. Danke, danke, danke, dass du mir Leonie zurückgebracht hast. Wenn dieser verfluchte Rollstuhl nicht wäre, dann hätte ich auch …«

»Hör bitte auf damit.« Rebecca entzog ihr ihre Hände. »Ich hab viele Fehler gemacht. Dajana, sie hätte … Ich muss wahnsinnig gewesen sein, sie da mit hineinzuziehen.«

»Aber sie leben. Leonie und das andere Mädchen leben. Und Leonie ist wieder bei uns. Und du hast alles darangesetzt, sie zu finden. Nichts anderes zählt. Das werde ich dir nie vergessen.«

»Na, schließlich ist sie ja auch *meine* Tochter.« Rebecca lächelte, während sie endlich die unglaubliche Erleichterung spürte.

»Ja, natürlich.« Natalie wischte sich über die Augen.

»Natürlich ist sie das. Ohne Frage.«

»Wieso bist du hier, Natalie? Woher …?«

»Dieser Kommissar Viktor Popescu hat Kommissar Moreth in Deutschland angerufen, und Andreas und ich sind sofort hierhin geflogen. Laut den Ärzten wirst du wieder völlig gesund.«

»Bin ich gestürzt? Ist es so?«

»Ja, zusammen mit diesem Kerl namens Rasvan Dumitru. Nur deshalb lebst du noch. Sein Körper hat deinen Sturz abgefangen. Aber trotzdem hast du eine Kopfverletzung. Darum hatten die Ärzte dich bisher mit Schlafmitteln ruhiggestellt. Und Prellungen hast du auch, vor allem an den Rippen.«

Rebecca betastete ihren Schädel und fühlte den Verband. »Ist er tot?«

»Dieser Rasvan? Ja, das ist er. Und dieser … Hieß er nicht Silviu? Der und sein Sohn sind auch umgekommen.«

»Und die anderen?«

»Diese Frau ist der Polizei in der Ziegelei in die Arme gelaufen. Joana heißt sie doch, glaub ich. Und nach zwei weiteren Männern wird gefahndet. Sprich mit Kommissar Popescu, dann erfährst du es genau.«

»Ist Leonie auch hier im Krankenhaus? Kann ich sie sehen?«

»Ja, natürlich. Andreas, gehst du bitte und holst sie.«

Dass Natalies Freund Andreas ebenfalls im Raum war, hatte Rebecca bisher gar nicht bemerkt. Er nickte ihr kurz zu, und als er gegangen war, blieb ihr Blick an dem Strauß gelber Rosen auf dem Nachttisch hängen.

»Von uns sind die nicht«, sagte Natalie, die den Blick bemerkt hatte. »Gestern, als wir kamen, war ein Mann hier. Marius de Pol. So hat er sich uns vorgestellt. Er sah ziemlich fertig aus. Wer ...?«

»Nur ein Freund«, unterbrach Rebecca sie.

»*Ein* Freund?«

»Ja, nur *ein* Freund und nicht das, was du denkst«, sagte Rebecca, obwohl es sich eigentlich anders anfühlte. »Er hat mir geholfen.«

So blass es auch war, Leonies Gesicht war definitiv das eines Engels, als sie Minuten später mit Krücken Rebeccas Krankenzimmer betrat. Am linken Bein trug sie einen Verband.

Es war der Augenblick, den Rebecca so sehr herbeigesehnt hatte, und er machte sie atemlos.

Umrahmt von dem blonden Haar wirkten Leonies blaue Augen übergroß in dem schmal gewordenen Gesicht, aber sie strahlten. Zumindest hier und jetzt hatte das traumatische Erlebnis, das hinter ihr lag, sie noch nicht im Griff. Doch leider würde das nicht ausbleiben.

»He, Leonie.« Rebecca streckte ihre Hand nach ihr aus. Aber Leonie sagte nichts. Sie sah Rebecca nur an, legte sich neben sie auf das Bett und drückte sich an sie.

Natalies unterdrücktes Schluchzen erfüllte das Zimmer, als Rebecca Leonies Wange streichelte.

»He, mein Schatz.« Rebecca lächelte. »Endlich hab ich dich gefunden.«

»Danke.« Leonies Stimme war kaum mehr als ein Flüstern und doch das schönste Geschenk.

*****

Zur gleichen Zeit hätte der Blick des Mannes, der eine Etage über ihnen auf dem halbdunklen Krankenhausflur stand, düsterer nicht sein können. Die Verbitterung saß tief, und mit jeder Stunde hatte sie sich tiefer in seine Seele gegraben.

Dieser Alexej hatte sich nicht mehr gemeldet. Warum? Weshalb? Er verstand es nicht.

Hinter der Zimmertür, zu der er über die Schulter des Arztes hinweg blickte, lag Julia. Ihr Zustand war stabil. Aber das Geschenk eines gesunden Herzens hatte er seiner tapferen Tochter nicht machen können.

»Es tut mir leid, dass es nicht geklappt hat, Herr Albrecht.« Die Stimme des Arztes schien von weither zu kommen. »Kehren Sie nach Deutschland zurück. Ich bin sicher, mithilfe der Herzpumpe wird Julia es schaffen, bis sich über Eurotransplant ein regulärer Spender gefunden hat.«

Nicolas Albrechts Antwort war nur ein Nicken. »Ja, natürlich. Ja, natürlich wird sie das.«

Sekundenlang verharrte er vor Julias Zimmertür, als der Arzt sich verabschiedet hatte, und setzte ein Lächeln auf – ein Lächeln für Julia, damit sie nicht sah, wie sehr er litt. Sie musste und sie würde es schaffen. Natürlich war es so. Jeder andere Gedanke war unerträglich.

*****

»Hier lebt ihr also«, sagte Leonie eine Woche später zu Dajana. Das Unbehagen in Leonies Miene war nicht zu übersehen, während ihr Blick über die rissigen Wände und die verschlissenen spärlichen Möbel glitt.

Beinah verschüchtert stand Dajana mitten in dem nahezu einzigen Raum des vor Armut strotzenden Hauses ihrer Familie.

»Danke«, sagte Natalie, die vor Dajana in ihrem Rollstuhl saß, und nahm Dajanas Hand. »Dafür, dass du Leonie beigestanden hast.« Sie schaute erst zu Rebecca hoch, die neben ihr stand, und dann zu Dajanas Tante Emilia. »Rebecca und ich werden uns darum kümmern, dass es Ihnen und Ihrer Familie besser geht. Irgendwie kriegen wir das hin.«

Emilia wiegte ihr jüngstes Kind auf den Armen, während Kommissar Viktor Popescu, heute in Zivil gekleidet, die Worte für sie ins Rumänische übersetzte.

»Es ist kein Almosen«, sagte Rebecca zu Viktor Popescu. »Es ist eine Wiedergutmachung. Sagen Sie das Emilia bitte.« Mit einem Lächeln ging sie vor Dajana in die Hocke und sah die Vierzehnjährige an, bei deren Anblick sie sich noch immer schuldig fühlte. »Mit nach Deutschland nehmen kann ich dich nicht. Du gehörst hierher. Aber du kannst mich besuchen, wenn du magst, ja?«

Die Worte zauberten ein Lächeln auf Dajanas Gesicht, bevor sie ihre Arme um Rebecca schlang, und Rebecca spürte die weichen dunklen Locken an ihrer Wange, als sie Dajana an sich drückte.

»Emilia hat mir gesagt –«, sagte Viktor Popescu, »es täte ihr leid, dass sie bisher geschwiegen habe. Aber dieser Rasvan Dumitru hätte ihr angedroht, sie sonst alle umzubringen. Und ich soll Ihnen sagen, sie liebe all ihre Kinder, auch Dajana. Sie möchte, dass Sie das wissen.«

Rebecca spürte den Ruck, der durch das Kind in ihren Armen ging. Erstaunen stand Dajana ins Gesicht geschrieben, als sie sich aus der Umarmung löste und ihre Tante Emilia ansah.

Leonie fasste Rebeccas Hand. »Dajana und ihren Cousin Lukas und mich hast du doch auch gefunden. Vielleicht findest du meine Schwester Mila ja auch.«

Die Worte schnürten Rebecca die Kehle zu. »Ich würde es versuchen, wenn ich nur wüsste, wo und wie, und ob …«

»Ob Mila noch lebt?« In Leonies Augen lag eine Gewissheit, die Rebecca nicht teilen konnte. »Das tut sie. Ich weiß es. Es muss so sein.«

Rebecca atmete tief durch. Nur der naive Wunschtraum eines Kindes? Oder konnte es tatsächlich sein, dass Mila noch lebte? Gab es eine reelle Chance, dass es so war?

EPILOG

Er starrte aus dem Fenster nach draußen.

Er wartete auf sie.

Er sah sie kommen.

Schritt für Schritt kam sie näher.

Gedankenverloren hatte Rebecca ihren Wagen vor der Kölner Villa geparkt und ging zur Haustür. Demnächst war es so weit. Demnächst würde die Villa versteigert werden. Doch noch war sie ihr Zuhause, Teil ihres vergangenen Lebens, von dem sie sich noch immer nicht vollends befreien konnte.

Seit zwei Wochen war sie wieder hier, und seit Kommissar Frederik Moreth ihr unverblümt die gesamte Wahrheit aufgetischt hatte, war das, was sie fühlte, vor allem Wut und Enttäuschung.

Hätte ihr jemand Wochen zuvor gesagt, dass ihr Mann sie gleich mit zwei Frauen betrogen hatte, hätte sie nur gelacht, und noch dazu ausgerechnet mit Sabrina und Irena. Niemals hätte sie das geglaubt und erst recht nicht, dass Peter tatsächlich in den Skandal an der Lafayette Rheinland-Klinik verwickelt gewesen war. Kaltblütig hatte er Sabrina für den Organhandel benutzt, um seine Modekette zu retten, und Sabrina hatte sich benutzen lassen. Wie er allerdings überhaupt die Kontakte zu dem Organhandelring geknüpft hatte, war noch immer ein

Rätsel.

Vor der Haustür blieb Rebecca stehen.

Ob sie weiterhin an der Klinik arbeiten wollte, hatte sie noch nicht entschieden, obwohl sie inzwischen rehabilitiert war. Weder hatte sie Befunde vertauscht noch Medikamente in falscher Dosierung verschrieben. Auch dahinter hatte Sabrina gesteckt, weil es ihrer Sache dienlich gewesen war.

Sie starrte auf die Haustür. Selten war die Villa ihr so fremd gewesen wie jetzt, obwohl der Frühling ringsherum das Leben wieder erblühen ließ.

So fremd wie dieser Mann, der ihr noch immer im Kopf herumschwirrte. Wie irrsinnig war sie, noch immer an Marius zu denken?

Gelbe Rosen hatte er in dem rumänischen Krankenhaus neben ihr Bett gestellt, bevor er verschwunden war. Warum?

Wo ist der Haustürschlüssel? Sie kramte ihn aus ihrer Jackentasche.

Das Telefon in der Villa klingelte bereits, während sie die Haustür aufschloss. Doch als sie den Flur betrat, verstummte es.

Sie zuckte zusammen.

War da nicht ein Geräusch gewesen?

Nein, Unsinn. Niemand war hier. Isabell war wieder ausgezogen, und Leonie war bei Natalie und würde sie erst am Wochenende besuchen.

Viel zu rasch für ihre noch immer schmerzenden

Rippen lief sie durch den dämmrigen Flur in Peters Büro, als das Telefon erneut klingelte.

Hastig legte sie den Haustürschlüssel auf den dunklen Schreibtisch mitten im Raum, nahm den mobilen Hörer und hielt ihn ans Ohr. »Ja?«

»Rebecca Belmont?« Die heisere Stimme des Mannes ließ sie erschauern.

»Wer sind Sie?«

»Sie leben noch, weil ich es will, Rebecca, und vor allem, solange ich es will.«

Ihre Antwort war Schweigen.

»Sie wissen, warum ich Sie anrufe, Rebecca. Sie wissen, dass Ihr Mann etwas hatte, das mir gehört. Sehen Sie den Umschlag auf dem Schreibtisch?«

Unverkennbar war es der Umschlag, den sie Marius in dem Kölner Parkhaus gegeben hatte. »Das Lächeln des Todes«, so hatte Peter das Ölgemälde hier in seinem Büro genannt, hinter dem sie den Umschlag gefunden hatte, und ihr Blick glitt zu dem Gemälde. So als hätte sie in ihrem zarten Alter bereits alles Grausame dieser Welt gesehen, offenbarte das Lächeln der Frau auf dem Bild etwas unendlich Trauriges.

»Ich weiß nichts.« Die Furcht in ihrer Stimme konnte Rebecca nicht unterdrücken.

»O doch. Schauen Sie auf Ihr Handy. Dann begreifen Sie, dass Sie mehr wissen, als Sie glauben. Und der Inhalt des Umschlages kann Ihnen dabei nützlich sein, Ihre Erinnerung aufzufrischen.«

»Wie bitte?«

»Tun Sie, was ich sage.«

Das Display des Handys leuchtete hell, als sie es aus ihrer Hosentasche zog und darauf blickte. »Eine neue Nachricht«, signalisierte es, als sie den Sperrbildschirm beiseitegeschoben hatte. Eine Nachricht von Peter. *Die SMS eines Toten!* Das Handy ihres verstorbenen Mannes war nie gefunden worden.

Ein Geräusch ließ sie zusammenzucken, und sie blickte zur Tür. Der Schatten im Flur verdunkelte das Gesicht des Mannes, der dort stand und sie durch die offene Tür ansah.

Marius, dachte sie. Trotz des schwachen Lichts glaubte sie, ihn zu erkennen. Er würde ihr nichts antun, und sie atmete auf.

Indem er einen Finger vor den Mund legte, deutete er ihr, zu schweigen, und in diesem Moment begriff sie es: Ein Teil des Geheimnisses ihres Mannes hatte sich ihr offenbart, aber ein weiterer Teil lag noch im Dunkeln, so unsichtbar wie ein Schatten in den Schatten.

Es war nicht zu Ende, es fing erst an, und vielleicht war es ja nicht allein der Tod, der lächelte, sondern vor allem auch das Leben.

NACHWORT

der Autorin

Mein herzlicher Dank gilt allen, die mich bei der Entstehung dieses Werkes unterstützt haben.

Zu Todeslächeln, Band 1:

Die verlassene Ziegelei in Rumänien nahe Baru Mare existiert tatsächlich.
Die Lafayette Rheinland-Klinik nahe Köln, dagegen, habe ich frei erfunden.

Illegaler Organhandel boomt in der heutigen Zeit weltweit, und seit ca. 2008 wird von einem dramatischen Anstieg gesprochen, auch in Europa. Die am häufigsten illegal verkauften Organe sind Nieren.
Laut einer Schätzung der WHO sind etwa 10 Prozent aller Organtransplantationen illegal.
Ursachen sind der Mangel an legalen Spenderorganen und Armut. Organhändler nutzen die sozialen Notlagen von Spendern skrupellos aus, und noch dazu erhalten die Spender in der Regel nur einen Bruchteil des Preises, zu dem ihr Organ verkauft wird.

Über mich:

Im Jahr 1966 habe ich in Nordrhein-Westfalen das Licht der Welt erblickt, und nach dem Abitur, einer medizinischen und einer kaufmännischen Ausbildung war ich lange beruflich im Gesundheitswesen tätig.

Dennoch galt meine Liebe bereits seit Jahren dem Schreiben. 2007 habe ich das mit meinem ersten Kinder- und Jugendbuch umgesetzt.
Mein Faible für Thriller habe ich erst 2010 entdeckt.

2013 erschien daraufhin »Sanctus Satanas«, 2014 »Es wird sterben«, 2015 der 1. Band von »Todeslächeln« und 2016 der 2. Band.

Ihnen, liebe Leser und Leserinnen, danke ich herzlich für das Interesse an meinem Roman, und wenn der Thriller Sie gut unterhalten hat, würde ich mich über ein Feedback in Form einer Rezension sehr freuen. Denn für Autoren wie mich, die selbstständig sind und alles selbst machen und bezahlen müssen, ohne dass ein Verlag einen Teil der Arbeit und Kosten abdeckt, sind ein paar positive Worte natürlich etwas ganz Besonderes. Zwei, drei Sätze reichen völlig aus.

Eventuelle Fragen und Anregungen können Sie mir unter dorokanders@aol.com gerne mitteilen.

Es macht mir wirklich Spaß, mich mit Ihnen auszutauschen, und auch über die bisherige Resonanz habe ich mich sehr gefreut.

Vielen Dank, und ich wünsche Ihnen alles Gute,
Ihre Dorothé Kanders

TODESLÄCHELN, Band 2 – VERSKLAVT

von Dorothé Kanders

Rasanter Thriller
- bewegend, mitreißend, fesselnd

Sie fangen, sie versklaven, sie töten Menschen.
Niemand entkommt ihnen.

Mehr als je zuvor ist das kriminelle Geheimnis ihres ermordeten Mannes wie ein Schatten, der das Leben der jungen Kölner Ärztin Rebecca beherrscht.
Es scheint unmöglich, dem Albtraum aus Gewalt und Brutalität zu entfliehen.

Verzweifelt hofft Rebecca, mithilfe des FBI wenigstens ihre Tochter Mila in Kalifornien finden und retten zu können.

Aber der Preis für Milas Leben ist hoch.

Denn der Mann, den Rebecca liebt, muss sich dafür ausliefern, und zwar an die, die ihn töten wollen.

ES WIRD STERBEN

von Dorothé Kanders

Rasanter Thriller - mörderisch packend

Ihr Herz ist vergiftet.

So mancher würde dagegen ankämpfen.

Sie nicht. Sie lebt es aus.

Sie nimmt grausame Rache, so scheint es.

Doch nichts ist, wie es scheint.

Kurzinhalt

Ein Unfall in den Schweizer Alpen.
Sophie scheint auf grausame Art getötet worden zu sein, und Julien glaubt, verrückt zu werden. Doch plötzlich ist Sophie wieder da und der Albtraum beginnt, denn sie scheint zu allem fähig, eine eiskalte Mörderin.

Erst, als es beinah zu spät ist, kommen Julien und Kommissar Sam Mathis der schockierenden Wahrheit aus der Zeit des zweigeteilten Deutschlands auf die Spur, die sie in einen Sumpf aus Sehnsucht, Wut, Hass, Rache und blankem Wahnsinn führt.

Nicht selten ist es das Leben, das einen Menschen auslöscht, nicht der Tod. Doch was, wenn von diesem Menschen ein Schatten bleibt, der dich verfolgt?

SANCTUS SATANAS

- Das 5. Gebot

von Dorothé Kanders

Brisanter Thriller, rasantes Tempo

Du sollst nicht lügen. Du sollst nicht töten.

Sie predigen Gottes Gebote.

Sie haben sie missachtet.

Sie haben ihm alles genommen.

Deshalb kennt er nur noch ein Gebot:

Ich töte euch.

Wer soll ihn stoppen?

Kurzinhalt

Zur Hölle mit euch, die Gottes Liebe zu einer Bürde machen!
Das ist sein Plan, seine Wut, seine Qual.
Es ist eine einzige Lüge, die einem Menschen den Glauben nehmen, seine Seele zerbrechen und ihn zum Mörder werden lassen kann.
Es beginnt mit einem Mord in Rom, und während dort ein unheiliges Spiel zwischen Mörder, den die Presse mit »Sanctus Satanas« betitelt, Polizei und Vatikan aufflammt, will Kommissarin Lena Meissner in Deutschland Licht in ihre Vergangenheit bringen, die ein brutales Geheimnis

birgt.
Sie begegnet David. Sie verliebt sich in ihn, doch er hasst sie, er verachtet sie, und von Sekunde an beginnt ein mörderischer Albtraum aus Wahn, Gewalt, Lügen und Intrigen. Denn Lenas Vergangenheit zieht eine blutige Spur nach Rom.

Kinder- und Jugendbücher

von Dorothé Kanders

Die **Magischen M**eisterdetektive

und der Magier von Asgard

Mit viel Spürsinn und Magie tricksen die Magischen M. Verbrecher und Magier aus und schlittern so in ein atemberaubendes rasantes Abenteuer, das sie zur Feuerinsel führt, wo sich ein magisches Geheimnis verbirgt.

Die **Magischen M**eisterdetektive

und das Geisterschiff

Ein gruseliges Geisterschiff mit leuchtenden schwarzen Segeln verunsichert die Küste der Bäreninsel in der Arktis. Das ist ein Fall für die vier Magischen M. und ihrem geflügelten Freund Draco, dem Drachen.

Die **Magischen M**eisterdetektive

und der Nebelreiter

Nicht nur, dass die 4 Magischen M. Verbrecher und Magier austricksen müssen, jetzt sollen sie auch noch Geister bannen. Oder ist der geheimnisvolle Nebelreiter, der Schottland in Angst und Schrecken versetzt, etwa gar kein Geist?

Alle Bücher bei Amazon.de

Vielen Dank, Ihre Dorothé Kanders

8231245R00180

Printed in Germany
by Amazon Distribution
GmbH, Leipzig